# 2019我们都爱　短故事


“我们都爱短故事”编辑小组　选编

秦　俑　主编

漓江出版社

# 目 录
contents

## 第三辑
## 南梦客栈



## 第四辑
## 城市荒原

## 第五辑
## 街边的错误



## 第六辑
## 最好的时光

## 第七辑
## 意外遭遇



## 第八辑
## 吴王与魔术师

## 第九辑
## 有一天发生的事

# 编选前言

“我们都爱短故事”编辑小组

人生很短，故事很长。我们都会老去，故事常讲常新。

小时候，我们爱听爷爷奶奶讲故事。故事，就像是陪伴我们入梦的小枕头。等到为人父母，我们也会给自己的孩子讲故事。但是，越长大，我们离故事越来越遥远，也越来越不相信故事里的事。只有在某些夜里，不经意间，我们才又想起小时候听过的那个故事——或许只是其中的一个细节，或许会为当时的感动而觉得可笑，但在内心深处，总会有一瞬间的莫名悸动。而等到某一天，总会有那么一天，讲故事的人，最终成为故事，我们才发现，如果可以选择，我们愿意是那个一直吵着要奶奶讲故事的孩子。

写出好故事也是一种生产力。2017 年初，微信公众号“我们都爱短故事”正式上线，由《小小说选刊》主编秦俑与他的 7 位朋友周洁茹、海飞、陈毓、邓洪卫、非鱼、夏阳、王溱共同发起创作，致力于打造最好的短篇叙事类文学公众号。运营三年来，这个公众号共推出七十多位作者的优质原创作品六百余篇。2019 年初，漓江出版社打破惯例，为一个小众的微信公众号出版年选本。《2018 我们都爱短故事》的出版，是传统出版与新媒体、自媒体出版融合创新的一次有益尝试，也让短故事从手机搬上书架，由虚拟进入现实，完成了一次“逆潮流”的神奇嬗变。

感谢漓江出版社，感谢短故事的所有创作者，也感谢每一位关注我们的人，《2019 我们都爱短故事》即将付梓上市，经过两年时间的沉淀与打磨，我们的定位越来越清晰，这是一本属于成年人的故事书，这是一群讲故事的人，让我们在故事中相遇。就像我们在海报里说的：“我们小众而不另类，精致而不做作。我们希望每一篇文字都青春焕发个性盎然，每一个故事都有温度有质感。”我们从不孤独，我们还在坚持。因为，我们知道，不管是刻在木牍上、印在书页里，还是发布到网络上，只要还有人保持幻想与好奇，只有还有人相信真爱与善良，故事就永远不会消失，文学的阅读也永远不会过时。

天黑了，故事才刚刚开始。

亲爱的，如果你愿意，请闭上眼睛，跟随我进入下一段故事。

# 第一辑

# 放风筝的人

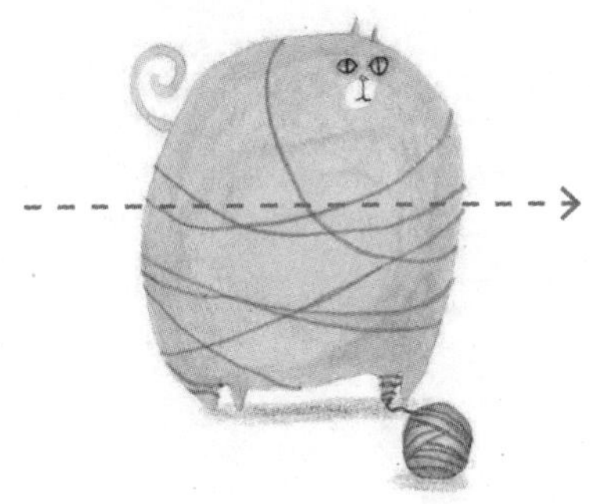

# 蜘蛛脚与翅膀

刘心武

跟老伴儿看完《梅兰芳》，从电影院出来，在人行道上缓步前行，议论着观影心得。忽然觉得身后有竹竿点地的声响，一回头，是一位戴墨镜的盲人，立即意识到不该占住脚下的盲道，我们让开后，忙道歉："对不起，真不好意思。"盲人却并不移动，还叫出我的名字来。老伴儿好吃惊，我倒并不以为稀奇，想必他从电视里听过我在《百家讲坛》揭秘《红楼梦》的讲座。一问，果然，于是说："感谢您听我的讲座，欢迎批评指正啊！"本是一句客气话，没想到他认真地指正起来："你讲得好听，可是，观点另说，你有的发音不对啊。'角色'不该说成'脚色'，该发'决色'的音。刘姥姥，你'姥姥'两个字全发第三声，北方人习俗里是前一字第三声，后一字第一声短读……这还都是些小问题，有的可是大错啊，你说史湘云后来'再蘸'，其实应该是'再醮'，那'醮'字发'叫'的音啊。奇怪的是，你明明是认得'醮'字的呀。前面讲贾府在清虚观打醮，'醮'这个字不知道重复了多少次，你都正确地发出'叫'的音啊！寡妇'再醮'，就是她再次举行了祈福仪式，改嫁的意思啊……"

老伴儿先替我道谢："谢谢啦，就是应该跟淘米似的，每一粒沙子都给他挑拣出来啊！"我非常感动，在这样一个傍晚，这样一个地点，陌生人如此不吝赐教，是我多大的福气啊！

万没想到，他跟着讲出这样一番话来："这世界上，大概只有我单拨儿一个人，知道你为什么出这么个错儿……那一定是，五十多年前，在钱粮胡同宿舍大院里，你总听见我奶奶说‘再醮、再醮’的……那是俗人错语呀，词典字典不承认的，你到电视上讲，哪能这么随俗错音呀，应该严格按照正规工具书来啊！”说到这儿，他脸微微移向我老伴儿：“嫂夫人，您说是不是这个理儿呀？”

我惊喜交集，双手拍向他的双肩，大叫：“喜子，是您呀！”

他用左拳击了我胸膛一下：“苟富贵，无相忘！你还记得我！”

我们到附近一家餐馆，点几样家常菜，边吃边畅叙起来。

老伴儿问他：“您怎么只听两句，就认出他来了啊？”喜子笑眯眯地说：“他要没上电视，我也未必听出是他，我们半个多世纪没见过了。当然，我一直记得他那时候的话音，那时候我们都没变声呢。我呀，眼睛长在心上。成年人，只要听见过一声，那么，再出一声，不管隔了多长时间，也不管在什么地点，哪怕很嘈杂，好多声音互相覆盖、干扰，我多半都能‘看见’那个出声的人，一认一个准儿啊！”

我说：“我在明处，您全看见了。可您是怎么过来的？能告诉我吗？”他说：“我从盲人学校毕业以后，到工艺美术工厂，先当工人，后来当技师，现在当然也退休啦。我老伴儿也是心上长眼睛的，可我们的闺女跟你们一样。不夸张地说，我差不多把咱们国家出版的盲文书全读过了。现在闺女利用电脑，还在帮我丰富见识。活到老，学到老，咱们这代人，不全有这么个心劲儿吗？”

我说：“坦白说，这些年，我真把您忘了，忘到爪哇国去了……”他说：“人都有自己的命运，分离多年，遇上了能想起来就不易。其实我也曾经把你忘了，后来广播里、电视上有你出现，我才关注起来。如果不是今天我恰巧也来听《梅兰芳》，也没这次邂逅。闺女问过我，小孩儿时候，你就觉得这人能成作家吗？我就告诉她，是的，因为，他往墙上给我画过……”

回到家，我给老伴儿详细讲起半个多世纪以前的往事。那时候，在钱粮胡同宿舍大院，喜子奶奶常叨唠喜子他妈是“寡妇再醮”，给好些气受。其实，对他妈最不满的是，他的姐姐、妹妹都正常，可他生下来却双眼失明。那时候他常坐在他家侧墙外的一张紧靠墙的破藤椅上晒太阳。有一次，我们几个淘气的男孩，就拿粉笔，以他为中心，往黑墙上画出蜘蛛脚，还嘎嘎怪笑。我开头也觉得这种恶作剧很过瘾，但是，见到他脸上痛苦的表情久久不散，就有点儿良心发现。过了一阵，别的小朋友散去了，我就过去把那些蜘蛛脚全擦了，另画出了两只大翅膀。说来也怪，我也没告诉他我的修改，喜子却笑了，那笑脸在艳阳下像一朵盛开的花……

老伴儿听了说："做人，你要继续发扬善良。如果你还写得动，那么，画蜘蛛脚，得奔卡夫卡的水平，画翅膀，起码得有鲁迅《药》里头，坟头上花圈那个意味吧。"

# 放风筝的人

陈　毓

这是城市中心一块难得的空旷之地，一片突兀的似山似塬的地儿，位置高，又无明显的道路通往，从而被多数人忽略。秋草连绵，即使放风筝的人也没能踩出明显的脚印。现在他来了，坐在一片秋草的毯子上，看人放风筝。

干草在他身下散发出好闻的味道，惹得他一次次地深呼吸。

放风筝的有三个人，看客只有他一人。他轮番看过去，最后专注于一个准老头儿。那准老头儿没准正因为他的观看，而有了庄重感或表演欲吧。这当然是他的猜测，但谁说没有道理？你瞧那准老头儿，脊背笔挺，下巴抬起一个角度，恰恰是四十五度面向天空的姿势。天空深不可测，放风筝的人目光深不可测，缓缓地操纵着手中的线盘，发出“刺啦刺啦”的放线声。

是第一次，如此认真、如此近距离地看人放风筝——而且是看一个准老头儿在放，如此安静投入，深不可测。

他一次次想起深不可测这个词。放风筝这事，在以前，他想象那是和孩子的欢叫声联系在一起的，是和磕磕绊绊、又有着说不出的明亮感联系在一起的，是和春天、杏花、周末以及郊游联系在一起的。即便如此，他也回忆不起放风筝的经历，想不起曾陪孩子或别的什么人放过风筝。

他在这一刻回顾，不是觉得缺憾，而是感到困惑。或者说，他不理解，一架风筝，无论纸糊的还是改良提高变成别的材料——塑料抑或绸缎，甚至更高级别的他叫不上名字的材料，但风筝不还是风筝吗？

人类最早的飞行器？人类渴望离开大地升到天上去？哪怕再做联想，他仍然没对风筝生出好感，倒是对放风筝者的困惑又添了一分。再看距离自己最近的那个放风筝的人，投入、忘我，似乎不是在放风筝，而是驾驶着一艘大船在天海中飞驰，连他这个忠实的旁观者也被忽略了。

也正是因为这一点，勾起了他一窥究竟的欲望。

放风筝的人手中的线圈好像永远都放不到头，这很魔幻。风筝的影子遥远，却总也脱离不了牵引，飘飘摇摇，直上云霄。

有一阵子，他确信放风筝者是注意并在意他这个旁观者的。这么大一片空阔地，就这几个人。他一直坐在那里，做忠实的看客。他又不是石头，岂能无视？就算是石头，也得看清楚了，免得绊上去。

其实，放风筝者在旁观者刚来时就注意到了。这块因为高耸空寂、暂时保持僻静的地方，是他最先发现的。当他发现这块空地，他的第一个念头就是要来这里放风筝，他要在这块空地上放风筝。

在他放了一个月风筝后，又一个人来了，也是个老头儿。第二天，这个老头儿又来了。他在心里生出一点儿遗憾，但细究又像是隐秘的安慰。直到第三个人来——还是老头儿，他反倒在心里笑了。

谁来早，谁走早。天晴了，天阴了。他们从不打招呼，默默地，各放各的风筝。直到今天下午，第四个人来，第四个老头儿出现，坐在一边，默默地看他们放风筝。

在他暗自称放风筝者为准老头儿好几个小时之后，准老头儿的风筝线还是那么连绵不断，那个黑色鹰形的风筝也还在他的视线内。他希望一阵风猛地吹来，叫这个人的风筝跌落下来，摔在他跟前，摔得稀巴烂。那样，他们或许能自然地交谈起来，而不必要找个什么借口去和他攀谈。

但是，衬着黑鹰的天空蓝得深不可测，和这个准老头儿一般叵测。

他又一次在心底发出一声叹息。

他回忆起上周的这个时候，他一个人开车去了田野。久不开车，他一时找不回那种人车一体的妥帖感觉。这是很久以来他第一次独自驾车，虽然身在路上，却没有具体目标。这样的状态给他的感觉不是自由，倒像是不知被什么困住的迷茫。不知道要做什么，反倒是什么也没做就觉得累坏了。

今天是他第二次开车出来。没有目的地的行走，让他觉得道路格外漫长。最后他索性把车停在一条荒凉的小路边，顺着小路往前走。于是，他来到了这片空地上。

有一瞬间，他幻想自己是在一个大广场上。他正做报告，千人聆听。他慷慨激昂，话题关于自由。他说人活在种种的关系中，被种种的关系所束缚。他讲突破，讲超越，讲不被世俗限制、不被欲望绑架。他还讲精神，讲最终的解脱。他从未有过这么高的激情，他平生第一次讲话不用稿子，不必用谁的笔和思想来表达自己的心。从未有过的简单明朗，不用数字，不用大词，不用术语，说的又完全是自己的真情实感。他觉得自己讲得过瘾，听众也该是听得过瘾的吧。你听这掌声——礼节性的、象征性的、不得不鼓的掌声他听得太多了。他感觉这一次的掌声，每一下都是情绪带动手掌，是用力在拍，用心在鼓掌。他能听出他们的情绪。

他深深地迷醉，等清醒过来，身子依然在这个高台上，哪里有人头攒动的广场。准老头儿不知何时已经收了线，卷好风筝，正用一种奇怪的表情俯身向他，像看一个小孩、看一个晚辈那样打量着他，嘴里所说的，却分明是一个准老头儿对另一个准老头儿说的话。

“退休了吗？”

“喜欢放风筝？”

“不喜欢也不要紧。”

“风筝一脱手，你就爱上放风筝了。”

“甭急，甭辩论，交换个电话号码，下次来时约上你，风筝我给你弄好。”

他站起来，活动活动已经半麻木的双腿，手不自觉地和准老头儿的手握在了一起。

# 鸟 巢

陈 毓

老远看见三个鸟巢高筑在一株笔直的白杨树顶，像是树下主人托鸟打出的广告。远山旖旎，稻田如镜，这不正是我们要寻觅的地方吗？车拐向有三个鸟巢的人家。

经营农家乐的是一对小夫妻，正在吃饭，见我们停车，放下筷子起身招呼。我们嘱咐夫妇俩吃饱了再给我们做，但男主人已经把菜单递上，女主人随手把炉火捅旺。

老饕、胡子、二饼，我们近年常结伴进山。城里雾霾天气多，我们限行，我们小口呼吸，我们尽量少放屁，但空气质量还是很差，没办法，又不能不生活在城里，只好趁周末去大山里，呼吸几口新鲜空气，保养一下心肺。

生活揉搓我们，把我们变成一团在笨妇人手中发坏的面团，蒸不出好看的馒头。我们索性再不为难自己，打起精神寻找日子里的咸菜。

我们热衷吃，好像食物能占住一张抱怨的嘴，消化食物又使我们昏昏欲睡，懒怠思想。就这样吧。

一张菜单被众手推让，最后落在老饕手上。

竹笋焖腊肉、山药炖土鸡、芋头煨羊蹄、干炸河鱼、神仙凉粉、菜豆腐、竹笋拌苕粉、洋芋糍粑、枣馍糕、核桃馍、酸菜面……老饕一一读出来，然后抖抖菜单，说，特色的我都点上。

干炸河鱼为野生，其余鸡猪羊都是人工饲养。老饕想要印证他在来路上说的话，即便华阳村现在升级为华阳镇，华阳人的食谱并未扩大，秉承传统，甚为保守。

老饕确切地记得他在华阳当知青那会儿没吃过干炸河鱼。当地人嫌鱼腥，刺又多。人要去争那口干什么！当地人总这么说。至于油炸，费油，谁舍得？

河里小鱼很多，不多才怪。不吃鱼，更不吃青蛙、蛇。看见知青吃鱼逮青蛙抓蛇，如看异类。

知青们也想不通，青黄面皮、肌体黑瘦的华阳人怎就感觉不到鱼青蛙蛇比红薯黑豆糙米更滋润呢？

知青们看见的是活跃的蛋白质，听到的是肠胃的咕咕呼叫，忍不住的是吞咽不及的口水，期盼的是缺少油水润滑的身体即将得到滋养的幸福。

老饕说，那时他们和华阳人不在一个“道”中。

“我看现在也是，你瞧他们的菜单。”胡子小声嘀咕，又大声问男主人，“能吃到娃娃鱼不？听说有人工养殖的。”

“是有人工养殖的，但也不是随处能买到。再说我也做不来。”男主人回答。

“细鳞鲑呢？”胡子仍不甘心。

“那个绝对不行，野生的，禁止捕捞。”男主人这回语气是彻底的冷漠。

女主人打圆场，说：“你们吃过饭，是先去看熊猫还是金丝猴？羚牛这个季节看不到，看金丝猴要赶在三点钟去，三点钟饲养员投食，猴子会下山来，很多。朱鹮就在河谷看，但你们开车要慢点儿，朱鹮不飞的时候和石头一样白，你们车一快就错过了。”

二饼夸女主人好口才。

饭菜上桌，我们闷头吃饭。

刚才停下碗筷的小夫妻，这会儿也回到他们的饭桌前继续吃饭。

小夫妻的饭桌摆在门口的位置，只见一只白鸟飞来，歪过长喙，从女主人的饭碗里叼走一根饸饹，拖拽着，展翅飞走。白鸟展翅的一瞬，像一片彩云。

我们集体看见，集体惊呆，说："这可是传说中的朱鹮？"

见我们吃惊，女主人笑道："是朱鹮，常来，就爱叼面条。"

男主人呼应女人："大米饭叼不走，鸟才不笨。"

二饼呆了好一会儿，回身指门口的鸟巢给我们看，说刚才看见鸟巢就让他心生恍惚，他想起小时候，他家屋场有棵枝干垂悬的皂荚树，遮下半场阴凉，有人数清树上的鸟巢，有五个。夏天有人在树下吃饭，鸟把屎拉在树下吃饭人的饭碗里，被鸟屎击中饭碗的人，紧着用筷子拨拉掉有鸟屎的那一坨饭，抬头朝树上骂一声后继续吃饭。

"他们虽也嫌脏，但更舍不得倒掉一碗饭。"二饼说。

二饼的话引出胡子的话。胡子说："那时候鸟咋那么多那么厉害，大概鸟太多，鸟就以为世界是鸟的世界。"我们哄笑。

胡子说，小时候家里吃肉就像过节，一年难得吃上几回。有一次母亲决定吃肉，就嘱咐父亲带上他进城买肉。等父亲在集上仔细地挑了块肉称好，看着卖肉的人把肉用两片大梧桐树叶子包好，递给父亲，父亲把肉包儿放在自行车的后座上，他跟在自行车的边上走。只等走出人群，他就坐上父亲的自行车，再把肉抱在怀里。可是，只听见耳边一声呼啦，眼前一道黑影扑来，旋即撤退，就在他们都没弄明白怎么回事时，那块肉已经腾空而起，两片梧桐树叶打着旋从天而降，粉白相间的肉在一只乌鸦嘴里叼着。乌鸦奋力飞向最近的一棵树，停靠在树上歇脚。父亲的第一反应就是追过去，用身体去撼动那棵杨树，杨树发出闷响，催促乌鸦飞向下一棵树。那天的后来，就是父亲追乌鸦，撼树。他呢，追父亲。记忆停在这里，嗅不到肉香，他已不记得父亲是如何向母亲交差的。

我们吃饱了饭出来，站在平坝上，仰头看那三个鸟巢，看见一只鸟飞来，又一只鸟跟随着飞来。

前面的鸟叼着一根羽毛，后来的鸟叼着一条鱼，鱼晃荡着从我们头顶飞过去。我们看得分明，又十分吃惊。

老饕说：“你看，华阳人和我们，今天也似不在一个‘道’中。”

我一直听着，这时候想说话，又不知该说什么。于是我出了道考题考大家，我问：“叼鱼的这只鸟和刚才从农家乐女主人碗里捞面条的，是否同一只鸟？”

“是。”有人说，“长得像。”

“不是。”有人说，“刚才那只爱素，这只分明喜荤。”

# 礼拜二午睡时刻

何君华

嘴唇就要裂开的时候，背包客突然发现牧民阿拉坦乌拉家的毡房没有上锁。

水壶里早已经没有一滴水，要不是渴得实在难以忍受，背包客是不会失礼地闯进牧民阿拉坦乌拉家的。背包客一推开门就发现炉子上有一壶还冒着热气的奶茶，他犹豫了一下，但是很快他就把茶壶拎了起来，像刚跑了一千里戈壁的老马一样一口气把奶茶喝了个精光。

背包客在桌上放下二十块钱，又觉得不妥，还是觉得应该等主人回来。

这一等就是一天。

阿拉坦乌拉带着他的羊群跑到遥远的乌日更草场去了，直到天完全黑下来才慢悠悠地回了家。

背包客听见屋外的动静，连忙起身走了出来。背包客抱歉地说："老大爷，实在对不起，我见你家没有锁门，冒昧闯了进来，请你原谅。"

阿拉坦乌拉并不理会背包客的解释，自顾自把羊群赶进羊圈。

背包客以为主人生气了，只能像一棵秋天的马莲草一样局促地站在那里。

等安顿好羊群，主人终于说话了："什么是锁？"

背包客这才发现，主人的门上根本没有锁。

主人的话让背包客彻底震惊了。这简直令人难以置信，人类已经走到二十一世纪，竟然还有人不知道什么是锁。背包客试图给主人解释一番什么是锁，但是他马上陷入了困境，他发现给一个没见过锁的人解释什么是锁无异于给一个没见过马的人解释什么是套马一样困难。他只能勉强解释说，锁是一种工具，把它安在门上别人就进不来，只有用钥匙才能把它打开。一把锁只有一把钥匙，一把钥匙只能打开一把锁。

主人马上摇了摇头："那怎么行？那肯定不行。"

背包客说："那怎么不行？那样的话别人就进不来了呀。"

"那怎么能行呢？那路过的牧民们口渴了就没有水喝了呀。万一碰到风雪天，上哪里找马奶酒暖身子去？累了上哪里休息？"主人不解地问背包客。

原来，主人房门大开就是为了方便像背包客这样的口渴者进来"偷"水喝呀。

背包客无言以对，更加无地自容。

"我们早晨从东边出发出去放牧，到了晚上则从西边回来，中间要走很远的路，不饿不渴不疲乏是不可能的，铁打的汉子也不可能。"阿拉坦乌拉比画着说。

"为什么不从同一个方向回来呢？"背包客不解地问。

"成吉思汗说，我们不能在同一天内两次践踏同一片草场。长生天赐给我们辽阔的草原，是赐福给我们，不是用来糟践的。"

主人生起了火，问背包客："年轻人，在这里住一晚吧？"

"好。谢谢！"背包客兴奋地说，又补了一句，"打搅了。"

吃晚饭的时候，背包客还是不甘心——阿拉坦乌拉老人怎么能没见过锁呢，这简直太让人难以置信了，于是问道："你们这里所有的牧民都不上锁吗？就不怕东西被偷？"

"为什么要偷呢？每一个哈丹巴特尔草原的蒙古人都有手有脚啊。"主人不解地反问。

"可是你不怕别人进来把你的东西吃光喝光？"

"我也会吃光别人的呀。我今天跑了趟乌日更草场，就在那里饱餐了一顿。"主人哈哈大笑。看起来，他对今天的伙食很满意。

躺在阿拉坦乌拉老人家暖和的床上，背包客失眠了。背包客万万没想到草原上的牧民们竟然不知锁为何物，用阿拉坦乌拉老人的话说——门只是用来抵御风寒而不是用来防贼的，这简直太不可思议了。

第二天早上告别阿拉坦乌拉老人，背包客又不甘心地走了几户牧民家，结果真的像老人说的那样，每一户都是家门洞开！

背包客彻底被震撼了。很快，背包客写的游记《哈丹巴特尔草原的奇迹》就发表在了全国发行量最大的旅游月刊《旅游者》上。一时间，更多的驴友像蜜蜂一样涌向了哈丹巴特尔草原。

背包客再次来到哈丹巴特尔草原已经是一年以后的事情。这回他看到了更加令人震惊的场面——家家户户都上了锁！

他迫不及待地找到阿拉坦乌拉家，想弄明白这一年来究竟发生了什么。

阿拉坦乌拉老人家里竟然也上了锁——一只油绿的梅花挂锁在阳光下分外刺眼。

“刚开始是朝克图家的茶壶丢了。很快，哈斯额尔敦家传了三代的雕花马鞍也丢了。”中午时分骑马归来的阿拉坦乌拉老人无奈地说，“我的皮靴也丢了，马镫也丢了。”

“家家户户都上了锁。这不，我只好骑马走这么远的路回家吃饭。”老人不高兴地说。

此刻正是哈丹巴特尔草原上的礼拜二午睡时刻，背包客没有一丝困倦，但是比任何时候都要口干舌燥。他有一股打人的冲动，但是终于什么也没做。他只是孤独地站在那里，像一个永恒的忏悔者。

# 薄荷的邀请

田双伶

时令过了谷雨，她家门前的小园子，仍是空空的、黄黄的一片，好像一个心情不好的妇人，板着一张蜡黄的素脸。

她的心情就很不好。怎么可能好呢？从那场婚姻中流落出来，她就病了，整日昏沉沉的，头痛、恶心、烦躁、失眠，黑苦的中药汤汁喝了一碗碗，也没减轻多少。

而邻家和她一样大的园子，此时已热闹闹喧腾腾一片了。春韭已割了好几茬儿，垄间的油菜日渐拥挤稠密，薄荷的嫩芽从惊蛰到现在都没停止过往外拱，一芽芽一丛丛地四处蔓延。她每次都心悸地看上一眼，等它越过边界的时候，就毫不犹豫地将它拔掉。

她端着一杯红茶站在园子里，晒着上午十点钟的太阳，看胖胖的邻家女人蹲在地里割韭菜，看她腰间露出一道让人心惊的赘肉。她想，可惜了这么好的园子。怎么能种这些俗气的蔬菜呢？应该栽上蔷薇或是紫藤，让它们顺着窗栏往上攀，藤蔓垂下一簇簇小花，坐在花香里读书喝茶，多好。可是，从初冬搬到这里，她还不知道该怎么去栽种花木，园里自然是空空的，春风不度。

邻家女人吃力地站起身，看见她，隔着低矮的栅栏递过一把韭菜，说，前天下了场雨，就蹿着长起来了，你也尝尝鲜。

她的笑容掩起了不屑，说，谢了，我不习惯那味道。

邻家女人笑呵呵地说，我家那口子呀，特爱吃韭菜馅饺子，每次包饺子他都能吃好多。

她听了，无力地垂下眼皮摇摇头说，我头痛。转身要回屋。

女人看她摇头闭眼痛苦的样子，说，你等等。说完弯腰掐了几片薄荷叶，在指间揉碎，朝她伸过手说，来。

她怯怯地将头低垂着伸过去，听话地让女人把那一团青绿涂在太阳穴上。瞬间，一丝清凉从太阳穴沁入鬓角，将她从混沌中缓缓唤醒。

真是奇了，她向邻家女人道谢。女人乐呵呵地指着地上的薄荷说，管用你就随便掐，掐了还会发的。

天依然晴好。隔着栅栏，她细细看邻家的园子，西墙角扯的晾衣绳上，五彩斑斓地挂满了衣物：孩子的小衣褂、男人皱巴巴的衣裤、女人的花上衣、褪了色的床单被罩，一看就是含棉量不高爱起球的化纤织物。邻家女人身上穿件松松垮垮的睡衣，端着红色塑料盆给菜浇水。屋里传出孩子的哭闹声，女人一边吆喝男人去哄孩子，一边叨叨着菜叶上怎么长了虫子。

她与邻家，只隔着一道木栅栏，却仿佛隔了世间的一层烟火。这样的俗日子，在她眼前，生动着，美好着。

邻家女人指着地上那丛青绿的薄荷，唤她，过来摘呀。

她一次次走进邻家的园子。三片两片薄荷叶，就那么一掐一揉一抹，一丝清凉，竟然让她的头痛一天天好起来。

每到中午时分，隔壁的厨房里便传出有节奏的叮当声，继而爆油锅的刺啦声，葱花的香气飘过来。她贪婪地嗅着那香气，觉得自己像个窥视的小鬼，在吸纳人间的烟火。

屋里只她一人，静得很。她越来越怕这种静了。静，如一个无声无形的鬼，悄然藏在身旁，一丝丝吸纳她的元气。她将冰冷的咖啡壶、面包机、料理机，都收到柜子里，又去超市买了花围裙，在菜场买了韭菜、鲜肉和面粉，备全了调料，她想包回饺子，做个勤快妇人。往日冷清的厨房热闹起来。她笨拙地调馅、和面、擀皮儿，不一会儿，鼻尖上手臂上全是面粉，照镜子一看，自己都笑得不行。饺子煮熟了，她盛出一个尝，一下子烫了舌头嘴唇，泪都出来了。抹泪的那一瞬间她怆然失神：从前的婚姻，独独缺了这烟火气呀。自己做给那人吃的，什么鲜花沙拉、海鲜料理，对脾胃都没有亲和力；即使那人爱吃的饺子、汤圆，也煮的都是速冻食品，难怪那人苦笑着说，吃得胃寒，都成了速冻人了。婚姻就是这样冷下来的。原来想把恋爱时的浪漫情调带到婚姻里，如同把黄山的云雾装入坛子里一样不现实。

她将饺子煮好，晾凉，小心地盛进保温盒，拎着出门，坐上公交车转过大半个城市。她要去送给那个人吃。

当她把饭盒端给那人，掀开盖子，她看到了一双黑眸闪出的惊喜，顷刻化为湿润。

她的日子开始活色生香。每天清晨，她步履轻盈地拎着篮子去菜场，回来时篮子里装满了新鲜的菜蔬、鱼和豆腐，米粮菜蔬在她的手中如花落花开。饭食做好装好，而后，拎着保温盒，坐上公交车绕过一条条街道，送到那人面前。洗手做羹汤，原来也是如此地幸福。她明白了以往朋友说她的那句话：再精美的瓷器，能有粗瓷大碗端在手里实在吗？

立夏过了五六天，那人和她一起回到家里。她牵着那人的手去看邻家的园子，欢欣地指给他看，却惊奇地发现：邻家的薄荷，竟然不管不顾地，已经在她家的园子里恣意丛生，串了一大片。以前她曾经想，等它越过边界的时候，就毫不犹豫地将它拔除，可是，这绿叶舒展的薄荷，谁能拒绝得了它呢？

她说，我们采些做薄荷茶，邀请我们的邻居来品尝吧。

那人说，好啊。

初夏的空气中，清凉的薄荷香气从她的园子里弥漫开来。

# 喜　鹊

非　鱼

喜鹊嫁到观头村快六十年了。

从喜鹊到喜鹊婶到喜鹊奶，她缓慢地熬过了一年又一年。

熬这个字，好像天生就是给她准备的。文火慢炖是熬，钝刀割肉是熬，哭烂双眼是熬，一个水灵灵的小媳妇，硬生生熬成了一个碎嘴婆。

儿子死的时候，她哭烂一只眼。男人让车撞死，她哭烂另一只眼。剩下一个闺女害病又走在她前头。她撇了撇嘴，莲心泡黄连，有啥法子。一块手绢把两只烂眼搓了又搓，揉了又揉，红肿明亮。

倒还有个儿媳妇，带着孙子，原本跟她住一个院，可受不了她天天指桑骂槐、含沙射影，一气之下回了娘家，在娘家兄弟帮衬下，盖了三间平房，带着儿子过日子。

院子空了，除了一条狗、两棵泡桐、几只鸡之外，就剩下喜鹊奶出出进进一个人。

每天早起，扫了屋里扫院子，扫完院子添水熬汤，一锅汤吃一天，也就两顿，第一顿喝稀的，第二顿焖久了吃稠的。吃完饭，搬个小板凳走到巷子口，夏天坐在大柿树下，冬天找个山墙根，有人来，见谁跟谁扯东拉西。路过歇脚的，她也能扯上话头，哪村的？谁家的？非得问到她认识的那辈儿人，七拐八拐怎么着也是沾亲带故的。

村里的闲人大多跟喜鹊奶年岁差不多，开始都乐意听她谝闲话，多了，嫌她烦，总是那几句。生来苦命人，算卦的多少年前就说过，可我爹没当回事啊，还让我嫁给那个死鬼，他倒是早早享福去了。我作的啥孽，一辈子吃不完的黄连苦，没过过一天好日子，哎呀……说着说着又哭了，两只烂眼睛通红通红。

女婿外孙虽也嫌她絮叨，但又没办法，过一段送来点儿吃的用的，留点儿钱，慌忙走了。喜鹊奶拿着他们留的钱，给邻居诉苦：当年还不如养条狗，养条狗还能汪几声，养那么大个闺女，末了自己先走了，女婿外孙送点儿钱来，看个头疼脑热都不够，还叫我赶集，唉……怨我啊，这孙子孙子靠不上，外孙外孙靠不上，他们都想着我死哩。

说到死这个话题，喜鹊奶的精神头来了。我就不死，盯他们的眼，他们不管也不行，要戳脊梁骨呢。

翠花奶也是一个人，儿孙在县城，她自己守着老屋。翠花奶耳背，正好和喜鹊奶碎嘴子凑成一对，一个说话，一个打岔，谁也不嫌谁。

天气好点儿，翠花奶就抱着她的大包袱找喜鹊奶，把包袱里花花绿绿的东西摊一炕。看看，我这老衣啥样，棉的单的里里外外整七身。

喜鹊奶从箱子里翻出自己的。你命好，有人准备。我都自个儿准备，就等哪天咽气，要不谁管啊。你瞧，这鞋、袜子、袜带，这帽子。

两个老人你看看我的，我看看你的，嘴里各说各的。一会儿，炕上铺排满了，搅和在一块了，你拉我拽又开始吵。吵够了，自个儿的老衣扒拉一堆，慢慢再叠起来。这褥子软和，铺着不硌脊背。你摸这料子，光的，明儿个死都值。

晒完了老衣，第二天是集日，她们开始商量着赶集。

喜鹊奶要买药，还得买盐买菜买点儿肉。她说着，翠花奶应着，耳朵里听的是啥也不知道，光是点头应承。

第二天，喝了稀汤，喂了鸡和狗，喜鹊奶锁上门去喊翠花奶。

两个七十多岁的老太太各自挎着一个布袋，一晃一晃去赶集。

集市其实并不远，可她们走得慢，一路走，一路你说话、我打岔，等走到集市也快晌午了。先找个卖凉粉的摊儿，叫一碗凉粉，烧一碗醪糟，消消停停吃了喝了，再跟旁边卖凉粉吃凉粉的谝几句，提到喜鹊奶黄连一样的日子，她抹几把泪，这才去买东西。

东头转到西头，东西买得差不多了，该回家了。布袋子里装了半袋子零碎东西，挎在肩上，走几步，歇歇，换个肩。一路走一路歇一路说，看见认识的人再问几句，回到村里，已经是半下午了。

村口的柿树下坐了一圈人，喜鹊奶知道人家不待见她，又想往跟前凑，就拉着翠花奶，把韭菜择了再回。

找块石头坐了，掏出集上买的韭菜，一根一根择干净。

有人问，打算咋吃啊?

烙几个韭菜盒子。

能咬动?

看见这韭菜嫩，想着烙几个盒子。慢慢咬。

你孙子给你送面了，你不在屋，搁大门口了。

你看看，我这是上辈子造了啥孽，知道我去赶集，来送面，跟我就是仇人，都盼着我死哩。

那一堆人听她说这，扭脸都不搭理她，喜鹊奶开始给翠花奶说，咱老了，不中用了，人都嫌哩。

黄昏来临了，闲坐的人都回家做饭了，翠花奶送喜鹊奶回家，要帮她把门口的面给抬进去。一开院门，老黑狗蹿了过来，蹭她的裤腿，泡桐树上落了一只长尾巴喜鹊，喳喳叫起来。

喜鹊奶和翠花奶把面抬回屋，把集上买的东西一样一样掏出来。翠花奶说，喜鹊叫哩，明儿个你有好事哩。

喜鹊奶对着翠花奶耳朵大声喊，你明儿个来，看有啥好事!

# 李白水砍人记

岱　原

服务员翠莲走进后厨的时候，李白水正在削一个茄子。李白水拿的是一把小小的刀，刀刃就两三寸宽。李白水捏着刀，手腕转一下，茄子皮就脱下来了。李白水削茄子皮就像在给茄子脱衣服。

翠莲走到李白水身边，用胳膊碰了碰李白水，朝门口努努嘴。翠莲说，李白水，老板来了，在柜台那里。

老板有两天不见人，今天早早就过来了，他把车子停门口，然后进了柜台对账。按照以前的习惯，老板对完账后指手画脚一番就走人。李白水过去时，老板还在对账，就想等老板对完账后再开口。等了半天，老板的账还没对完，李白水就只能像呆子一样站着。李白水站得双脚发麻，老板总算看到了他。老板说，李白水，你不去做事，跑这里站着干什么？

李白水嗫嚅了半天，想开口又有点畏缩。老板就吼了一句，有事就快说，没事干活去。李白水就说，老板我想支点钱。

老板呆了几秒钟，几秒钟过后拿眼珠子瞟了李白水几眼。老板说，为什么要支钱？别人都不支钱为什么就你要支钱？李白水说，你已经两个月没发工资了，天冷了，我买衣服的钱都没有，我现在缺钱。

老板不太高兴。老板说，一个人要钱都喜欢找古古怪怪的借口。李白水说我真不是找借口，我是真没有钱，你看看我这身衣服，连个外套都没有。老板更不高兴了。老板说，为什么别人不要钱就你要钱？为什么别人有衣服就你没有？李白水说别人有钱是别人的事，我是真的没钱。

老板不理他了，老板夹着包站到了柜台外，老板对收银的胖妮说，收银要小心，打折的归打折的，不打折的归不打折的，不要搞混。老板又对打扫卫生的刘姨说，跟你说多少遍了，饭店卫生不能留死角，卫生间的那个蜘蛛网怎么回事，你要好好解释解释。老板又对领班马红说……

李白水不死心，又往跟前凑凑。李白水说，老板我真没钱了。老板说，没钱就没钱，过段时间再说，我现在也没钱。李白水憋不住了，李白水说老板你打麻将有钱，为什么发工资就没钱？老板愣了一下，然后结结实实地看着李白水。老板说，你很厉害呀！连我打麻将都敢管？李白水有点慌，我不是那个意思，我的意思是……

你的意思是什么意思？我是老板都要听你的意思？

不是，我……

你拿把刀晃来晃去干什么？你要威胁我吗？

李白水一惊，忽然发现削茄子的刀还在手上。老板逼过来，李白水手脚就不知道往哪里安放。他忙忙乱乱的样子就像捏把刀子在挥舞。

李白水，你胆子不小啊？你是不是想砍人？

我……我，没那意思。

你肯定长本事了，你的意思是要砍我。你来砍我呀！老板气得脖子都粗了，老板用巴掌在自己的脖子上拍出响亮的声音。来来来，你来砍我，有本事朝这里砍！

老板把李白水逼到了墙角，李白水侧过身子，老板还是逼了过来。李白水想想实在没有办法，就把刀提了起来。李白水那一下没有犹豫，他顺势把刀子扎了过去，李白水没有扎老板的脖子，李白水朝老板的屁股扎的。李白水感觉到了刀刃和衣服接触的阻力和穿透皮肤那一瞬间的轻快。

老板跳了起来，触了电一样蹦起老高，他动作诡异又奔放，他惊恐地看了李白水一眼，像看到一个妖怪。然后他甩下李白水朝大门跑了，李白水本来捏着刀柄，刀却没拔出来。那刀背上有锯齿，在衣服那就卡住了，刀子离了肉，却挂在衣服上。刀子不大，老板一跑就把刀子一起带跑了。李白水抓都没抓住。

李白水不明白老板为什么跑得如此仓促，车钥匙都没拿，老板出了门脚步没停就往南边去了，李白水想想那刀子挂在那，就没有犹豫，老板一跑他就跟在后面追了出去。老板跑了一条街，他就追了一条街，老板跑了两条街，他就追了两条街。李白水追到第三条街的时候就被人按住了，因为老板一边跑一边喊救命，听到老板喊救命，就有人蹿出来把李白水按住了。

李白水被扭送到派出所，警察隔着审讯桌问李白水，知道为什么抓你吗？李白水眼睛瞪得很圆，我真不知道。

你砍人了，你不知道？

老板叫我砍的，我找他要工钱，他让我砍他脖子，我不知道他为什么要我砍他脖子？要钱就要砍脖子吗？我觉得砍脖子不合适，就砍了屁股。

砍屁股就不是砍人了？而且还一路追着砍？

我没有，老板把刀子带跑了，我削茄子没有刀子，我要找回刀子。

你真犟……

李白水被拘留了一个星期。

一个星期过后，李白水被放了出来。李白水被放出来的时候，人憔悴了，眼窝陷着，头发毛毛杂杂的。李白水在街上转转，日头把他晒得稀昏。他想吃东西没钱，想喝水也没钱。李白水只好又转到店里去了。

李白水去店里的时候，老板也在店里，老板屁股被刀扎过后就打不了麻将，打不了麻将就只好窝在店里。李白水脑袋从门口伸进去，说，老板还要不要我削茄子？

老板看到李白水，脸一下子变白了，没有血色的那种白。老板说，我不要你削茄子了，我不要你这号人，你把钱拿走吧！我以后都不想看到你。李白水听见老板的声音一颤一颤地抖动，老板窸窸窣窣地在收银台里鼓捣了好大一会，然后拿出一沓钱放在李白水面前。老板说你把钱拿走，你以后都不要过来了。

李白水拿了钱，忽然有一种轻快的感觉。他想和老板道个别，老板看都没看他，只是哆嗦了一下。李白水只好和胖妮告别，胖妮也没有理他。李白水和刘姨告别，刘姨干脆背转了身子。李白水到后厨和厨师大牛告别，大牛也没有吱声。李白水只好孤单地出门。李白水出门的时候，翠莲追了出来，翠莲说，李白水，我送送你吧！

李白水走了两条街，翠莲就送了两条街。李白水看看满街的行人，看看密集的楼宇，又看看瓦蓝的天。李白水对翠莲说，你回去吧，不用送了。翠莲说，你以后去哪？李白水说，我也不知道。翠莲说，以后不要砍人了。李白水点点头，不砍了。翠莲说，那我回去了。李白水说，你回去吧！待会老板肯定要骂你。翠莲说，不怕，我谁也不怕。

李白水看着翠莲沿着来时的路背转身慢慢往回走，到了街口，翠莲一拐弯，就不见了。

# 看见老树就想哭

韦如辉

城南新造一个森林公园，上万亩的规模。

森林公园里有一片老树，夹杂在一大片新树之间，倍感岁月的沧桑。说它们是老树，其实刚刚移植过来不到两年，只不过它们的树龄，远远超过十个或几十个两年。

老树的树冠，像老人的头发一样稀疏，而它们依然跟随着季节的节拍舞蹈。一阵风吹过，伴随着小树们热烈的掌声，老树们的笑容显然是开心的。

张三的脚步，在老树林里停了下来。

咦，张三在心里发出只有自己才能听到的惊叹。这么多老树？哪来的？

风从张三身边吹过，树叶奏起的掌声奔放而热烈，好像那些充满智慧的树们，在鼓掌呐喊的同时，讥笑张三的无知与多情。

无疑，这些老树原来不在这里，它们分布在天南地北，因为这个森林公园的诞生，它们有缘相识相会。

张三看着它们，它们也看着张三。张三问它们从哪里来，它们也问张三从哪里来。张三跟它们之前是陌生的，甚至连路人都算不上，它们和他张三并没有见过面，更没有打过招呼。

想到招呼这个词，张三觉得作为一个人，明显失礼了。张三抱了抱拳，拱手作揖，心里说，小生这厢有礼了。

老树们在风的鼓动下，摇响一树的问候。

张三走近它们，用眼睛测量，用双手抚摩，甚至在一棵老树的腰间抱一抱。张三并没有抱得过来，那棵老树比张三伸出的两臂粗得多。

张三左瞧右看，在心里揣摩，这棵老树有多少岁？

张三不知道，他没有这方面的知识。他的工作虽然清闲，但也不允许空出时间，研究这些生僻的知识。

直到走到一棵老树前，张三停了下来，围着它转了一圈，又转了一圈。

这棵老树与其他老树不同。树干不粗，树身不高，且在一米处弯了下来。弯下的树腰，经历过风霜雪雨后，又努力往上直。可以数下来的几片叶子，敬业地点缀着灰暗的天空。

张三叹了一口气，这棵老树能撑到什么时候？它会在这个冬天到来之前死去吗？张三的心情沉重起来，一块乌云，渐渐密布在他的心头。

张三低头沉思的时候，手机突然响了。

张三慌忙将手机架到耳朵上，不由自主地叫一声，妈！

电话里传来哎哟哎哟的声音，在痛苦声音的覆盖里，妈妈倒吸凉气的声音清晰可辨。

张三冲出森林公园，打的的时候，发现脚上少了一只鞋。

妈妈倒在地上，手里揪住一块抹布，嘴里的声音越来越弱。

窗台上，结了一个蜘蛛网，一公一母两个蜘蛛，时常跑过来秀恩爱。张三妈觉得它们不应该在这里，它们真的打扰了自己的生活。老人家决定，清除掉它们的爱巢。

可是，张三妈从窗台上掉了下来，摔断了尾骨。

躺在病床上的张三妈后悔不已，唠叨说，报应啊报应！

妈妈打着点滴，张三的思绪回到从前。从前，妈妈一个人撑起一个家。他从记事那时开始，一直回忆到儿子出生不久，妈妈跟媳妇闹别扭，离开自己的家。

妈妈的头发白了，腰弯了，脸上的皱纹层层叠叠，沟沟坎坎里，沉淀着太多的辛酸。

夜里，张三睡不着，病房里洁白如洗。张三伸出两根指头，颤抖着移到妈妈的鼻翼前，直至感到一股湿热的气息，张三才长出一口气。

妈妈出了院，却多了两条腿。那一对在超市买来的不锈钢拐杖，刺得张三两眼生疼。

秋越来越深，直到触摸到冬天的身影。树叶落下来，开始一片一片，三片五片，后来成群结队的树叶落到地上，慢慢化作来年的春泥。

星期天，张三来到森林公园，来到老树林，来到那棵老树跟前。老树的叶子已经落尽，枝枝条条在风中呻吟。

张三哭了起来，由抽泣，到失声，到痛哭，到泪流满面。

一个手握相机的人走过来，围着张三转了一圈，又转了一圈。待张三的哭声平息，他诧异地问，朋友，您哭什么？

张三擦着鼻涕，回答说，看见老树就想哭。

那个人拍了张张三的照片，竖直大拇指说，哲人也！

看着那人离去的背影，张三的哭声又响起来。

起风了，越来越大，整个公园淹没在一片悲伤之中。

# 雪

胡天翔

我是在三眼井撞倒那位大嫂的。

腊月，天空灰蒙蒙的，天气预报说傍晚有雪。出新蔡二高的大门，长长的自行车队伍像垮坝的洪水一样滚滚向前。脸冷、手冷，风还蛇一样从领口往下溜，从裤脚往上钻。我紧握车把，飞快地蹬着自行车冲过东关菜市场、棉纺厂、公安局。风裹着尘土在街上飞舞，好在有薄薄的眼镜片挡着，灰尘钻不进我微眯的双眼里。过了老街的十字路口，车流分成三支，往南往北各有一支，我顺着和平街往西飞。过三眼井，过沟渠上的石桥，有一个下坡，我骑着车呼啦啦往下冲，北边的巷子里突然蹿出来一辆自行车。躲闪不及，对方车的前轮正好撞到我车的后轮。我的人和车都没事，身后传来自行车的倒地声和女人的惊叫声：哗！哎呀——

我把车子支在路边，看见一个女人倒在路上，三十岁左右，右腿被自行车压在下面，哎哟哎哟地呻吟着。我扶起车子，她慢慢站起身。我搀着她挪到路边，坐到马路牙子上。女人不停地抚着胸口，呼呼地喘气。我见路中间有个蓝色的包袱，连忙捡过来递给她。包袱里装的像是衣服，鼓鼓囊囊的。女人打开包袱看了看，搁到脚边说："熊娃，你骑恁快干吗？"见我傻子一样不说话，女人撩起右腿的裤子，见脚踝上擦破皮向外渗着血，说："出血了，咱去医院吧。"我把裤兜里的五元纸币拿出来说："大嫂，俺就五块钱。"女人看了看我，站起来揉揉屁股揉揉膝盖，弯腰捡起包袱说："你是学生吧，俺不会讹你，咱去诊所清理下伤口。”

女人把包袱挂到车把上，推着车子走。我推着车子跟着。出了和平街，往南走到新正路口，路东边就有一家诊所。涂碘酒，贴纱布，又拿一瓶碘酒和一包棉球，一共才三块钱。我把医生找的两块钱给女人，她坚决不要。出了诊所，女人忍疼骑上车子，说:“同学，你走吧，俺沿新正路往西走。”“大嫂，咱顺路，俺到陈店东边的王楼。”我说。走着聊着，我知道了大嫂进城是来给两个孩子买大袄的。来到新蔡一高的南门，天上开始落雪粒儿，女人看看天说:“雪会下大，俺家就在城西的七里庄，你先走吧，到三岔路口坐客车回家。”歉意地辞别女人，我飞快地骑着自行车往前赶。

雪粒儿越落越稠，噼里啪啦地砸到地上。到了三岔路口，一辆去正阳汝南埠的客车停在路边。一个秃顶的中年男人在车后喊人。我说去王楼。他说三块钱。我说平常都是两块。他说人是两块钱，带自行车加一块钱。我说自行车不要钱。他说谁不要钱你去坐谁的车。想到兜里的两块钱，我骑上自行车走了。

骑到七里庄，雪粒儿变成了雪花，纷纷扬扬地飘起来。骑过西关的石桥，雪片已是漫天飞舞。路面已变得湿滑，我正用力地掌着车把骑着，那辆客车从后面驶过，停在路边。车门打开，那个秃顶伸头朝我喊:“两块，坐不坐？”“坐啊！”我说。秃顶走下车，搬起我的自行车，将车把别在扶梯上，从挎包里翻出根尼龙绳将后支架绑到栏杆上。我怕车子掉下来，让他把自行车扛到车顶，扔进装货的护栏里。秃顶朝车子蹬了一脚说:“稳当得很，车子掉了，赔你新的。”

车厢里塞满了人。上了车，我和秃顶贴着前面的人，才关上车门。新正路上坑坑洼洼的，上人下人，车子走走停停。到了十里铺，我下车看看，自行车还在。到了河坞路口，我下车看看，自行车仍在。到王楼了，我和秃顶到客车后面一看，自行车挂着呢，车前轮却不见了。我让秃顶赔二十块钱。秃顶说是免费带的自行车，最多只能赔十块钱。我说你图省劲没把车子搁在护栏里。秃顶说前轮子掉了，怨车子太破。我和秃顶讲理，客车却呼呼地发动了，我忙拦在车前不让走，秃顶拉着我的胳膊，一下把我甩到路边。我滑倒在地，秃顶扔下十块钱，像兔子一样跳进车里，客车迅疾跑了……

天黑了，又下着大雪，公路上见不到一个人，连王九开的诊所也关了门。扛着车子下了公路，我把自行车扔在诊所门口，才冒着大雪穿过王楼回杨楼。田野里白茫茫一片，我循着雪路上冒出的枯草疾行。到家后，父母已吃过晚饭，听我讲了遭遇，母亲边给我热面条边夸大嫂善良骂秃顶坏良心，父亲则郑重地说："这事不怨你，睡一觉就忘了吧，我明天去王楼修车子。"

那夜的雪让我难忘，但让我更加难忘的还有后来的事。

第二年四月的一天，我骑自行车去县城上学。刚过七里庄，迎面走来一个扤着细筐的女人，看了看我，伸手拦着我说："同学，还记得我吗？咱俩撞过车呢。""大嫂。"我想起来了。大嫂高兴地从细筐里拿根黄瓜，说是刚从地里摘的。我不好意思地接过来，大嫂又拿出两根硬塞进我提兜里。"路上慢点，好好学啊！"走了好远，大嫂的话还在我耳边回响。

又过了几年后的一个秋天，我去驻马店师院上学，在王楼等车。车是来了，车门却没开，司机说车里人满了，我可以和跟车的坐车顶上。我顺着扶梯爬上车顶，一个人站在护栏里伸手拉我，有些眼熟，一时想不起来是谁。那人似乎认出了我，尴尬地笑笑，问我去城里上学吗。我说到城里转车去驻马店，又好奇地看了那人两眼。秃顶，突兀的是右眼上有两条眉毛：多了一道疤痕。看我盯着他看，秃顶沮丧地说："那天到汝南埠后，我下车就滑倒了，眉骨磕在车门下的台子上，裂个大口子，缝了六针呢。老弟，哥对不起你，不过哥也受了惩罚，你别记恨哥！"这个时候，我才想起来那辆掉了一个轮子的自行车。

秃顶说得很诚恳，我也不知道说什么好，两个人都沉默着。路不平坦，车顶上的风大，我和他都紧紧地抓住屁股下的铁杆……

# 黑白照片

走 舟

他背着沉重的行囊来到一个偏远的小镇。

小镇还保留着年代久远的一些木质的建筑，夹杂在参差不齐的新式水泥楼房之间，有些突兀，有些不伦不类。

他先是惊喜，然后就又有了些遗憾。遗憾这新与旧没有被好好规划，好些原始的木质建筑已经被破坏了。

他更遗憾手中的相机只剩下最后一张底片。

于是他向当地人打听哪里有照相馆，有一个热情好客的老婆婆给他指明了方向。

他穿街过巷找了好半天，才在背街的一个小院里看到了照相馆的招牌。

院子里种着一棵巨大的槐树，枝繁叶茂，遮天蔽日。是下午两点钟的光景，这个季节难得一见的阳光正暖洋洋地洒下来，漏过树叶的间隙，碎了一地耀眼的白亮。

他看到一位头发花白的老人，正忙着从屋子里搬出几条长凳，在树下摆开。他走上前，问，这里的老板在吗？

老人站直了，我就是。

他略有些吃惊，想不到在这地方遇见这么大年纪的同行。眼前这老人也该有六七十岁了吧，他穿着一身灰白衣裤，脚上穿的是青色布鞋，一把白胡子垂在胸前。他不由想到一个词，仙风道骨。心里就有了好感。他说明来意，老人笑眯眯地请他到屋里坐。

他跟着老人进了屋。屋里光线很暗，有一股淡淡的腐朽的气息。等他渐渐适应过来，他才注意到屋里四面的墙上，都挂着一般大小的黑白照片，有人，有景。

老人在柜子里翻腾了很久，拿出几个胶卷交给他。最后几个了，老人说。

他有些失望，那几个胶卷都是黑白底片的。他问有彩色的吗，老人摇摇头，几十年了，我只照过黑白照片。老人望着墙上，脸上满是自豪的神情。

他拿出钱包要付钱，老人笑着按住了他的手。我不收你钱，只要你帮我个忙。

他迟疑了一下，不明就里。老人指着墙上最高的一排照片说，你帮我把这些照片取下来就行了。

他想不到是这么轻松的交换，当即就答应了。

他搭着凳子一张一张地取，老人就一面用一块干净的毛巾小心翼翼仔细擦拭着相框上的尘埃，一面絮叨起来。

看见院子里那棵老槐树了吗，过不了多久它就要被砍掉了。我这个照相馆也即将被拆掉。也好，他们都说我这把年纪早该退休享清福了。

在这个地儿工作了几十年，有感情啊！这个镇子上发生的许多故事，我都算是见证人呢。

他也来了兴趣，就主动攀谈起来，于是他从老人嘴里知道了小镇的历史，知道了许许多多小镇上遥远的有趣的故事。

他和老人把取下的照片拿到了院子里，老人将这些照片在凳子上一字儿排开。树影摇曳，阳光斑驳。老人呆呆地对着这些黑白照片看了很久，忽然发出感叹，多好的阳光啊！

每年我都要把这些照片拿出来见见阳光，你看他们在阳光下笑得多开心。

他仔细看，惊奇地发现每张照片上的人都是微笑着的，多是些年轻面孔，有略带害羞的，有憨态可掬的，有大方爽朗的，有夸张突兀的，更多的是幸福洋溢的。每张脸都很生动，仿佛跃跃欲试地要同自己对话似的。

他有些佩服眼前这位老人了，他最清楚，能让处在镜头下的每个人露出笑脸，绝不是件容易的事。

老人似乎特别高兴，他一一指着照片给他讲述起来：

看见这个小姑娘了吗，那年她才16岁，现在已经在省城安家了；还有这个小伙，我记得他来照相是为了去参军；那个我最清楚，是个鬼精灵的生意人，现在不知道在哪儿呢；这个，是镇上的何老师，去年已经去世了，唉，多好的一个人啊……你再看看这个，呵呵，很老的照片了，是我当年的意中人……

老人的语气渐渐变得很是沧桑。

他的心里莫名有些感动，竟觉得这些人仿佛很早就与自己相识了，对这陌生的地方，这些陌生的人，凭空生出些亲切来。

他终于要离开了。临走时他突然说，老人家，我想给您拍张照。

老人就乐呵呵地笑了，好好好。

老人就搬了一张椅子，坐在了那一排黑白照片的中间。

他举起相机，选好角度，调好焦距。透过相机镜头，他看到老人情态安详、神采奕奕，有细碎的阳光落在他的皱纹上、他的胡须上、他的眼睛里……

四周很安静，衬得那一声快门特别响亮。

一个星期后，他回到他所生活的城市，很快地，他就把这次旅途中的所有照片都仔细冲洗出来了。在分拣照片的时候，他看到了那棵槐树和那个老人。

他感到很奇怪。他分明记得那张照片是用最后一张彩色底片拍的，可是眼前的画面上却只有两种颜色：黑和白。

# 第二辑

# 火锅与爱情

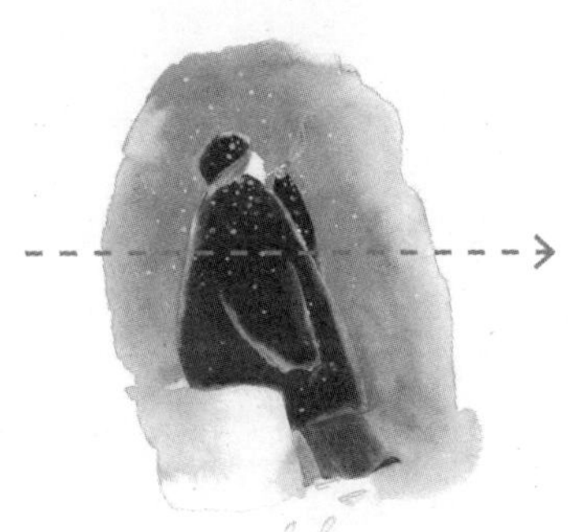

# 智 齿

陈 毓

一觉醒来，庆生看见镜中的半边脸肿了，明光光泛出一层古怪的颜色。他想弄清是哪里出了问题，没有一点征兆，脸就肿成这样。他张嘴，舌头好好的；睁大眼睛，眼睛虽是睡眠严重不足的样子，但似乎和脸没多少牵连，心中越发感到蹊跷。对镜捏脸，硬邦邦的，像是改变了人肉的质地。庆生想，世上的事各有缘故。他回忆近日的生活，先想到了妻子，妻子这些日子看他时只用眼睛的余光，这使他心惊，他预感这是大风暴来临前的征兆，便在脑子里细心梳理，确信并没啥事可供妻子追究。他几十年如一日，上班，下班，早出晚归，忙或者不忙，一天都是二十四小时，常常有八九个小时待在家里，吃饭，在沙发上横着或坐着，看电视，或者电视开着，根本没看进去。时间的表针嘀嗒，他的人呢，在时间的漏缝里。

儿子在外地上大学，家里就妻子和他，日子不紧不慢，有某种说不出来的寂静。他在沙发上坐着的时候，妻子多半待在自己的空间，他从来没想过她在做什么，只要他回来，她就去自己的空间，这是他们多年养成的习惯，习惯了，都成自然。夫妻俩都坐在电视前的时间少而又少，偶尔在一起，也因为节目看不到一起，妻子索性起身离开。日子久了，她甚至再无看电视的兴趣。偶尔他回家，看她坐在电视机前，多半是连续剧频道，而他一点兴趣也没有。他看纪录频道，或者是体育频道。她偶尔在建议他关小电视声音的时候嘲笑他："这样的节目，得发看片费鼓励才坐得住吧。"所以多年来，只要他在沙发上坐着，她就起身离开。他偶尔想挽留她坐在长沙发的另一端，就赶紧换台，换到电视剧频道，但他看一会儿，就低头玩手机了。不久她离开，他又换回体育或是纪录频道。

一对结婚三十年的夫妻，还有啥要总结的？但是，这一年半载，代替冷漠的是她对他的莫名的恨意。这当然算他的总结，他感到她看他时只用眼睛余光，这让他很不自在，也逼着他思考。他们很少对视，彼此存在，却不互视，更不交谈。而且，心有多少个拐角、多少个洞窟啊，就算对视，就凭他们现在的能量，也未必能照亮彼此的暗黑与幽深。算了吧，想想都累。

每天穿城来去，堵车或者畅通，都使人疲惫。尽管庆生感到妻子行为异常，也只能这样，他下意识地躲她，希望躲躲就过去了。他某次听同科室老李感叹妻子近日脾气怪，把这归结为女人的更年期，就问老李女人的更年期要多久，老李说："因人而异，有人一年两年，有人五年八年。"庆生就想，但愿妻子是一年半载。

在科级位置上停滞的第十年，庆生就觉得自己不必再在仕途上操心了，他听天由命，在心中对自己说，就这样了，就这样过吧。工作中就那点事，用五天和用五小时，效果是一样的，尽管五小时有点夸张，但他知道得到和付出的关系，就这样吧。

但人活着，总得做点什么，他不敢奢望有外遇，虽然偶尔风吹湖面涟漪起，但他不敢和任何女人下力气用功夫。他知道如果证据某天攥在妻子手中，那他的痛苦一定超出欢乐很多。多年前明白这点后，他索性连外遇的苗头都掐掉，如果他有什么，也会是风来湖面涟漪动，涟漪过去，他还在这早出晚归一天穿城两次的日子里。

对妻子呢，他觉得他从来都是不理解她的，他偶尔要探究妻子的内心，又被卡在既成的偏见里。比如他想，你是能干，但什么是能干呢？他想，你积极生活，你出人头地那又如何呢？如果深究，庆生其实是为有这样的妻子骄傲的，就像当初他追求她，她总是爱理不理，但是直到某天他们奇迹般结婚，他也是惊喜里有一点不可思议。他想，她怎么就答应和他结婚了呢？他都不确定她到底爱不爱他，但是不爱怎么会答应嫁给他呢？三十年过去了，现在再问这些，恐怕问的动力都没了。

现在就是尽量把时间按自己想象的样子打发掉。既然终生定在科级的职位上，尽管有一份每周用五小时和五天效果相似的工作，尽管妻子沉默而独立，使他无从插手也再无心插手她的内心和日常，对待儿子也只是看着他成长，那他只好用自己的方式打发时光。他炒股，炒了多年，成绩平庸，偶尔小赚，偶尔小亏，实在无从总结。股海也是偶有风来波纹生吧。

就这样吧。庆生对着镜子出神，虽心有疑虑，却也确定这些和脸肿没一点关系，庆生打算今天重视自己一回，于是他想到去求助医生。

他出门，直接打车去了省人民医院。经过询问排队、询问排队、再询问再排队之后，他进了牙科，一个年轻的女医生脸隐在蓝色口罩后对着他的口腔下命令："智齿，还有点坏。拔掉。"

"拔掉。"庆生非常果断地呼应女医生的话。庆生奇怪自己竟然这么感动，女医生的语气让他莫名地生出依赖感。他想，就是她说让他拔掉头，他也不会反抗。

庆生拔了智齿，女医生给他开了药，口服的消炎片，叮嘱他吃一天流食，别用拔牙的那边，最后温和地说："一周就好了。"

庆生这天早早就回家了，他在沙发上熬到傍晚，听见妻子的脚步声响在楼梯口。他竟然生出久违的、罕有与隐秘的幸福感，他是很少听到她回家的脚步声的，因为他总是回家比她晚些。

庆生听见门锁的转动声，他很激动，赶紧把脑袋放在沙发的扶手上，躺平，他明白自己渴望博得妻子同情，温柔待他，用他拔掉智齿的疼痛。

庆生为此一直没开电视，没开灯，他躺在傍晚的幽暗中，在沙发上静静地等候。庆生想，幸好半边脸上的肿没消失，好像比早上还肿了点，而拔掉智齿的那个地方，那个突然出现的洞被一团棉花填着，女医生嘱咐，过几小时后取出。

庆生想，等妻子看过之后，他就把棉花团取出来。

庆生在傍晚的幽暗中静静地躺着，内心忐忑。

# 火锅与爱情

岱　原

流氓是一条狗。

流氓的名字是肉头取的，他反复强调这条狗在窜进我们小区时别有用心。肉头说："这家伙就是个流氓坯子，一直对着六号楼那条放养的泰迪流口水，在人家屁股后嗅来嗅去。这个小区不大，大部分人和狗我们都熟悉。一条流浪狗，连饭都吃不饱，还敢对着一条母狗流口水，你说它不是流氓是什么？"

关于流氓，肉头曾非常认真地和我探讨过一个话题。他问我："一个人在衣食无着的情况下会不会奢望爱情？"

我的回答是："奢望是肯定的，但付不付诸行动是另外一回事，爱情极容易被现实捆绑。一个人脸皮再厚，在预备和一个女人约会时，口袋里也肯定要有喝咖啡的钱吧。"

当我们这么深刻地讨论一条狗的爱情时，这条叫流氓的狗已经被肉头收养了。肉头说，他用半根火腿肠就轻易地引诱了它。当时流氓正在向泰迪大献殷勤，但看到火腿肠后就义无反顾地跟着肉头走了。

肉头的话可信度不高，但流氓确实被带回了我俩合租的屋子，而且弄得动静还挺大。他用纸箱给流氓做了个窝，又自作主张地把我的洗脚盆改造成流氓的饭碗。流氓比我想象的要温顺，它在肉头脚边嗅来嗅去，这种表现符合半根火腿肠就能收买的那种状态。

从流氓这个名字来看，肉头对这条流浪狗并不尊重，甚至有点儿鄙视。鄙视的原因有两点：一、流氓因为半根火腿肠就把自己给卖了；二、流氓在跟随肉头时，直接就放弃了当时自己还在大献殷勤的泰迪。也就是说，在火腿肠和爱情之间，流氓选择了前者。

对鄙视流氓的第二条理由我不以为然，我觉得肉头认定流氓对泰迪的态度属于爱情未免草率。狗总是爱流口水，我们不能把流氓的正常生理特征引申为心理特征。毕竟是一条土狗和一条宠物狗，族群差异太大，爱情基础不牢固。

肉头对于流氓的态度并没有因为我的不以为然而改变，他在流氓埋头于洗脚盆吞食剩菜剩饭时，眼睛盯住了流氓的屁股和腱子肉，极其深沉地冒出一句："对于一条缺乏高尚情操的流浪狗，火锅是它最好的归宿。"

这个时候我才发现，肉头收留流氓的重点是火锅。道德讨论只是一个幌子，在吃火锅之前，他要找一个让自己觉得过得去的理由。毕竟当他恶毒地算计流氓的时候，这条单纯的狗正躺在他的脚边打呼噜。

我不是爱狗人士，而且我对突然闯入我生活的一条狗也缺乏好感。我对肉头说："你要吃火锅是你的事，我不参与，不过，你得赔我一个洗脚盆。"

肉头要杀流氓，准备工作做得很充分。他买了把锋利的菜刀，准备了一根结实的麻绳。之后，他用六七天时间给流氓喂食。肉头认为，六七天的相处可以加深流氓对自己的信任，在他把绳索往狗脖子上套的时候，它才不会挣扎，也不会发出凄厉的惨叫。我认为，肉头这么做，只不过是想让流氓多长出几两肉。

杀狗那天早晨，肉头非常兴奋，早早地跑到菜市场，买了八角茴香、酱油、料酒，光是预备蘸肉吃的蒜头就买了两斤。肉头想让我给他搭把手，并许诺事成之后分我一条狗后腿。我说："我不想看到这些，小时候我见过大人杀鸡，一把菜刀在鸡脖子上来回抹，想着都头皮发麻。"

故事这么发展似乎有点儿平淡了。事实上，那天肉头杀狗的阴谋并没有得逞。当我回到住处，想象中狗血四溅的情形没有出现。一开门，流氓呼哧呼哧涎着脸凑过来，吓了我一跳。看起来，这条缺乏高尚情操的狗并没有顺利进入火锅。

肉头有点儿惭愧，跟我解释说，本来他吃火锅的心思是很坚决的。在杀狗之前，他想加一道工序，先给流氓洗个澡。终归是条流浪狗，身上污秽不堪，也不知道有没有虱子或其他寄生虫，这些东西光是想想都影响胃口。于是，肉头就很贴心地给流氓洗了个澡，洗澡时间不算长也不算短，前后约莫半个小时。30 分钟的时间足以发生其他一些事情，肉头公司的一名女同事因为工作上的事情来找肉头。本来很正常的会面，由于流氓的介入，就多了一层别样的气氛。

一个小姑娘，看见男同事在给一条流浪狗洗澡，会想到什么呢？当时，刀子和绳子还没有登场，做火锅的大料和蒜头还静静地躺在厨房里。女同事被眼前的一幕打动了，觉得自己看到了一个爱心爆表的好青年。

接下来，小姑娘也加入洗狗队伍，主动和肉头唠嗑儿。这种唠嗑儿忽略了工作上的问题，自然而然地在狗的话题上铺展开来。肉头对于狗的认知，原先一直是建立在火锅之上的。这次聊天，刷新了他对狗的认知，也刷新了他对这个小姑娘的认知。

总之结局还不错，流氓活了下来，肉头顺利地收获了爱情，我也有了新的洗脚盆。

这么狗血的事，肉头后来给我总结时却岔向了另一个方向。他说："狗比人下贱。狗在火腿肠和爱情面前会选择前者，人恰恰相反。"

我不想反驳。我一直认为，这是个混账逻辑。

## 路　过

刘国芳

他在抚州农科所工作时，喜欢到一个叫鹏溪的地方玩。鹏溪不远，过了抚州农校，再走一两里路就到了。这天路过农校时，看到一个漂亮的女孩冲着他笑，还喊着他说：“小刘！”

他不认识女孩，看着女孩说：“你在叫我？”

女孩说：“小刘你不认识我啦？”

他不好意思地问着女孩：“你是？”

女孩说：“我是小吴呀。”

他还是没有反应，也就是说，他想不起这小吴是谁。女孩见他这个样子，也冲着他问：“我没认错人吧，你是小刘吗？”

他说：“我是小刘。”

女孩说：“那你怎么不认识我呢？我读高中时，有一年放暑假，我们在一个工地上做过事呀？”

他做出恍然大悟的样子，说：“噢，想起来了，你现在在农校读书吗？”

女孩摇摇头，说：“我有那么小吗？我是这儿的老师。”

他不好意思地笑笑，说：“你看起来挺像个学生的。”

女孩也笑笑，说：“来这儿找谁呢？”

他说：“我去鹏溪，路过这里。”

说着，他往鹏溪方向走去。

他其实并没认出女孩是谁，以后的好多天里，他还是想不起女孩是谁。但这已经不重要了，重要的是他对这个漂亮的女孩很有好感。他很想再见到她，这不难，想见到女孩，往农校去就可以。这天他就往农校去，很巧的，在校门口，又看到了女孩。女孩也看到了他，说："来这儿找谁呢？"

他说："我去鹏溪，路过这里。"

过后，他一次一次往农校去。好多次，他都看见了女孩。开始几次，女孩仍说："来这儿找谁呢？"

他其实就是来找女孩的，但他不敢说。他敢说的就是那句："我去鹏溪，路过这里。"后来，女孩不再问他来找谁，只说："天天都见你路过这里。"他哪里是路过，他就是来看女孩或者说是找女孩的，但女孩这样说，他只好点点头，跟女孩说："去鹏溪就得从你们农校路过。"

这一次又一次见女孩，他都觉得这女孩好。后来，有那么几天没见着女孩，他便会莫名其妙地想女孩了。一个人会想另一个人，那就是喜欢了。他明白这一点。

这天，他便跟同事李进说农校有一个老师很漂亮。李进听了，便说去看看呀。他便带了李进去。快到时，女孩先看到了他们。女孩看看他，又看看李进，等他们走近了，女孩说："又从这里路过呀？"

他说："是啊。"

说着，他们便从农校门口走过。那李进走过去了，还不停地回头，跟他说："不错，这女孩是漂亮。"

又说："确实很漂亮。"

他没说话，只是看着李进。

再见着女孩时，女孩竟然问起李进来。女孩说："那天跟你走在一起的是谁呀？"

他说："我同事。"

女孩说："以前好像没看到过他呀？"

他说："前不久从省农大分来的。"

女孩笑笑，噢了一声。

时间又过去了那么久，他往农校去，每次其实都想找女孩，但见着了，却总不敢说。只有一次，他大着胆问女孩说："怎么总在门口看到你呀？"

女孩说："值勤呀，一三五都是我值勤。"

他哦一声，又要走开。女孩见了，就说："总看到你去鹏溪，你女朋友在鹏溪吗？"

他笑说："我哪有女朋友。"

这后来的一天，单位派他去海南育种。等他回来，已是半年以后了。一回来，他就往农校去。但去了几次，居然没看到那个女孩。单位李进倒是看到过，他于是问李进："你还记得农校那个漂亮的老师吗？"

李进笑笑说："记得。"

他说："那女孩调走了吗？"

李进说："没有呀。"

他说："怎么没看到她？"

李进没回答他，只是笑。

这天，他又往农校去。在农校门口，他又看到了那个女孩，还看到了李进，他们牵着手。李进也看到他，李进晃了晃牵着女孩的手，跟他说："这是我女朋友。"他一下愣住了。

女孩当然也跟他打了招呼，说："又去鹏溪呢？"

他说："是啊，路过这里。"

一转身，往鹏溪去了。

# 兜里有块石头

邓洪卫

鲁明喜欢胡月，喜欢好几年了。鲁明家境殷实，父亲在政府上班，母亲是老师。胡月家在农村，父母都是农民。鲁明高中毕业不费劲就进了厂，胡月却要面临回家务农。

鲁明说，不急，我带你回家，跟我爸说说，让你一起进厂。

胡月当然高兴。那年头，在城里做什么不比回家务农强？回去吃苦还丢面子。乡邻亲友问，到城里读十几年书，又回来乡下做农民了吗？不读这十几年书，就不能做农民了吗？这叫什么事呀！所以，胡月对鲁明充满期盼。

鲁明对他爸也充满期盼。那天，他带胡月到市里最好的美发厅美了发，又到商场买了新衣裳，把胡月打扮得漂漂亮亮，光光鲜鲜，就带回家了。本以为水到渠成，没想到，他爸妈一听胡月是农村的，脸就像门帘子一样撂下来。他爸自顾抽起了烟，他妈拿起扫帚扫地。胡月就明白了，甩开鲁明的手，跑出鲁明的家。

鲁明追到胡月家，说再做做他爸的工作。胡月却不理他，把自己锁在房里，再不出来。胡月她爸吧嗒吧嗒抽着旱烟锅，她妈满院场撵鸡。鲁明无奈，低头回城。过两天，他鼓足勇气再去那村舍，胡月已经外出打工了。

鲁明心中烦躁，失落，想去找胡月，但胡月在千里之外打工，来回也得好几天呢。

过了两个月，鲁明厚着脸跟领导请了三天假，还用两个月的工资，买了一只金戒指，揣在兜里去了南方。那天是胡月的生日，鲁明特地从街上买了一束玫瑰花捧在怀里，好不容易找到胡月打工的地方，找到胡月的宿舍。宿舍门紧闭。鲁明就蹲在门口等。等到下班时间，胡月也没回来。

天黑了，一轮明月升起。鲁明想抽支烟，拿出来又放进去，他怕烟味熏走了花的芳香。这时候，胡月回来了。一起回的，还有一个男的，男的右手里也捧着一束玫瑰，左手里拎着一小盒吃剩的蛋糕。显然，他们刚在外吃了饭，过了生日。鲁明肚子咕噜直叫，脑子晕乎乎的，好不容易才克制住情绪，说，月儿，我能跟你谈谈吗？胡月说，有什么好谈的，跟我们乡下人。说着，开了门，跟男朋友进了屋，把鲁明关在门外。

鲁明把花放在门口，黯然而去。在车站糊弄一夜，第二天下意识一摸兜，金戒指没了。他垂头丧气回到厂里。领导很惊讶，你不是还有一天假吗，怎么提前来上班了？鲁明说，事情办完了。

就在鲁明死了心、快从痛苦中走出的时候，胡月突然打来电话：接我回去吧。那已是半年后。这半年里，父母请人给鲁明介绍了几个女孩，他都不理不睬。

接到电话，鲁明欣喜若狂，立即去了南方，一见到胡月，就把一枚钻戒套在胡月的手指上。那是他出门之前刚买的。

很快，两人就结婚了。鲁明的父母虽然不愿意，可也没办法。他们心疼儿子。这半年里，儿子太消沉了。

一年后，两人有了一个女儿。

后来女儿上了幼儿园，胡月做了几年专职太太，觉得在家里太闷，自己找了一家珠宝店打工。没过两个月，升了大堂经理，但有流言蜚语传到鲁明的耳朵里。说胡月跟珠宝店的经理好上了，要不怎么升得这么快呢？鲁明就不让胡月去珠宝店上班。胡月斜了鲁明一眼，说，随你吧，只要你养活我，我才懒得操这心。

就把珠宝店的工作辞了。

胡月给女儿报了两个班，一个是钢琴班，一个是舞蹈班。舞蹈班的老师是女的，钢琴班的老师是男的。没过多久，鲁明觉得那个男老师不负责，就换成了另一个同样教钢琴的女老师。女老师比男老师还是要细心得多。

女儿五年级时，钢琴和舞蹈都过了十级。

胡月跟鲁明商量，现在很多人都去外面买新房，改善居住条件，女儿以后上大学也要钱，自己还是找份工作吧。鲁明说，你上班，那女儿谁照顾呢？胡月说，让你爸你妈照顾啊，反正他们退休了也没事。鲁明想想也是，就给她在一个家具店找了份工作，家具店的老板，是鲁明同学。

几个月后，胡月跟鲁明说，你那同学要改行做别的生意，想把家具店盘出去。我们是不是可以接手，你当老总。也不用你操心，一切由我来打点，反正这几个月，我把店里的情况都弄熟了。鲁明说，咱现在没这么多钱啊。胡月说，你笨啊，咱不能把房子抵押出去啊？反正家具利润高，过不了多少日子就能赚回来的。鲁明答应了。

就这样，鲁明成了鲁总，没事时，也去家具店看看。看胡月忙里忙外，把生意做得风生水起，鲁明很是放心。

胡月要去厂家看一批货，店里的事交给一个服务员，并让鲁明多去照应，自己三五天就回来。鲁明请了两天假，到店里照应。

鲁明天天跟胡月电话联系，了解行程安排，要胡月出门在外注意，还叮嘱胡月，还有几天是她生日了，要她赶回来过生日。胡月答应了。

胡月生日那天，鲁明上午去商场花了一万块钱，买了一枚蓝宝石戒指。然后早早地把女儿接了回来，还订了生日蛋糕，买了玫瑰花，做了一桌丰盛的饭菜。这期间，鲁明打了许多电话，胡月都关机。鲁明想，或许就在回家的车上，手机没电了。

父女俩在家里等着。一直等到晚上八点多，响起了敲门声。肯定是胡月。鲁明打开门，却闯进三个男人。为首的一个男人说，是胡月的家吧，胡月已经把家具店盘给别人，卷款跟吴天跑了。你看这房子怎么办吧？

吴天，就是鲁明的同学，家具店的前老板。

第二天，鲁明离开了住了十几年的房子，搬到父母那去住。晚上，父女二人路过鲁明厂后边的黑水河，他一扬手，把手里一件亮闪闪的物件扔进河中。

女儿看鲁明一扬手臂，问，爸，你干吗呢？

鲁明说，没干吗，兜里有块石头，扔了。

# 露水的世

田双伶

她走进门，他抬头看了一眼，吃惊地问：你怎么回来了？

她说，嗯，我回来看看家里怎么样。

都好。他在藤椅上换了个更舒服的姿势躺好，继续合眼迷糊。

她看了看屋子，把散乱在椅背上、床沿上的衣服毛巾都收起来，坐在床边一件件叠好。又把地上的碎屑扫了扫，扫到垃圾斗里，往门外墙角的垃圾堆边扔。看到那里扔了许多药瓶子和药盒子，她蹲下来仔细地看，还看到一根细长的输液管，那头连着一只葡萄糖瓶，里面有半瓶未用完的液体。她想了想，从过完春节开始，就在医院躺了一天又一天，天天输液吃药，肠胃坏了吃不进东西，身体瘦成枯木，那天下午就苦苦央求他拔掉了。

正难过着，抬头看见院墙边，新栽了一株樱桃树，粉灿灿地开了一树的花。她笑了。这个人，平时粗枝大叶的，我说过的话他倒是留了心，还算是有情意。去年春天，他们一家子去樱桃沟摘樱桃，站在树下看着绿叶间一串串玛瑙样的红果儿，她说，明年春天在家里也种上一棵，等樱桃红了，伸手就能摘着吃。

院子里种了几畦菜，菠菜老得生了梗，韭菜倒长得粗壮，该剪了。她从屋里拿出剪刀，边剪韭菜边寻思，儿子住校，到后天就该回来了，他爱吃我蒸的韭菜面方。她洗好韭菜，拿出面盆，掂起面袋倒出半盆面粉，准备和面做面方。她边揉面边对躺椅里的他说，下周五，农历三月二十，郭村的老庙会，你可一定去表姑家吃饭，这些年多靠她接济，孩子上学没费过周折。我从小就得她的照顾，和亲娘俩一个样。以后她有个病呀灾的，可得去身边多伺候。

放心吧。他把脸侧过另一边，继续迷糊。

她愣了愣，问他，我生病时借了老李家的七千块钱，还有二舅家两万……你还了没有？可别拖久了，手里有钱赶紧还给他们，人家用钱的事情也多着呢。还有，你不能老在家歇着，还得出去挣钱。闺女大了说出嫁就出嫁了，也得攒些钱。顿了顿，她接着说，闺女都二十五了，谈了两三个还没个中意的。这回你可把好关。等她结婚的时候，把我放在首饰匣里的戒指耳环拿出来给她，再去商场买几床好的蚕丝被做陪嫁。咱们结婚的时候买不起，不能再亏着闺女。

把面放到盆里发着，她去里屋闺女的房间看了看，和往常一样整洁。有一幅新画挂在墙上，是自己的肖像画，应该是闺女比着她的照片画的，桌上的花瓶里，插着一束她喜欢的香水百合。她嗅着那香气，定定地看了又看，眼泪止不住地流。画面上是他们去开封看菊展时拍的照片，她把脸贴在一丛悬崖菊旁，笑得真是开心。那年闺女考上大学，他在外也挣了不少钱，日子过得舒心，全家出去旅游了几天。

花瓶旁边放着一本厚厚的相册，她翻开看，全是自己的。有以前的黑白照片，还有这些年拍的彩色的，没留意竟然拍了这么多。这张是自己中专毕业时的照片，那时还扎着长长的马尾辫，双眸黑亮，笑靥如花。这张是和他谈恋爱时的照片，烫了鬈发的她显得娇俏妩媚，小鸟依人地偎在他身旁。这张是女儿满百天时拍的，那时她丰腴圆润，瓜子脸几乎成了圆脸，和闺女脸贴脸笑着。这张是母亲去世那年拍的，那时的她还没从悲痛中缓过来，面露悲戚。这张是在一家公司上班时拍的，一身黑色正装，一头短发，利索干练不同平日。这是生了儿子后，领他在公园游乐场拍的；这张是他们的全家福，身边立着一儿一女，他们两个坐在中间幸福地笑着，多么圆满的一家子。这张是前几年送闺女上大学的一张合影，在大学门口的草坪前，她穿着一条桑蚕丝的长裙，温婉端庄，女儿挽着她的手臂甜美地笑。给她们拍照的人还夸她气质好。这条她最喜欢的桑蚕丝裙子，她一直藏在衣柜里舍不得穿。还有一件旗袍，是她所有衣服里最贵的一件，准备等闺女结婚那天穿的。买的时候店员嘱咐她说不能叠放，得用衣撑挂起来。

她打开衣柜门去找那件旗袍，里面空空如也，瞬间恼怒起来：为什么我的衣服都不见了呢？你把我衣服弄哪儿了？

衣服都给你带走了你不知道吗？你死了多久了你还不知道吗？男人听了半天唠叨有些不耐烦了，在躺椅上转个身背对着她瓮声瓮气地说。

她愣住了。若是往日，她一定会和他大吵一场的。可是他的这句话一下子把她吓住了。

她以为眼前的一切都是真的。

她垂下头想了想，又掐指头算算，到明天，离开这个世界就七七四十九天了呢。

他又酣睡了，还响起了鼾声。她弱弱地叹了口气，掸掸衣服上的面粉，便轻轻地走出门，沿着通往西边坡地的小路跌跌撞撞地走去。

凌晨的田野，已有露水挂在草尖上，雾雾的一片白。她走着哭着，脚踝都蹚湿了。

人活一生，如露水一世，短暂得很，好多事情还没做，就结束了呀。

她留恋地看了看身后被笼在晨雾中的房屋，身影慢慢地隐入那片坡地间。

# 凤姐的江湖

田双伶

凤姐起初还不是凤姐，那时的她是陈晓凤，刚来广告公司做文案，长得素净清秀，淡淡妆，盈盈笑，乖巧可人，在写字楼一片美貌凛然的女子中，也算是独秀一枝。

这样的女子宜室宜家，当然君子好逑。同一写字楼的建筑设计公司老总汪阳，如童话中的王子，适时而出，几个月下来，便将这样一个灰姑娘，轻松地揽入了婚姻城堡。

那天陪汪阳出去和朋友吃饭，闲聊间几人从经商的劳心费神，感叹起处世艰难江湖险恶来。陈晓凤正低垂眼眉啜饮一杯菊花茶，眨着长长的睫毛觉得不可思议。江湖？不就是武侠小说、警匪片里，像水浒英雄那样男人的天下吗。平常生活，何来江湖？

人生处处不江湖呀。酒席将散，一位朋友仰头喝干杯里的残酒，把杯子重重地蹾在桌子上。

挽着先生的臂膀，陈晓凤心里就笑了，江湖在哪儿？比天涯海角还遥远呢。

可是自那天起，她却隐隐感觉到，原来江湖离她不远。如今的江湖，哪里还是男人之间的拼杀争斗，江湖的阴暗气息雾霾一样笼罩着她，比如，她时时提防的，那个顶头主管暧昧的话语暗示，公司聚会K歌时暗处伸来的一只大手，算不算江湖险恶？比如，和她同部门的刘飞花，窜改她写好的文案，暗中诽谤诋毁她，争抢她的客户，当着很多人的面讥讽嘲笑她，使绊子让她下不来台，这般心机如蜂窝一样的女人间的明争暗斗，算不算江湖险恶?

多么让人没有安全感。

当刘飞花再一次窜改了她的文案被她发现，又抢走了她半年来苦心维系的大客户，陈晓凤终于忍无可忍地和她争吵起来。面对同事的欺辱和老总的刁难，晓凤撕掉手中的文案稿，辞职回家。走出写字楼的玻璃门，她抬头望天长长地吐了口气，想，当年林冲草场夜奔，是不是这般感觉?

在郊外的复式大房子里，陈晓凤开始了她闲散的居家时光，琴棋书画诗酒花茶。几个月后，她怀孕了，先生请了一个保姆照顾她的起居。普通女子的婚姻生活，这样子也应知足了。江湖，远去吧，她想。

一个阳光很好的上午，陈晓凤抱着出生不久的儿子坐在院子里晒太阳，接到女友方方去澳大利亚定居的告别电话。收了线，她摩挲着儿子娇嫩的小脸，心里有些失落，如果生活还这样继续下去，二十年后，她只能对儿子悲愤地说，儿呀儿，你妈这辈子没出息，就是因为那个刘飞花，就是因为职场上的江湖险恶呀。

可是，在家里就身处江湖之远吗?汪阳整日在外奔忙应酬难得回家吃顿饭，晚归时衣服上的香水味儿，让她多么心神不定；小保姆趁她不在家的时候翻她的衣橱，时常克扣买菜的零用钱，她在静坐喝茶时保姆暗中偷窥的眼神；邻家女人隔着栅栏诡秘地向她传授斗小三的经验……

陈晓凤心里的不安，起初是涟漪，渐渐地就成了波澜。她想，做女人，要美丽，要坚强，要才智出众，还要心眼并用懂得处世兵法。从前的乖巧温柔，是做不得的。与其在家和保姆、老公斗心思，还不如出去和人江湖比拼以显自己的实力和魅力。

先生回家后她就与他商量，她要走出家门重新找回自我。她认为即使江湖险恶，也比端坐在家里锦衣玉食来得舒服。

先生当然拗不过她。就这样，陈晓凤重出江湖，开了一家文化传媒公司，做直投广告杂志。人们所见到的陈晓凤，是一位举止言谈都很商务的公司老总——凤姐。

凤姐所做的杂志，面对的是精英文化市场，合作客户多是商界精英人士。虽然按凤姐的才能，是入不了江湖段位的，但几个月之后，宴席上的斗酒和周旋，谈判时的锱铢必较针锋相对，凤姐由绕指柔化为百炼钢，修炼出了强大的气场。一年多时间，她的直投广告已有了二十多家公司的加盟，她的海马 3 已换了宝马 3。凤姐实在是爱极了江湖。

凤姐刚刚找到在江湖上游刃有余的感觉时，家中却山河破碎。

她的前夫很快再婚，听说他的新婚妻子温顺娇柔，前夫对她百般宠爱，儿子也越来越乖巧可爱，他们在一起其乐融融。

这一切当然都不是凤姐所希望看到的。

她去了前夫家，要将儿子带走。

一番吵闹，当她牵着儿子的小手准备离开曾经的家时，儿子望着她怯生生的眼神，刹那间击碎了她的心。她无望地松开了那双小手，转身离去。

几天来，连绵的秋雨让凤姐安静下来，她推辞掉几个应酬，对着窗外的雨景出神。凤姐感到从未有过的疲累。她望着手中忽明忽暗的烟头，想，人生中还有多少或明或暗的事，在等她重整盔甲去斗呢？

助理敲门进来，把新出的杂志放在她桌上。

这一期杂志做得很好，主题就是“江湖”。公司的文案设计很有创意：无江湖，不中国。

凤姐心里感叹，人生，真的处处是江湖。

她一页页翻着印刷精美的铜版杂志，翻到化妆品广告页，一个娇俏的模特手心里捧着一瓶熠熠生辉的精华霜，笑意盈盈。她手里的摩尔香烟颤动起来，袅袅的雾丝让她迷离、恍惚。

那一瞬间，凤姐黯然：她已想不起来，有多久没坐在化妆台前，细细地描一次眉，给自己化一个柔美的妆了。

# 狗恋蛋

江 岸

小时候，黄泥湾家家户户都很穷，但是，记忆中狗却特别多。不知道为什么那么多家庭都要养狗。看家护院？家里又没有值钱的东西。何况，人都吃不饱，哪有多余的粮食喂狗呢？

好在狗不择食。孩子们拉屎，一不用蹲茅坑，二不用纸擦屁股，拉完了，当娘的拉长腔调，一声吆喝——狗喔喔，几乎整个村庄的狗都闻声而来，不仅呜呜地低吼着抢完地上的屎，甚至连小孩的屁股都舔得一干二净。

那个年代，粮食不够吃，吃肉更是奢望，多数人家一年到头不见荤腥。但是，我们沾了邻居吕苕的光，偶尔也能打打牙祭。

吕苕是我们出了五服的堂叔，和我们家隔一条狭长的弄堂。他是一个老光棍，家徒四壁，门裂着缝，窗户用草绳绑着，居然也养了一条狗。不过，他养的是母狗。母狗到了发情期，整日整夜狂吠不止，令人心烦。有时候，母狗在前面跑，一群公狗在后面追，追到麦田里，把麦苗压倒一片，追到菜园里，把青菜萝卜踩得东倒西歪的。村里人形容男女之间情投意合，有一个粗俗的词，叫作狗恋蛋。小时候，我不懂是什么意思，长大了才明白，狗到了发情期，谈恋爱谈得惊天动地的，就叫作狗恋蛋。

吕苕将弄堂的一头堵严实，让大家暂时绕路走，将他的母狗拴在弄堂深处。母狗的叫声往往能把附近村庄的公狗都招了来。一旦公狗迫不及待地跑进弄堂，也不管它和母狗的婚配进展如何，整个村庄的男人都如临大敌，拿扁担的拿扁担，操挖锄的操挖锄，个个奋勇争先，将弄堂的另一头也严严实实堵上了。吕茗身先士卒，冲到最里面。随着几声惨叫，公狗就被打翻在地。

吕茗倒提着被打死或打昏的公狗，笑嘻嘻地走出弄堂，得意地说，这个胆大包天的强奸犯，被我就地正法了！

黄泥湾有个说法，叫作狗肉不上席。人们嫌弃狗不择食，不让狗肉上自己家的灶台，不用自己家的碗筷吃狗肉，狗肉大餐只能在户外进行。

公狗被吊在村口那棵枫香树下。大家一起动手，有人给狗剥皮开膛破肚，有人搬土坯垒临时锅灶，有人将家里煮猪潲的大锅刷干净扛来，有人挑来井水，有人抱来劈好的柴，有人去菜园里拔了葱蒜摘了辣椒，有人折了树枝当筷子，有人拣了瓦片当碗盏……集体吃一顿狗肉大餐，整个村庄仿佛过年一般热闹。

只要吕茗的母狗发情期没过完，总能吸引附近村庄的公狗闻声而来。每年黄泥湾的老老少少就能吃几次狗肉尝尝荤腥。

吃完最后一块狗肉，喝完最后一口肉汤，大家又一起动手清理战场，尽量抹去杀狗吃肉留下的任何蛛丝马迹。

有一年春上，吕茗的母狗又发情了，一只干瘦的黑狗颠巴颠巴跑进我们村的弄堂，未及和母狗成就好事，就被吕茗带领着老少爷儿们将它就地“正法”了。

天下没有不透风的墙，纸毕竟包不住火。

邻村刘湾丢了一只黑狗。刘湾的人手执家伙，浩浩荡荡赶到黄泥湾查找。他们在村口枫香树下找到一撮黑狗毛和几根新鲜的狗骨头，就立在村口痛骂，什么丑骂什么，把黄泥湾人的祖宗十八代都翻来覆去骂了许多遍。

黄泥湾人做贼心虚，几乎家家户户都关紧门户，躲在家里，没有人敢出头辩解。还是吕茗壮了胆子，嬉皮笑脸地跑到村口，说，各位老表，到家里坐坐，喝杯茶。

伸手不打笑脸人，何况都是乡里乡亲的。但是，刘湾有个人喊了一声，打这个王八羔子！大家一拥而上，将吕茗团团围在了中间……

自始至终，黄泥湾都没人再露头，听任刘湾人将吕茗打个半死，又将吕茗的母狗打死了，抬了回去。

吕茗气息奄奄地躺在村口，低声呻吟着。

傍晚时分，回娘家借粮度春荒的赵寡妇扛着半布袋粮食，路过村口，看见吕茗躺在路中间头破血流一动不动，迟疑了一下，停下了脚步。赵寡妇独自抚养五个孩子，生活艰难，想改嫁，没有人家养得起那么多张嘴，没有人敢应承。也有人撮合她和吕茗，吕茗也愿意，但是，赵寡妇平时正眼都懒得瞧他，绝情地说，我宁愿一家子都饿死，也不会进他的门。

赵寡妇放下布袋，蹲在吕茗身边，问他，你怎么了？怎么躺在这里？

吕茗将肿胀的双眼睁开一条缝，气若游丝地说，黑狗……是……刘湾的……他们……找来了……打的……

赵寡妇一下子蹦了起来，拍着屁股，恶声恶气地骂，黄泥湾的人都死绝了吗？你们有屁眼子嘴吃人家的狗肉，怎么没有人帮他一把……

吕茗在床上躺了半个月没下地干活。黄泥湾人轮流给他送饭，伺候他；生产队里研究决定，吕茗属于工伤，没有算他缺勤，给他补记了半个月的工分。

说来也怪，吕茗能够下地以后，居然把家里的被褥卷巴卷巴，把锅碗瓢勺归置到一起，搬到赵寡妇家去了。从那以后，两个人同出同进，说说笑笑，好得像一个人。

村里人背后都捂嘴笑，说他们俩是弯刀遇到瓢切菜，好得跟狗恋蛋一样。

# 欠你一个吻

苏三皮

早几年，我在监狱当管教。管教的日常工作之一，就是检查犯人往来的书信——在微信沟通的时代，书信是犯人除了拨打亲情电话之外又一途径。

他往来的书信算是比较多的，一个月有时两三封，有时四五封，基本上都是他写给他的妻儿的。每一封信，他都写得很认真，笔迹工整，信纸叠得方方正正。看得出来，他是一个认真的人。但他的文化水平不高，信写得不长，有时三两句家常话，有时写些改造心得。他的妻子很少回信，只给他寄过两张儿子的照片，还有一张他儿子的涂鸦。他解释说，他妻子识的字少，话说得都不成句。我就劝说他，那你也用不着这么勤地给她写信，一两个月写一封信就足够啦。他羞赧地笑了，说如果不写，心里就难受。我大抵是理解的，那是他的寄托，也是他对妻儿的思念，只能通过书信来传达。

有一次，我在他的信末看到了这么一句话：儿子，我欠你一个吻。事实上，在夜晚值班查房时，我多次看到他双手捧着儿子的照片在痴痴地看，偶尔会亲吻一下照片上的儿子。他出事那时，妻子怀孕刚满五个月。而现在，他的儿子已经三岁多，上幼儿园了，他还没有见过。他甚至不知道儿子叫什么名字。妻子的回信，除了两张他儿子的照片和一张涂鸦，信里一个字也没有。他和我说，他给他儿子取了一名字叫黄正，正路的正，希望儿子将来走正路，做一个正派的人。

铁窗内，他是流水线上的车工。他改造很积极，每月都会超额完成生产任务，每月都会得到监狱的嘉奖，还被评为改造积极分子。在车工的岗位上，他练就了一身好本领，是不折不扣的业务骨干。

那天很意外，他居然接到了会见通知。入狱四年，从没有人来看过他，这次他激动得手忙脚乱。

在前往会见室的路上，他步履匆匆地走在我的前边，却又不时回头问我，会是谁呢？会是谁来看我呢？

我数次宽慰他，让他保持心境平静，大抵会是他的家人，他的父母或者他的妻儿。

果然，正是他的妻儿。那个与他从未谋面的儿子，在这么一个特殊的场所，隔着厚重的玻璃墙与他见面了。

还没开口，他就哽咽了。除了拼命地向妻儿道歉，不停地说对不起，他竟然找不到任何一句要和妻子说的话。啜泣了好大一会儿，他的情绪才渐渐稳定下来。

透过话筒，他的妻子告诉他，他写的信都收到了，儿子也很懂事，但总是不停地问起爸爸去了哪里。她总是这样回答儿子，说爸爸犯了错，正在反省，等爸爸改正了错误，就可以回家了。妻子又给他解释了为什么这么久都没有来看他，是因为路途太遥远，两千多公里路程，要倒腾好几次车，来回车费要一千多元，家里不宽裕，而且她又晕车，经不住折腾，再说儿子还小，家里还有两个老人要照顾……

他号啕大哭，双膝重重地跪倒在地……

半个小时的会见，很快就到了尾声。他握紧话筒，小心翼翼地和妻子说，想亲亲儿子。

妻子疑惑地问他，怎么亲？

他指了指那堵把他们阻隔开来的玻璃墙。

他妻子和那小孩耳语了一番，那小孩儿欢快地把嘴唇贴在了玻璃墙上。

隔着那堵厚厚的玻璃墙，他的嘴唇迫切地贴了上去，和儿子的唇紧紧地贴在了一起。

会见结束了，话筒已经断线。他像是想起了什么，使劲儿地拍打着玻璃墙。他大声地对妻子喊道，儿子叫黄正，正路的正，我给他起的名字。

那一刻，我的眼睛湿润了。

会见回来不久，我和他进行了一次谈话。我因势利导，告诫他要好好改造，争取早日回家和妻儿团聚。他点点头，满怀憧憬地和我说，他前几天看了报纸，现在市面上车工紧缺，技术稍微娴熟一点儿，都可以拿到一万多块钱一个月。他说以他的车工技术，拿一万完全没有问题，在外面打三五年工，有点儿积蓄，就回老家盖栋房子，种菜，放羊，和妻儿安安稳稳地过日子。

只是，他的神色很快又黯淡下来。他问我，像他这种身份，人家工厂会愿意聘用他吗？

我告诉他，他的这段经历，虽然是抹不去的，但是知耻而后勇，每一个靠自己双手创造美好生活的人，都值得别人尊重。

我看见他的眼里闪烁着泪花。

# 胖妹的哥伦布

张红静

胖妹的美，要细究才能看出来。她的双眼皮被厚厚的脂肪压着，只有偶尔眨着大眼睛忽闪一下，才能像金矿一样被发觉。她的大长腿，按黄金比例来说是最符合标准的，只是因为脂肪的堆积变成了大象腿。如果你仔细看，胖妹的腿肚很小，腿粗也粗得匀称。胖妹的身高接近一米七。任个头再高也有腰肢，只是比一般人粗点儿而已。

总的来说，胖妹的美是一种有内涵的美，只有像哥伦布那样的男人才能发现她这块新大陆。当然，胖妹的身边并没有哥伦布。

胖妹这些天心里犯堵，总想找个人聊聊。胖妹也不是没有说话的人，她从上小学就是班干部，每天与老师和同学们打交道。她的嘴唇厚厚的，很性感，可是从那两片红唇里出来的，永远是班级事务，间或批评这个指责那个。她很想对同学温柔，奈何天生肺活量大，轻言细语竟也变成河东狮吼。

但胖妹不是想找这样的人说话，她希望自己能有闺蜜或者是男朋友。这两种人，她都没有。

最近，胖妹老在做一个梦。做梦本身没什么奇怪的，但老是做同一个梦就奇怪了。在梦里，她被人壁咚了。梦境是这样的，她放学后要走一段没有路灯的小巷子。她骑着小电动车，从来不知道害怕是什么感觉。但这一次，她感觉有另一辆小电动车始终在身后跟着，不远也不近。胖妹耐不住性子，两腿一叉停了下来。

“喂，后面的是谁？为什么一直跟着姐？”

那辆小电动车的主人从车上下来，一下将她推到墙根，想壁咚她。胖妹哪是吃素的，从小练过舞蹈和跆拳道的她单腿一抬，一只脚便架在了来人的肩膀上。来人感觉泰山压顶，瞬间矮了下去。他嗷嗷叫了一声，往地下一蹲，起来跨上车就溜。

胖妹在后面大喊：“哎，哎，你谁啊，你回来！”那个人的身影很熟悉，但胖妹想不起来他是谁。她有点儿后悔自己吓着了他，甚至内心有些小期待。她曾经也幻想过，以柔弱的一面示人，也体会一下小鸟依人的感觉。

从梦中醒来，胖妹就想，假如这件事情是真的该多好，她可以告诉某个闺蜜，一起来分享她的惊恐和甜蜜。可是，她能跟谁说呢？胖妹白天想着这件事，晚上又做同样的梦，还是自己被“劫持”，依然是那个身影仓皇逃走。好几次都是这样，在醒来的某个瞬间，胖妹有点儿迷糊，竟然分不清是梦境还是现实。

这天中午放学，胖妹像往常一样骑电动车经过那个窄窄的巷子。远远地，一个瘦弱的女生被一个男孩紧紧搂在怀里，当街亲吻。女孩似乎不情愿，挣脱了男孩。男孩坐在车子上，两腿叉着，侧着身子。

胖妹心里琢磨，哪有这样的姿势亲热的？也太敷衍了。胖妹不自觉放慢车速。近了，才听见男孩说：“我跟她早都完了，我们就没有开始过！”

连车都不下就抱人家，还脚踏两只船？哼，原来是这样的男生！

胖妹与那两人擦肩而过的时候，对男孩怒目了一下。男孩说：“看什么看，没见过谈恋爱的吗？”

胖妹停下来，也不下车，叉着腿说：“见过谈恋爱的，没见过坐在车子上动手动脚的。”

男孩猛地撂倒车子，冲上前来。胖妹依然不下车，在车上与他怒目对视。

男孩说：“你下来，你下来看我不打你！”

胖妹坐得更稳当了：“姐就坐着，一样揍你！”

男孩一拳朝着胖妹的脸打过来，胖妹没有还手，因为这时有只瘦弱阳刚的手从后面横伸过来，一把抓住了那个手腕。

“还是学长厉害，这小子刚要打我，幸亏你及时出现，要不我就吃大亏了。”

胖妹赶紧下车，躲在来人身后。来者是与胖妹一同学习跆拳道的学长。学长高高的个子，就是太瘦，一副弱不禁风的样子。也只有胖妹知道他的真本事。学长平时看上去有点儿懦弱，有时还受人欺负。胖妹跟他说过，轻易不要跟人打架，如果打架就要打赢。

那个男孩不是学长的对手。胖妹瞪一眼那个男孩，男孩就愤愤地离开，追赶那个女孩去了。

学长与胖妹并排骑着小电动车，骑得很慢。

学长说：“告诉你啊，我妈让我赶紧找个女朋友，一起上大学。”

“为什么？”

“我妈说，找个女朋友保护我啊！”

“哈哈，你妈太逗了，那你怎么跟她讲？”

“我跟我妈说，高考那天谁也不要送我去考场，我要跟我女朋友吻别。”

“咦，你已经有女朋友了？你们是要分手吗？”

“不，是带着力量上考场。”

胖妹忽然想起了自己的梦，那个身影倒是很像眼前的学长呢！

“那我也不让家里人送我，跟上战场似的。你的考场在哪？”

“我们在同一个考场，你不知道吗？这几天我一直跟着你，想跟你说，到今天才找着机会。”

这天晚上，胖妹做了一个很长很甜的梦。在高考的考场外面，她和学长抱在一起，有了平生第一个吻。高中三年，胖妹再也没有遗憾了。

# 大数据时代的爱情

洛　华

“我曾经爱过一个女孩……”

戴文说：“打住。都什么年代了？”

“什么年代都得有爱吧？难道爱也会过时？”我表示不服。

“大数据时代，”戴文斩钉截铁地说，“你在微信上上传的每一张照片，你在‘星爸爸’里用支付宝买的每一杯咖啡，甚至你在某个4A级景区奉献的那一点儿微弱的手机信号，都将成为大数据的原始素材，最终汇成大数据的滚滚洪流。大数据知道你这一刻在想什么，知道你喜欢什么口味的咖啡，知道你爱去什么样的地方‘下饺子’……”

“打住。可是大数据从来就没有关心过我，它和我需要一个女孩来关心丝毫没有关系，风马牛不相及呀！”

戴文一阵狂笑，害得我差点儿把方向盘打歪了。

“左转左转左转。”戴文指挥完我，故作庄重地说，“大数据不关心你，那是你没有让大数据特别关心的价值。你可以关心大数据啊！大数据会回报你的，包括帮你追到你喜欢的那个女孩。”

“这是真的？是真的？三年啊，是爱，不是喜欢。”

“好好好，是爱，爱爱爱……”

我的小福特在高架桥下转了个弯儿，径直朝城市中心开去。

坐在“星爸爸”暖洋洋的落地玻璃窗前，戴文喝着拿铁，丢出第一句话：“说说你的那个女孩。”

我端起刚刚用支付宝刷来的那杯焦糖玛奇朵，小啜一口，并瞟了戴文一眼：“刚刚是谁说大数据时代不谈爱？不如我们谈谈马蜂窝上最热的景点，改天约去。”

戴文又是一阵狂笑：“景点在马蜂窝里待着怎么都跑不了，你的女孩追晚了，可就是别人的了。说说吧，你别给我说这三年漫长的心路历程，我只想知道她叫什么名字，你有没有她的照片。”

“哈哈哈，三年呀，怎么也得偷偷拍一张不是？”

“这么说，你连人家微信也没有喽？放心，手机拿来，兄弟帮你搞定。”

我兴奋而将信将疑地喝完第一杯咖啡，戴文已经从网上搞到了女孩的一堆社交账号（包括微信）和一个破解软件。

我正在疑虑那个中学计算机课年年徘徊在及格边缘的戴文怎么可能成为黑客的时候，戴文早已把我的手机郑重地拍在了我的面前。手机界面是女孩发了自拍的朋友圈。她在我的微信好友里了？

“对，你用了三年都没有丝毫改变的距离，我用五杯咖啡的时间帮你跨出了革命性的一步。”

我瞠目结舌。

我竟然就这样神不知鬼不觉地成了女孩的微信好友。我突然感到恐惧。原来每一个所谓的“秘密”都不过是个没有被揭穿的公告，包括“我爱她”这个我自以为的秘密。

可是，尽管如此，我却无耻地接受了戴文以这样的方式帮我获取的“零距离”机会，像一个病毒一样入侵了女孩的社交系统。

我不知道自己潜伏了多久，也不知道该怎样开始和她的第一次对话，只是感到这一切“细思极恐”。每一次她毫无保留地发朋友圈把自己的生活袒露在网络上的时候，我都似乎看到大数据正不怀好意地盯紧她。我觉得有义务提醒一下她，于是给她发了第一条微信：“嗨，你的朋友圈没有防护墙啊，当心中弹！”

她回的第一条微信是："你是谁？"

我以为我深植她的微信已久，便也深植她的内心已久——即便不是深植，至少也算是浅植吧。不承想，自己依然是个陌生人。我仿佛看到一个我、两个我、三个我，过去的我、现在的我、未来的我，通通都被拍死在白墙上，密密麻麻密密麻麻，成了一墙抹不掉的蚊子血。

所谓的距离，到底是什么？我又是谁？

我陷入了前所未有的迷茫。

直到一片落叶从树上轻轻悄悄地飘下来，刚好砸在了我的脚面上。

我没有回复她。

我拿起手机，狠狠心把她从我的微信里删除了，也删除了所有马蜂窝里的旅行分享，甚至恨不得把用支付宝刷来的那些咖啡也一并退回去，好让时间回到我等了她三年的那些时光。

我重新回到了那些悄悄看着她从我身边经过的日子，每一次擦肩而过都好像只是巧合，我都只是朝她微微一笑，保持不远不近的距离。

这样的日子不知过了多久。

终于，我和她一起坐在了"星爸爸"暖洋洋的落地玻璃窗前。我递给她一杯焦糖玛奇朵，这一次绝对是用现金买的。

我坐了下来，说："我们相互留个微信吧。"

我把这句话说出来的时候，自己先愣住了。

# 第三辑

# 南梦客栈

# 煮　竹

## 水　鬼

山道有一口井，一个僧人用钵舀了井水坐在一块溜光的石头上喝着。山下是悬崖，临大江，江水拍岸的声音听得僧人心头发寒。

水还没喝光，上来一个打鱼的，挑了几尾鱼，见到僧人在喝水，觉得喉咙焦干，就问僧人哪里有水。僧人指着一个方向，打鱼的顺眼走过去，只见几块枯石码了一圈，水面陷得有些深，伸长了手臂到井中，井水正好没过半截手指。打鱼的缩回手，吮了一口湿手指，走到僧人身边，笑脸搓手向僧人借钵舀水。僧人推说钵里沾有他的口水，打鱼的说洗洗就是。僧人大口喝了剩下的水，捏着钵随打鱼的一块站到井边。打鱼的用钵舀了水上来，水像牛乳一样白，又低头看井中，那水却清冽得能看到井底的石子。

“这水怎么是白的？”打鱼的端着水问。

僧人有些不耐烦，说：“你喝还是不喝？”

“喝，你喝得我也喝得。”

水甘冷熨齿，打鱼的连着喝了满钵，抹了一把嘴巴，将钵递给僧人。那钵有烧过的痕迹，黑得发亮。打鱼的说：“师父是要到哪里去？”

僧人说：“搭船回——回家。”

他原本要说回寺，但寺庙已经废于兵火，众僧都散了。打鱼的念着“回家”，茫然地看着山下大江，说：“早上我在江边打鱼，见到一艘大船，船上铺土，种了许多瓜果蔬菜，我看里面足足住有二十户人家。”他叹一口气，“这兵乱，真是把人给逼到江上去住了。”

僧人遥望大江，也跟着叹气，想起自己白天搭船过来，窝在船中小睡时，迷迷糊糊中，左手先是一阵热，好像触到了什么东西，片刻又骤然冷了下去，醒来发现是一个穿得很破的人，光腿搭在自己的手上。他要将那人的腿移开，可怎么也移不动，只得费力抽出手来。那人身子滑在船板上，腰还是弓着的样子，一双脚硬硬地折在空中。众人见到他这副模样，用手探了探脉搏鼻息，一个人说：“死了。”

人要死就发热，热一过，人就死。僧人诵起佛经为他超度，船夫听到响闹，走过来，看着说：“里面有认得他的人吗？”

众人互相看，半天没人应，船夫就拖着他，到了船尾，一脚将他踢进江水中。僧人大叫一声，伸出手，船夫回到船中，冷着脸对他说：“怎么，你还要给他收尸？那我捞上来，你给带回去？”

听船夫这么一说，僧人垂下手，什么话也没说，坐下来靠在船舱上发呆。饥荒、战乱，大家见惯了死人，脸上都没有表情，各自回到了先前的位置。

打鱼的问僧人住在哪里，僧人说就住在山下。两个人叙说了一阵儿，打鱼的觉得肚子有些饿，提着几尾鱼在僧人眼前晃，说要借僧人家的灶烧鱼吃。僧人领他到自己竹片织的屋中，生起火来。打鱼的正要把鱼剖开清洗，僧人拦下说：“我这里有吃的，鱼你带回去，留着吃，这么远打那几条鱼也不容易。”

打鱼的很感激的样子，搓着手说：“那好，那好。”

他看了看屋中，空荡荡的，并没见到有什么吃的。僧人把钵架在火上，摘下挂在墙壁上的柴刀，将屋外种着的竹子砍下一株，剃了枝叶，进到屋里把竹子劈成一块块，洗净后捞出一把，丢在钵里煮。

打鱼的看得目瞪口呆，没煮多久，僧人揭开盖子，递给打鱼的一双筷子，说：“吃。”

打鱼的接过筷子，试着夹起一片，竹片已经发软，轻咬一口，味同鲜笋，就大口吃起来。一口气吃完，肚子已经充实，缓了一阵，看着那只钵，仿佛知道了其中的窍门，说：“师父这只钵，真是个神物，那么老的竹子，都能给煮成笋子一般嫩。我想，怕是什么东西都能煮了吃吧？竹子、树、野草、石头、土，真好，再不担心没吃的了。”

他看着自己走了老远的路才辛苦打上来的几条鱼，怪笑了一下，拿起一条鱼，硬了手脸。僧人见到他的面目，大吃一惊，忽然一条鱼游进他张着的嘴巴里，动弹了一阵儿，没多久僧人就软了手脸，倒在了地下。

打鱼的用冷水浇了钵，洗干净用布裹了正要带走出门，一个人影朝屋子走来，打鱼的忙将僧人拖进卧房，隔着一幅竹帘往外看。那人进了屋子，叫着：“师父在家吗？”

打鱼的哑着喉咙说：“在，什么事外边说吧。”

那人立在屋中，很恭敬地站着，说：“寺庙都给烧没了，我四处打听，听人说这里住着一位高僧。”

打鱼的听他这么一说，心里放松了，清了清嗓子说：“找我有什么事？”

那人好一阵没发声，突然伏下身跪在地上，几乎要哭起来：“我杀了人，我自己是个该死的人，为着一些鸡毛蒜皮的事，动气杀了别人，我自己恨死了自己。我去官府投案自首，可人家说我杀一个人算不得什么，外边整天都有人在杀人，他们自己都经常好人坏人都杀。官府没人理我，这世道已经坏成这样了！”

那人叹气起来，接着又说：“官府不管我，我就找到那个人的妻子，我说你男人是我杀的，你把我杀了吧。我给了她一把刀，坐在凳子上等她，可她只是哭，怎么也不敢下手。师父，告诉我，我要怎么办才好。”

打鱼的只想尽快将他打发走，说：“你是不是觉得自己该死？”

那人说：“我自然该死。”

打鱼的说：“你看到了吗？桌子上有一把柴刀，你既然觉得自己该死，就把脖子割了。”

那人抬眼往桌上看，取下柴刀握在手里。打鱼的听到外面声音有些乱，没多久就什么声音都没了。他走出去，那人躺在一片血泊中。他回到卧房，使劲儿从僧人嘴里拔出那条鱼，用草绳穿了，随另外几条鱼一起挂在肩上，抱着钵翻山越岭疾步往家中赶。

# 藏 技

水 鬼

咸丰大宴，席上一位老臣牙口不好，一粒坚硬的生豆子不知怎么混进了一盘软烂的熟豆子里，这位老臣用力一嚼，崩掉了他的一颗牙齿，糊了满嘴血。负责这道菜的御厨叫葛求图，他自知难逃责罚，当即溜出了紫禁城。

他没别的本事，只会做菜，活了三十五年，有二十五年是在做菜。他不敢去大酒楼，怕藏不住自己的手艺。

一路搭船走路，亲戚不敢投，也不知道自己要去哪里，只知道要离皇城远一点儿，再远一点儿，远到路费将尽，也舍不得去客栈住宿，晚上就在破庙里铺些稻草裹着身子睡。

其时太平军战乱，所到之处犹如蝗虫过界，路上走的游民，个个眼珠子发绿，像一匹匹饿狼。葛求图在破庙里遇到一个饿得发晕的人，起先俩人还坐着聊了几句，到后来那人连说话的力气都没了，只说饿，想吃东西，望着自己带的一口铁锅，幻想着一只流油的肥鸡煮在里面，锅下面烧着火，散发出肉香味儿。

那人一直嚷着饿，自然没期望从葛求图嘴里扒出粮食。葛求图看不过，口袋的一点儿钱摸了又摸，终于下了决心，去市集上买了几样菜。那人见葛求图提着菜回来，脸上立马有了精神。

葛求图是个对于吃很精细的人，他不急于做菜，而是在破庙外来回走着，树枝草地上下看，寻找些可以用的作料。那人在破庙里喊，要他快些把菜做了，葛求图要他再等等，再等等。

菜落到锅里，那人吸着鼻子，馋得直发慌。一锅菜做好，俩人围着石头堆的灶，折了树枝当筷子就开吃了。一口菜刚进嘴里，那人的肚子一阵痉挛，缓了半天才吃第二口。他只觉得好吃，可分不出是真好吃还是假好吃。人一饿，吃什么都觉得好吃。那人吃到一半，肚子已经没了饥饿感，才断定是真好吃。俩人吃到最后，那人扬起锅，罩在脸上，用舌头将残留的一点儿汤汁舔得干干净净。

这人之将死前的菜，可以说是盛宴，只是徒增了那人对世间的留念，身子早已饿坏，吃上这么一餐，好比吃了一顿鬼宴。大岚寺上，有一个专行鬼宴的和尚，食鬼宴的人自然还是会饿死，但临死之际却又自觉大餐了一顿。食鬼宴的人算是异类，是些吃饱了的饿死人。没多久，那人脸上现出死色，嘴巴动了几下，对葛求图说："你没必要做那么好吃，做得差一点儿，兴许我还能多活两天，不过也不重要了。我是熬不住了，吃饱了死总比饿死好。你能告诉我你叫什么名字吗？"

葛求图嘴巴贴在他耳朵上，说："我叫葛求图。"他顿了一下："原本是个御厨……"

那人听到"御厨"两个字，嘴巴大张，"啊"了一声，苦笑着闭上了眼睛再没睁开。

葛求图一夜没睡，第二天乌着一双眼睛离开破庙，走到码头，站在一家破旧的小饭馆前，看着招牌上写着的几样家常菜，走进去点了两个，不急不慢地吃着。吃完没钱结账，说要留下来做厨子，老板不同意，他径直走进厨房，捞起一块水豆腐，摆在案上，刀声不绝地响，声音停下来，用刀铲起豆腐，抛进水中，那豆腐渐渐散成一根根细丝。

破旧的小饭馆挂着的招牌经常变换菜名，口耳相传，来吃的人越来越多。虽是卖给出力流汗的挑夫，但是厨技得到展露，不管食客是天子还是平头百姓，对葛求图来说已经没什么两样。偶尔有一些吃过酒楼大菜的人专门来到这里品尝，连说可惜，到这里真是屈了人才，便有意介绍葛求图去大酒楼做厨子。葛求图往往一笑，说："这里蛮好，蛮好，我喜欢这个小地方。"老板还以为葛求图是个极重恩情的人，在做菜上任由他一人发挥想象，再不加干涉。葛求图渐渐忘记了自己曾是一名御厨，忘记了那粒使他流离的豆子，做的菜越发大胆，菜名也起得稀奇古怪。

咸丰七年，十几日连落暴雨，大河决堤，地方大吏责令八名知县去监工治理河道。陈如海五十岁中的进士，一直闲在京中，这次被委任河工，带了一个管家和自己的妻子，一路颠簸，途经葛求图的小饭馆，三个人坐下，看了招牌上的菜名，管家笑起来，说："这么一个巴掌大小的馆子，尽起些花哨的菜名。"

三人点了五样菜，陈如海吃到其中的一道菜，只觉得味道独特，舌头带动了胃的记忆。他叫出厨子葛求图，夸赞了一番，说："你这一道菜，让我想到自己有幸蒙圣上皇恩，吃过的一次御宴。"

葛求图大吃一惊，暗暗使自己镇定下来，轻描淡写地说："哦，是吗？御厨我哪里比得上——您三位慢吃，我先进厨房炒菜。"

他在厨房切菜炒菜，眼睛不去注目手上，而是盯着外面的三个食客看，直到三人走后，他瘫坐在凳子上。另外几个客人在外面埋怨怎么迟迟不上菜，老板进到厨房催促，他胡乱炒了几个菜后，推说身子不舒服就回去休息了。

次日他找到老板，说要走人，老板双手撑在膝盖上坐着，说："也好，你已经帮了我不少，够了，这是我修来的福气。咱这个店小，我也没那个野心再弄大，你有那样的手艺，早就该去别处了。"

"不去，我再也不掌勺做菜了。"这句话涌到喉咙，自知别人不信，又隐忍下去，没有多说话，收拾完行李就走了。

葛求图走后，小饭馆的招牌上写的还是最初的几样家常菜，生意清冷。下了一场大雪，外边白得耀眼，老板想到葛求图，依稀大梦一场，只有这几年积累下来的不少银子，才让他确信是来过那么一位厨艺了得的人。

# 天　浴

水　鬼

大河上下，到了傍晚波光粼粼，上游是女人洗澡的地方，下游则归男人。小林虽在夏天的傍晚去上游看过女人们洗澡，但离得远，那些身形到眼里时，都是一个个黑点。小林已经十四岁，身子发育得完全，在一个很平静的日子，他无师自通地参悟出了自我释放的极大乐趣。有比他小的人都已经娶了媳妇，他虽能自给自足，次次又陷在大的空虚之中，有形无物的幻想哪里能比得上一个实实在在的女人立在眼前。

"娘，给我讨个媳妇吧。"一次晚饭时他突然对他娘说了这么一句。

一口饭哽在他娘的喉咙，好半天才咽下去。他娘说："等过两年攒点钱再说。"

大伙光着屁股在河里游来游去，不游时坐在岸边拿条丝瓜络在身上反复擦。男人们叙说起女人，小林听得发痴，生发了许多幻想，浑身燥热起来，下到水没腰的地方，手沉在水里，不自觉地闭眼套动起来。他浑身抖了一下，一尾拇指粗的鱼游在他的胯下，将他白色的污秽吞进嘴里，使劲掸着尾巴，逆流而上，不知费了多大劲，游到了女人们沐浴的上游。它在一片裹着薄纱的大腿中找寻，几乎带着自戕的决心，力道大到出奇，钻进了一个女人的身体，吐出了小林的污秽。

一个叫苗苗的女人发出尖叫。那条鱼卡在她的下体，拔出来时鱼已经毙命。死鱼翻着白肚皮浮在水上，女人的大腿缠了一道红色的丝带。她走得艰难，到岸边换了干衣服瘫在地上缓气。她没将那条鱼的事告诉给别人，只说被什么东西咬了一口，临走时让人扶着到了家。

做米铺生意的人托了一个老女人正在她家说媒，几封红纸包的糖、两壶烧酒、一大块猪肉、两担大米摆在门口，老女人说："事儿你们有意没意，这些东西只是个见面礼，没意也不必退，陈老板是个大方人，他二儿子长得也是一表人才，将来米铺总有他几间，真是个动动秤就能富足的买卖。苗苗长得好，自然也不怕找不到个好人家。"

苗苗父母听见是做米铺生意的陈老板，又耳闻他二儿子算是个踏实肯干的后生，心里已经欢喜起来，说："虽说这事由我俩做主，但还是得问问我家苗苗，从小娇惯大了。"苗苗她爹哈哈一笑，把脸转向女儿，苗苗是见过陈老板的二儿子的，羞声说："我的事爹和娘替我做主就是。"

两家人一来二往，吃了一顿饭，就把婚事定下来了。

小林父亲死得早，母亲一直没改嫁，母子俩种着薄田辛苦过活。陈老板的二儿子叫宁生，大小林一岁不到，听说宁生说娶了苗苗做老婆，小林羡慕又嫉妒，到最后在床上辗转反侧，想起几天前在街上碰到过苗苗一次，那张脸浮现在黑黑的屋中朝他笑着。

"要是能做我的女人就好了。"他紧抱着竹子编织的枕头睡去，迷迷糊糊中到了河滩，有人在唤他的名字，他听清了方位，只见水里面站起一个男人，下半身长着鱼的身体，一脸怪笑地说："快叩头谢我吧。"

小林说："我干吗谢你？"

鱼人说："我舍命让她怀了你的孩子，你说该不该谢？"

小林说："她是谁？"

鱼人说："到了十月初八早上，有一个女人将会到大矶石边沉河自尽，你早早守在那儿，就知道是谁了。"鱼人说完就一头扎进了水中。

小林醒来，梦中所见记得清晰，往后每隔半月，鱼人都会在梦中出现，除了日期之事，又将自己如何游进苗苗的身子也说了。

苗苗的肚子不知怎么一天天大了，身体有些不舒服。母亲留意到异样，找了个医生，医生说有喜了，让苗苗的父母大吃一惊。母亲问：“是不是把身子给宁生了？”

苗苗摇头，父亲铁着一副脸，问她是哪个畜生，苗苗说不知道。苗苗家只得退了婚礼，找不到个诓人的理由，横下心来说：“我家苗苗怀了别人的种，你们还要吗？”宁生知道后，气不过，把这件事到处同别人说了。街坊流言四起，苗苗哭了几回，到了十月初八早上，下到大矶石准备投河自尽。

小林觉得梦怪，日子记得清晰，早上早早下到大矶石等。见到一个女人从石头上跳下去，他跳进河中将她救上。

苗苗吐了几口水，躺在滩上，眼前蹲着一个男人正看她。她说：“你为什么要救我？”

小林说：“我听他们说了，我信你，你自己也不知道肚子怎么大的。这又有什么关系，犯不着寻死。你嫁给我吧，我不怕别人说，也不在乎。”

苗苗听了很感动的样子，在河边两个人搂着直坐到中午。

小林没费什么钱就娶了苗苗。孩子生下来后，越大越像他，他更加坚信如鱼人所说，那是自己的孩子。想着鱼人舍生为己，真该好生叩谢，但想到第一次进入自己妻子身体的竟然是一条鱼。顿时，又憎恶起它来。

# 冬 瓜

## 水 鬼

宣统皇帝即位之后，无论乡下还是城里，辰州四处兵灾匪乱，只有凤凰山上的鹤鸣寺还存有一丝平静。信泉到鹤鸣寺二十三年，天天打坐念经，吃斋礼佛。几个师兄弟见世道崩坍，哪里还管这些清规戒律。住持师父也不管束，他常说，洋鬼子都在城里传起教来，指不定哪天我们都要脱了僧衣去地里锄禾。

信泉并不悲观，他坚信佛法，每日把大殿里的灯盏擦拭得发亮，临睡前诵一遍经才肯熄灯上床，次日又早早起来，念一遍晨经，再去山下河边挑水，一上一下，直到把几个大水缸灌满才卸了扁担，放了水桶，却也并不闲下，又捏了斧子在后院斫柴烧饭。

晚饭时，一个刚从城里添购物什回来的师弟讲城里现在连杀人都弄出许多稀奇的法子，他两眼放光，比着手，环一个大圆，说："这么大一门炮，地上杵一根大杆子，人就悬在上面，那张九中点了引信，只听轰的一声巨响，炸雷一样，再去看那杆上，什么也见不着了。"

信泉听得心里不由一紧，做晌午饭时，他确实听到城中传来一声巨响。

不杀一生，不食一荤，人世间的种种苦难必定有其因果所在，只要自己虔信佛法，不动妄念，即便肉身吃了枪子又如何？信泉转念一想，自己不是兵，也不是匪，怎么会无缘无故吃枪子呢？

说到吃，鹤鸣寺里的和尚吃得最多的是冬瓜。和尚们无心种菜，便委了山下的一个农户，隔几日就挑拣两个长肥的冬瓜送进寺来。

那天下午，农户摘了两个大冬瓜搁在担子里，预备挑到山上的鹳鸣寺去，行至半山腰一处岔道口，有些累了，便卸了担子坐在路边歇息。一个衣着光鲜头发蓬乱的婆子由小道急走上来，怀中抱着一个婴儿，右手里兀自拎着一把菜刀，见到农户，喘着细气问："大哥是要到山上的寺里去？"

农户见是一个婆子一个婴儿，那婴儿看似睡得正香，也没有生疑，说："是啊，给寺里的师父们送两个大冬瓜。"

婆子瞧了瞧那两个又肥又长的冬瓜，又回头往来时的路上瞧了几回，嘴上像是有什么话要说，一时又不好开口。

这时候农户内急，大约是早上吃了坏东西，便捂着肚子，说劳烦照看一下，就往山上叶子深的地方攀去。

婆子见农户走远，举起菜刀，将冬瓜从中间劈开，在里面掏了一下，把孩子放进去，又用刀削了几根细树棍，尖了头，在冬瓜上通几个小孔，然后把尖棍插在切口处，把切下的冬瓜摁上去。这冬瓜是新摘的，瓜皮上长满茸毛，婆子这刀功也是讲究，不细看，还真看不出切口来。

利利索索做完这些，婆子跪下来，双手合十，念着："佛祖慈悲，咱家每年都要上寺里拜佛烧香，香油钱也从不吝给，可怜这回家里遭了劫，孩子父母双亡，只剩了我们这一老一小，只怕也要被匪徒追上来杀个干净。如今这农户也不敢信，只能拜托这大冬瓜，但求寺里的师父们能收下这可怜的孩子。我一个做饭的婆子，即便死也安生了。"说罢，便起身往鹳鸣寺外的另一条道走了。

农户解手回来，不见了婆子，正暗自生疑，几个彪形大汉急赶过来，各自手里都提着刀，其中一个拦住农户，问："可曾见一个抱小孩的婆子？"

农户哪敢说谎，连声说见了见了。

"量你也不敢扯谎，往哪条路上去了？"

农户心里盘算，自己委实不知那婆子去向，若讲实话，这几个匪徒自是不信，若说往鹳鸣寺去了，恐给寺里招来灾祸，便手指另一条道，说："往这边走的，走了得有半盏茶工夫了。"

那几个大汉倒也没再纠缠，提了刀便赶了上去。

农户见人走远了，抹一把汗，挑了冬瓜往山上一脚一脚踩上去。进寺后，先见了信泉，两人一起来到厨房，一人抱了一个冬瓜放在一张长案上。农户心里有事，话没多说，挑起空担子，换了条道径自下山。

晚饭前，信泉捏了一柄重刀，往长案上挑了就近的一个冬瓜，他知道要拦腰砍断这肥长的大冬瓜，臂上可得把劲蓄足，不然刀就会卡在里面。他举起刀，这一刀下去却与往常不同，等他收眼看时，手中的刀已经抖落在了地上。

不知道在地上坐了多久，直听到师兄弟的叫唤，他才回了神，慌起来，在大殿里扯了一块供布，裹了死婴跑到后山，弃在一处草丛里，回到厨房，把那冬瓜用水濯净，放在案板上削了皮，片起块来，放进热油里炒。

这顿晚饭，信泉只盛了一浅碗米饭，一口菜也没吃。

熬到夜里，等众人都睡沉了，信泉摸了油灯，到后山把供布连同婴儿一起埋了。然后双腿跪下，在黑漆漆的夜色中呜咽起来。“我不杀一生，不吃一荤，终日潜心向佛，佛祖你为何要这般对我？我究竟该不该信你？佛祖，你回答我，你告诉我为什么会这样？”四周一片死寂，除了偶尔的虫鸣，再无别的声音。他一路荡着回到禅房，蒙了被子梗在床上。

自此之后，有一次，一个师弟捉了一只山鸡，几个师兄弟正准备用热水烫了。信泉也进到里面，大家愣一下，只见信泉捉了山鸡，捏了头，只一刀便将脖子割了，血成注地往碗里流，没多久就沥干了鸡血。师兄弟素知信泉不吃肉，今天倒杀起鸡来了。

“今儿个可真是奇了。”一个和尚说。

“这又有何奇？我刚从山下回来，城里消息鼎沸，都说大清亡国了，连这皇帝小儿都没了，往后也不会再有了。你若说奇，那到底什么算奇？你若说不奇，那是什么都不奇了。”说话的师兄叹一口气，其余的也跟着叹气。

鸡熟了，大师兄夹了一块鸡腿，放在信泉碗里，说：“尝尝，咱们平日里可吃了不少，就你没吃过，尝尝，香得很。”

信泉夹住，扯了一片，肉连着皮进了嘴，慢慢咀嚼起来。

没过多久，便有军队占了鹤鸣寺，赶走了和尚。众师兄弟都还了俗，种地的种地，卖豆腐的卖豆腐，蒸包子的蒸包子，也有跑船运的，当护院的，走江湖卖药的。信泉呢？几个师兄弟再没见过他，只是他的名声越发盛了，听城里人说，他半夜潜进张九中家里，割了他的脑袋，挂在城门上。往后又有消息说，他在辰溪做了匪首，连军火厂都自个儿建了。师兄弟虽然不信，但也不觉得奇怪。这世道，什么都不奇了。

# 古　塔

水　鬼

我自幼生活在庸和山上，没下山以前，我以为人是世界上最稀少的动物，只有师父和我。鸟是世上最多的动物，因为它们成群结队落在枝头。论说最多，其实鸟算不上，应该是蚂蚁，但它们太过渺小，又惹我讨厌，熬的糖汁若不收紧藏严实，它们总能拐弯抹角地偷吃。所以我把这些小畜生列在动物之外，也就是师父所说的，阎罗大殿里，生死簿上没有它们的名字。师父说的是一只猴子，又告诉我说，那只猴子是从石头里炸出来的。

师父教我言语，它们区别于鸟鸣虫叫，只有我和师父懂得。我曾费大力气探究鸟的说话声，却怎么也没有弄明白。

晚上师父常常做梦，每天早上醒来，他都会告诉我梦中所见，那真是一个光怪陆离的世界，譬如蛇长了一双人眼，大石能在天上飞。问到我的梦，我说一片漆黑，什么也看不到，师父就说，不怪，毕竟你没开眼见过世面。我不明白世面是何种样子，无非就是山和树，以及各类动物。

在我二十岁那年，师父带我见了一次世面，令我大开眼界。你自然以为是师父带我下山的，实则在师父有生之年我都没下过山，直到他死后我才离开庸和山。

那天我记得很清楚，这辈子也没法忘记，即便它们是梦。师父带我进到他的梦中，那是一片茫茫荒原，只生长着一些枯死的野草，草已经死掉，却还能够生长。荒原上一座座古塔，造设得像佛教的七级浮屠。古塔七层，塔身泛着瓷器的白光。师父带我走进属于他的古塔，他掏出钥匙，打开一把大铁锁，告诉我说：“多少术士都幻想着有这么一座塔，我走后这座塔就属于你了。”

我亮着眼睛，随师父进到古塔，他递给我一个面罩，要我戴上，嘱咐我不要摘下来。第一层有七个房间，里面关押着两个人。人，不错，我是在师父的梦中见到第三个人的，也是第一次见到女人。她赤身裸体，身体的形状有别于我，见到我这个生人，她弯腰抱膝，有意藏住什么。师父走进去，俯视着她，说：“怎么，见到我这个小徒弟还害羞了？”第二间房关着一个男人，手脚已经被铁链子锁了，师父进到里面，问他：“怎么，还不愿告诉我官银藏在哪儿？”

这个人用师父的话说真是铁石心肠。两年前辰州库房官银被盗，原本用来赈灾的官银被这伙人尽数盗去，此人负责运输收藏，但他一直不肯吐露官银藏在哪儿，即便知府用刀在他的屁股上划开许多片肉，再让他坐在撒满干盐的稻草上，也没能撬开他的嘴巴。辰州大雪，到后来硬冰结地，不知冻死了多少人。知府命人抬着他，往各处寻冻死的人看，希望动了他的恻隐之心，无奈他铁石心肠，知府就命人守住他的家，把棉被、木炭、吃的都收缴了，眼睁睁看着自己的妻儿父母一个个冻死，他也只是流了几滴泪，什么话也不说。见到师父，他冷笑着说：“晚上关在你这里，白天关在辰州大牢，两个有什么不一样？”

师父说：“难道你就不想在梦里边逍遥快活吗？”

他说：“梦里边逍遥快活又有什么用？”

师父说：“你把白天当成梦，把晚上做梦当成现实不就成了？”

听师父这么一说，他自言自语起来，我想他已经被折磨得快疯了。

游了一趟师父的太虚幻境，第二天我从床上醒来，木木地坐着发呆，师父怪笑着，看着我说：“是不是梦到了以前没梦到过的东西？”

我说：“师父，这就是你说的世面吗？”

师父说：“算是吧，师父这点儿本事今天就传给你。”师父似乎预感到了自己不久将要离开人世，却没预料到会是如此突然，几天后他就去世了。我埋葬师父过后，利用他教我的本事，进到了之前属于师父，现在属于我的那座古塔里。偷盗官银的人已经从里面消失，我想定是他在辰州被处决了。不经塔主放人，人只有死掉，在梦中才会不受古塔的监禁。

现在只剩下那个女人。我走进她的房间，她第一次见我单独来，就问：“你师父呢？”

我说：“他死了。”

她笑一下，耸肩又笑一下，说：“老变态终于走了。”

她看着我，又笑着说：“你知道吗，你师父硬不起来。”

我说什么硬不起来？她又是一笑，把一只细嫩的手探到我的裤子里面，异物的柔软与温暖让我瞬间明悟了什么是坚硬。她的嘴巴在我耳边哈着气，痒痒的。

她翻身陷进我的身子，刹那间，我对师父深感愧疚。梦中醒来，我的床上有一团潮湿，闻起来一股腥味儿。

后来几天晚上，我常常去古塔，有时要等到夜很深才能见到她。

“放我出去吧，我不想每次做梦都在这间房里，这个梦我已经做一年了。”

她的手指在我的胸前爬着，慢慢爬到我的脸上：“我连你师父长什么样都没见过。让我看看你。”她想揭掉我的面罩，我捉住她的手，她眼睛定定地看着我：“放我出去吧。”

放她出去，庸和山上师父已经不在，只剩下虫和鸟，梦里的古塔也将空空荡荡，再没人陪我说话。我说：“放你出去，可就再没人陪我说话了。”

她说：“傻，你可以去城里找我，你不想在现实中拥有我吗？”

“可你是师父的女人。”

“他死了，这座塔和我都已经传给你了，再说我也不是他的人，他那样一个老头儿，哪配得上我！”

我决心去找她，第一次下庸和山，走了几天的路，终于见到一个农人牵着头黄牛在路上走，他戴着草帽，压得很低，脸隐在黑影里，我向他打探去城里的路，他指了一个方向就牵着牛走了。城里男人个个戴着面具，女人则面貌不一，在大街上走动。路口设有一个茶铺，一个说书的老者在上面讲着什么，大家都很认真地在下面听，我也挤进去。老者说：“列位，你们可有人知晓古塔是个什么样子吗？那可是关押流犯的地方，流放到古塔去，路途遥远，是不会让你骑马过去的，都是赤脚徒步过去的，大部分的流犯都死在了路上。就算古塔那里鸟语花香，没有折磨人的刑罚，但像要去到那里的路一样，它还是个人间地狱。”

老者喝了一口茶，又说起来：“礼仪崩坏，世道将乱，有太多的人都该流放到古塔，只是他们藏得隐蔽，官府拿不出坐实的证据，又不能没有由头地缉拿审问，于是一个个术士被官府招募，在梦中造设一座座古塔，专门用来审讯这些心思可疑的人。”

“这些术士死后留在自己的梦中世界继续生活，一草一木都是他们所设，肉身虽死，却也是永生了。”

天色黑下来，我打算找个客栈睡一晚再去找她。晚上我又潜入古塔，她说：“下山了吗？”

“下了，明天就能见到你了。”

“那让我看看你长什么样，我怕到时候认不出。”

她揭掉我的面罩，脸上有了奇怪的表情，一笑，说：“原来你是你师父的儿子，长得那么像，一定是了！”

早上起来，我走在街上，念着“我是师父的儿子”，师父就是我的父亲，我憎恶起他，至死他都没告诉过我他是我爹。我走在街上，不知要去哪里。一个人撞向我，面具掉在地上，一张脸露在面前，我吓了一大跳，说：“师父，你怎么在这里，你不是死了吗？”我几乎要哭起来：“你告诉我，你究竟是不是我爹？”

他说：“我不是你爹。你就是我，我就是你，这里人人都是你我，你仔细看看！”

我茫然四顾，菜贩子放下手中的秤，卖包子的将蒸笼码稳，道上骑马的，马蹄僵住了一样，大家都停了下来，四面八方的眼睛都聚在我身上，他们揭掉了脸上的面具。

# 青 蛇

水 鬼

父亲逮到一条乌梢蛇，是我揪的尾巴。腥臭味儿留在我手掌上，双手浸在溪水里，和了一把泥巴搓洗，闻着还是有股老大的腥臭味儿。父亲说：“洗不掉就不要洗了，过些时候自然会掉的。”

蛇被父亲装进蛇皮袋，放到溪滩上。夜里没有风，不用抬头就能看见星星。正是秧苗拔节的季节，家家户户都争着把水渠里的水往自家地里赶。父亲说：“坐到半夜，我们把贵宝家进田的水路封掉，引到我家田里，天亮再给接起来。”

蛇在袋子里蠕动，父亲拨弄着石子上的火堆，将一根木棍插入火里，等棍头烧着，再点燃衔在嘴上的草烟，吞吐一口，火堆旁边就晕起一道薄雾。落在草里的虫子和蹲在田埂上的青蛙叫出了声。父亲吸完一根烟，青蛙不叫了，虫子还在聒噪。

我又嗅了嗅手掌，说：“臭死了，怕是没有比这更臭的蛇了。”

父亲笑着说：“青蛇比这臭多了。”

我从来没见过青蛇，父亲说青蛇挂在树上，就像挂着一截细青竹子。

“爹你见过青蛇吗？”

“见过，”父亲又燃起一根新卷的烟，“好久以前的事了，那个时候我才有你这么大。”

那时候父亲在生产队，早上几个大队的人上山干活儿。十一队一个男人见我们队上一个女人撅着屁股对着他，他就边干活儿边观察。那个女人的裤腰带是一根绳子，在屁股后面扎了一个漂亮的蝴蝶结，衣服短，盖不住，那个男人用棍子勾了一下蝴蝶结，女人的裤子就滑到地上，屁股露了出来。

“她怎么不穿内裤呢？”我好奇地问。

父亲说：“那时候哪有内裤，裤子也是一人只有一条，洗的时候都是夜里，洗完马上用火烤干，第二天接着穿。”

那个女人的屁股就这样赤裸裸地展现在大家眼里，大家停了一阵锄头，又干起活儿来，谁也没有说话。女人吓呆了，过了好一阵才提着裤子跑了。第二天，村里催人下地干活儿的喇叭还没响，父亲就听到有人号啕大哭。那个脱裤子的女人死了，而脱她裤子的那个男人，当天晚上也死在被窝里，死的时候手里抓着一条青蛇，屁股上有针刺的瘀青小洞。青蛇散发出奇臭，那臭味儿像蛇一样爬了一路，从这个男人家一直爬到上吊的女人家里。大家都说，那条青蛇是那个女人变的。

“脱裤子怎么就要上吊呢？”我不懂。

父亲没有回答我，他说：“从来没见过那么臭的蛇，隔好远都能闻到，一连臭了好几个月。”

柴火燃得更旺了，我和父亲几乎同时吸起了鼻子，一股腥臭味儿在我们身边越来越浓烈。我把手放在鼻子前，胃里的不适差点儿要把晚上吃的东西呕吐出来。父亲把矿灯打到蛇皮袋上，乌梢蛇已经褪了一层皮，身上显出细竹子的青色来。

父亲突然咿咿呀呀地叫起来，双腿折倒在石子上，嘴巴里叫着说：“我什么也没瞧见，我什么也没瞧见……”

第二天，父亲就病倒了。

母亲把我叫到跟前，问了父亲发病的缘由，接着就哭着骂起来：“该死的东西，怎么给小孩子讲那么不要脸的事！”

骂归骂，母亲一早从水湾请了一位老先生来为父亲驱邪。他画了一道符，嘴里念着听不懂的咒语，在八仙桌上放一升米，开始跳起舞来。父亲喝下符水，眼里的血丝并没散去。母亲用红纸封二十块钱，送走了老先生。

那天下午，贵宝爹找到母亲，说：“你屋真会赶水，人家田里的水都不到指甲盖深，你屋就赶走了？做事也得有个先来后到！”

母亲没同他争吵，而是抹了一把眼泪，指着躺在床上的父亲说：“赶回水把人都赶坏了！”

贵宝爹看了一眼父亲，神色缓和了很多，走近了身，握着父亲的手，叫了声老弟。父亲没理他，他就又叫了一声：“老弟！”父亲还是没理他。贵宝爹看着眼眶湿湿的母亲，问：“叫先生给他驱邪了没有？”

母亲点了头，说：“昨天夜里碰到了青蛇。”

对于父亲的病，我并没有多大担忧，觉得父亲会好起来的，既然会好起来，又有什么好担忧的呢。相反，青蛇的记忆倒像留在我手上的蛇臭，怎么搓洗也搓洗不去。

我问母亲：“你见过那个女人的屁股没有？”

母亲拍了我一下，说小孩子别瞎说。

贵宝爹低了头，又抬起来，说：“真是造孽。”

后来，父亲的病慢慢好了。那天我在洗葱，葱的汁液流在我手上，手上的腥臭味儿居然消失了。我兴奋地把这件事告诉父亲母亲。父亲什么话也没说，自那天起他就变得沉默寡言，再没同我讲过鬼故事，我也再没问过他关于青蛇的事情。

许多年后，在一个小县城的宾馆，我第一次见到了女人的身体。她是我的第一任女朋友，比我大了整整六岁。我给她讲青蛇的故事。她听完就笑了，说：“你爸扯鬼话咧，那个女人真奇怪，怎么会把裤腰带结打在屁股后面呢？”

“我怎么知道。”我哼一下，说，“你站起来。”

“干吗？”

“我要看看你屁股。”

她裸着身子站起来，捡起地上的裙子往脖子上一勒，吐出舌头，翻着白眼，说：“那我要死给你看。”

# 鬼　宴

水　鬼

饥荒年代经常有饿死人的，饿得快死时总想弄一口吃的，好吃饱了上路，可吃饱了人还会饿死吗？自然不会，饥荒年代，人死时总是空着肚子死的。

大岚寺里，有一个行鬼宴的和尚。食鬼宴的人自然还是会饿死，但临死之际却又自觉大餐了一顿。食鬼宴的人也算是个异类，是些吃饱了的饿死人。还有什么比饿死之前大吃一顿好呢。食完鬼宴，不论你还能撑着多久时日，还能否盼来一斗大米支过荒年，这些都没法去设想了，总之，食完鬼宴人就得死。

有一天，黄昏薄暮，和尚下了大岚山，走了几里路，天已黑得分不清道路，此时前方露出了几点明晃晃的光，他循着光磕磕绊绊摸黑走去，进到一户人家。屋中只见一盏油灯，油灯照耀下，他才隐隐约约看清床上躺着一个老人，板凳上偎着一对夫妇，一个两岁的孩童仰躺在摇篮里。和尚进来，这家人也只是很安静地躺坐着。

和尚拨弄了一下灯芯，屋子里明亮了许多，那对夫妇终于睁开眼睛，但很快又闭上，片刻又缓缓睁了开来，空洞地望着眼前的这个和尚。

“大师，”男人说，“化缘上别处去吧，咱家一屋子都是快要饿死的人了。”那男人看了一眼自己的妻子，又转眼看了一眼床上的老父亲，最后目光落在地上的孩童身上。

和尚拢了袖子，说：“我不是来化缘，只是借宿。”他走了几步，到了床边，摸着老人的手，像拎着一截枯柴。“怕是熬不过今夜了。”

那老人睁开眼，和尚低下头来附在他耳边说：“想不想吃东西？”

老人张开嘴巴，动了几下。和尚立起身子，说：“我就是大岚寺里那个专行鬼宴的和尚。”

老人突然打了一个嗝儿，声音低沉得像是从坛子里荡出来一样：“再好不过了，就是食鬼宴，我也没力气爬到大岚寺去了，你来得正好，就送我这一餐吧。”

和尚看着那对夫妇，那对夫妇慢慢从凳子上支起身子，挪到床边，说：“就让我爹吃这一顿吧。”

和尚点点头，摸着老人的手，念起经文来。渐渐地，那老人的嘴巴忽而咀嚼起来，仿佛正吃着什么，喉咙一鼓，好似咽下了大块的肉。

他的儿子见了这番景象，突然攥住父亲的手，问：“爹，你吃着了吗？”

老人闭着眼睛，脸色温润，声音断断续续从喉咙里发出来，又像被吞下的食物挤进了肚子，说：“吃着了，满大桌，好多肉——”

女人的眼睛也放出光来，问：“爹，桌上都摆着些什么好吃的？”

老人嘴巴停住了，眼睛睁了开来，像是在屋子里搜寻着什么。

“有鱼，有肉，有大锅熬过的骨头。”

老人说完，黑黄的牙齿像是在撕咬着什么，紧跟着嘴巴又咀嚼起来。

不知过了多久，老人终于打了一个饱嗝儿，嘴巴合拢，脸上先前的温润之色消失殆尽，渐渐现出死色来，屋子里又沉沉地陷入一片死寂当中。

屋子里什么都是静的，除了灯焰偶尔的闪动。男人嘴里嘟了两声“鬼宴，鬼宴”之后，气若游丝，什么也听不见了。和尚吸一口气，摸着男人的手，正发着热，人饿死之前就是会发热，热一过，人就会死。他念起经文，行起鬼宴来。

“我见到了，”他的声音渐渐大起来，“什么吃的都有，什么都有。”他的嘴巴动起来，呼吸也粗起来，妻子怔怔地看着，隔了老久，男人打了一个饱嗝儿。她的手钻进丈夫的粗麻布衣服，贴着肚皮，肚子鼓胀，一压，只是有些软，腹内聚着一团气，又一压，一股气冲到喉咙从嘴巴里嘶嘶地泄出来，肚子马上瘪了下去。女人缩回手，呆呆看着死去的丈夫和老父亲，转眼看到地上的孩子，孩子滚了一个身，要爬起来，又瘫在地上。和尚走过去，抱起孩子，搂在怀里，坐在女人对面。

和尚双手合十，念起经来，每吐一字，声音在屋里荡来荡去，孩子嘴巴嘟起，好似在吸食母乳，没过多久像是睡着了一样。和尚把他放在床上。女人木木地斜靠在木壁上，突然倾下身子，捏住和尚的手，说："我要吃——"

和尚闭住眼睛，又念起了经文。

"大师，我怎么什么都看不到，什么都看不到。"

和尚说："见到有光的地方就往那儿走。"

女人说："没有光，哪里都是黑乎乎的，我什么都见不着。"

她把和尚的手攥得更紧，幽幽地哭起来，这哭声像是经地府传出来的一样。到最后，头上渗出汗来，疯了一样，在不尽的黑暗里张嘴撕咬起来。和尚自觉不妙，急忙起来，要挣脱她的手，然而这手已经死死缠住了他。女人终于咬住了什么，一口下去，牙齿都快崩断。和尚大叫一声，挣出手来，女人抬起头来，嘴里叼着一根手指。

"大师，我吃到了。"她用舌头把断指卷进嘴巴里，嘎嘣嘎嘣嚼起来，努力咽下去。

天光素白，没多久薄薄的阳光落在女人的脸上，醒来时她分不清是在阴间还是人世。饥饿令她焦灼，已死的丈夫及公公都硬硬地躺在床上，摇篮里的孩子在日光下，脸色更加苍白。和尚不知何时走掉了，想再吃一回鬼宴是绝不可能的了。

# 南梦客栈

水　鬼

“好重的雪！”

掌柜的站在客栈外，望着漫天弥漫的大雪。

“雪不化，怕是没人来住店的。”

厨子将手拢在袖子里，应了掌柜这么一句。

前边一片白，有几粒黑点隐现，掌柜笑起来，说：“来客了，你瞧。”

厨子伸长脖子看，说：“得，有客就好，我一天不下锅，这十指就跟冰做的一样，僵冷僵冷。”

掌柜吩咐说：“你去烧壶热茶，我在这里候着。”

厨子甩出手，活动起手指，进到厨房劈柴烧水。

一行客人走得近，五匹马，前二后三，当中牵了两个赤脚的革命党。领头的官差见到客栈的招牌，几个朱漆的大字：

南梦客栈

掌柜将手一拱，说：“几位差爷，里面坐，天寒地冻的，先来壶热茶暖暖身子。”

领头的勒住马，马哈着热气，又抖几下脑袋。他跳下马，其余的也跟着跳下来，解了牵着犯人的绳索，绑了马，押着两个重犯进到客栈。

七人围着一张八仙桌坐下，掌柜的拎了壶茶来，说：“这二位怎么招待？”

领头的冷冷说：“这二位，咱几个吃什么，喝什么，他俩也吃什么，喝什么。”

“行，有你这句话我也就好安排。”

掌柜将七只茶杯排在桌上，依次沏了。茶杯中一股热气还没散开，几个人已经捏在手中，试探地抿起来。

年岁最小的一个官差脸色有些死，捏着茶杯，怔在那儿。旁边的一个官差看了他一眼，问：“怎么了？”

他还陷在问路的恐惧之中。半个时辰前，他们进到湘地，马在积雪的山道中行走，前不见村后不着店的，又冷又饿。转过一道弯，一棵树下立着一个人影，领头的便要他下马去问路。

他下了马，朝人影走去：“兄弟，附近哪里有客栈？”

那人呆立着，默不出声。他走过去，大着声音又问了一遍，那人依然呆立着，默不出声。他走到那人面前，吓了一跳，只见一张毫无血色的脸，闭着眼睛，分明就是一个死人。他差点跌倒在地，一路跑回去，快到马队跟前时，慢下步子，稳住气，领头的问他：“他说哪儿有店没有？”

“说了，在前边。”他说。

一行人就顺道往前走。

几个人在客栈吃完一杯茶，门外响起一阵敲门声，掌柜的开了门，走进三个人，一人穿素衣，另两人穿着差服。

领头的见到穿素衣的人，忙站起来，施了一个礼，说：“原来是庄有恭庄大人，失礼了。”

庄有恭还了礼，说：“别再叫我庄大人了，我这个江苏巡抚如今已是个革职贬谪的罪人。”

领头的问：“这是怎么一回事？”

庄有恭叹一口气，说：“几年前我按试松江，一个疯子拦下我的马车，跪着说写了一本书，要我看，我见他可怜，就要了书，胡乱翻了几页，满纸胡言，也就没在意，胡乱将它丢了。不料此人一月前又将此书投往曲阜孔府，书中的大逆不道之言被人奏告给了圣上，连我也牵连了进去。”

领头的宽慰说：“原来如此，大人只是贬谪，凭大人的本事能耐，日后定会重新被重用的。”

庄有恭一笑，看着坐着的两个罪犯，问：“这两个犯了什么罪？”

领头的压低声音说：“革命党。”

庄有恭“哦”了一声，低了头，只见两个革命党赤着红肿的脚。

领头的也叹起气来，说：“只怪兄弟几个混得不好，这一件棘手的差事才落在我们身上，上头要他们赤脚走回原籍问斩，若走不回原籍，半路死了，砍头的就该是我们几个了。”

庄有恭来了气，说：“真是荒唐，这大雪封天的，别说是人，就是马，怕是也能冻死几匹。”

几个人闷着叹息。

庄有恭三人坐下来，掌柜的前来招呼，问要吃些什么。

“你那厨子会做什么菜？做他拿手的。”

掌柜进到厨房，悄声对厨子说：“几位都是吃皇粮的，咱们得罪不起，里面有一位，还是前任江苏巡抚，你要多费点心。”

那厨子将两块水豆腐放在盛有水的盆中，捞了些吐尽泥水的泥鳅放到里面，拈起几指盐，细细撒在盆中，只见根根泥鳅死命往豆腐里钻，不多时盆中的泥鳅就都钻进了豆腐里。他将豆腐切成小块，泥鳅绝不滑出，身子断在豆腐块里。锅中热起油，将豆腐放入热油中四面煎至金黄。

这一道菜做好后，掌柜的端出去，摆在两桌客人面前。庄有恭夹了一块，轻轻咬了一口，停下筷子，自语说：“这一道菜，我好像在哪里吃过，是在哪里呢？”

他凝神想了半天，怕忆起旧事感伤，也就不再想，用筷子夹起来大口吃。

两个犯人手脚早已冻得僵木，筷子也捏不起。领头的让掌柜在火坑生起大堆的火，扶着他俩坐到火边烤。

大火红旺，烤了一阵，官差正要扶他俩起来，二人却坐着不动。于是两个官差架住一个犯人的胳膊，费力一提，只见他盘腿悬在半空，还是坐着的样子。

领头的见了，说坏了，赶忙走过去，探了脉搏鼻息，长吁一口气，说："放下吧，死了。"

"死了？"

几个官差吓傻了，不知如何是好。

此时客栈的门吱呀一声响，走进两个人来。那最小的官差见到后面跟着的人，"啊"的叫了一声，说："我问路时遇见过他，是个死人！"

大伙听他这么一说，就都往那人看，只见那人僵直地靠门站着，一脸死色。走在前头的人冲大伙一笑，寻了一张桌子坐下来。

掌柜的给他沏了茶，领头的官差招手示意他过去。他走过去，领头的嘴巴附在他耳边，细声问："那人是做什么的？"

"赶尸的。"掌柜说。

"哦——"

领头的双手扶在膝盖上，笑起来，对着其他四个官差说："咱们算是有救了。上头要咱们押的那两个革命党，只是要他们自己走回原籍，可没说非得活着走回原籍。"

大雪停住了，赶尸的引着三个死人，五名官差骑马殿后，跌跌撞撞地在雪地里艰难走着。

# 黄　豆

水　鬼

我牵了马，到山郊，天黑了，四方挺荒凉的。脚在枯死的草上踩，过了一道山坳，见到前边有一点火光，心就松下一点，牵了马往那走。

几方灯笼挂在外面的杆上，上面几个字吹得有点模糊，写着什么客栈，也不管，没见到马棚，就把马绳绑在旗杆上，仰着脖子叫一声："投店！"

半天也没人应，客栈的灯倒是燃着，又叫一声，就听门吱呀一声响，敞一条缝，漏一片光出来，我就又叫一声："老板，投宿。"

老板拱着脖子，提了灯笼走出来，凑着我一照，说："进来吧。"

我指一指马，他瞄了一眼，说："膘倒挺厚，就拴那儿吧。"

我问："有草吗？喂一点，骑一天了。"

老板说："到处尽是草，割的都使完了，你要呀，得等明天。"

我有些悻悻，脑子里转一圈儿，还是跟着老板进了店。

老板闩了门，把灯笼吹灭了。里面点着油灯，照得亮堂，老板指了二楼最左的房间，说："晚上你就睡那，被子都铺好了。"说完就拿起柜台的账簿和算盘，手指弹几下珠子，把毛笔在舌头上蘸一下，问了我名字，写起来。

我把手撑在柜台上，问："这么大个店就我一人住？"

老板也不出声，我就又说："身子疲得紧，随便整两个热菜。"他又拨几下算盘，往厨房走去。我想起什么，就冲着他背喊："再来壶酒。"

他也不回头，出来时盘子里酒倒是有了，两碟菜，一碗米饭，摆在桌上。

我捏起筷子，在桌上一敲，齐了筷尖，夹了一片肉，努了眼看，分不清什么肉，问：“这什么肉？”

他不耐烦了，说：“人肉，你还吃吗？”

我倒吓一跳，说：“糊弄我。”

他也不说什么，又把灯笼点了，提着睡觉去了。我呢，肉倒是不敢吃了，扒光米饭，饮完酒也上楼睡觉去了。

第二天醒来，惦念着我的马，我出去一看，只有半截绳子挂那儿，我有些来气，就问：“老板，我的马呢？”

“我哪晓得你的马，兴许是让狼叼了。”

眼下这店离城还有六七十里路，没马可不行，我被困在客栈里，坐那儿吃起酒来。

没过多久就听外面一阵马蹄声儿，几个官差揪着一个猴子似的人儿进来，说：“马就是搁这偷的？”

那人揉着屁股，说：“就这儿，外面那杆上割的绳子。”在地上痛得哎哟叫。

一个官差拿着半截绳进来，几个人一议：“是这里了。”就唤了老板，问：“这马是你的？”

“我可不会骑马。”老板瞄一眼我，说，“早上倒是有位客人说马不见了，马不见了，就奔出去找马了——这马是犯事了？”

几位官差就挨我坐下来，说：“这马是本县房太守的，前晚有人潜到他府上，谋了他性命，又盗了他的爱马，跑了，我们沿路访着马的踪迹追拿犯人。”

老板低下头来，说：“房太守死了？”

“死了。仵作验尸时，没刀伤没掐痕，身体也不见瘀痕。摸到肚子时，硬硬的，鼓鼓的，剖开一看，呵，不得了，里面都是些黄豆粒儿，原来是给人灌了干黄豆，活活撑死的。”

老板抬起头，长长“哦”了声，又问：“那房太守殷实得很，这回折损不少吧？”

官差说道:“东西吧一样没少,除了外面这匹马。”

我一瞧外面那马,就害怕起来,说起来这马可算不得我的。昨天,我在三里围歇息,遇着一个人,身子紧实得很,他牵着这马上来,挎着一个包袱。我在地上吃干粮,他瞅着我,问我上哪儿,他抓出一把黄豆,往嘴巴里丢去,嘎嘣嘎嘣嚼起来,他又抓出一把,同我聊起来:“豆子吃点儿?”

我一看,生的,就想这可是个怪人,吃生黄豆,我笑起来,说:“吃黄豆我拉肚子,吃不得。”

他看我一下,怪笑起来,把手里的豆子握着,说:“猜猜是单还是双,猜中了这马就让你,没猜中,我就让你吃豆子。”

我想,还有这好事,猜不中吃几粒生豆子也无妨。

“双数。”我说。

他伸了手掌,我就盯着他一粒一粒数起来,眼看数到最后几粒,是单数无疑了,就泄了气,忽而他手抖了一下,一颗豆子滚下来,伏头怎么也找不着。我说:“有言在先,可只算手上的。”

他站起来,牵了马:“骑走吧。”

我愣着,他便说:“再不骑走我可反悔了。”

我就骑上马,勒了缰绳,马走了几步,我回头瞧一眼他,还站在那,我就使劲拍了马,飞也似的跑远了。

客栈里几个官差没隔多久就走了,此地不宜久留,我也拿了包袱,正要走,老板走出来,把手一拱,说:“同道中人,话不多言。”不知怎么就从哪里牵出一匹马来,说:“骑了这马,一可赶路,二来,有人问起,便讲是我送的,一路住宿投店,大可省心。”

我也拱了拱手,就骑了马,挥了鞭子,头也不回地跑远了。

# 夜　话

水　鬼

“那天清早醒来，我睁开眼睛，一个女人正拥着身子在我边上睡觉。”

士兵徐之里擦着枪托，四个人在一处壕沟里烧着从农户人家讨来的木炭，烘着手，暖热了就在各自的脸上揉。

“我和她躺在一片干草上，听着风呼呼在外面吹。”

另外三个士兵将枪托支在地上，双手缠在上面，撑着脸，也不怕冷，很认真地听他说。

“她睁开眼，她用手擦了擦，再睁开眼看我时，眼睛就明亮了很多。”

一个士兵问徐之里：“你大清早醒来，就发现一个女人和你睡在一块儿？”

徐之里说：“是咱们部队刚开到这里的第二天早上。”

一个士兵掐着手指算了算说：“那是五天前了。”

徐之里说：“我多希望那天是由晚上开始，而不是早上。我不敢多看她，就闭了眼睛，突然，一只软滑的手就贴在了我的脸上。”

“她一定不是附近农户人家的女人，上回讨炭的那户人家女儿的手，比咱们摸枪的手还粗糙。”

“你摸过？”

“我接炭时碰过。”

徐之里用枪托捣了一下火，说：“很快就听到了集合的号子，我忙爬起来，她还睡在草地上，我拍了拍身上的草屑，对她说我要走了，她冲我笑了下，我也冲她笑了下，然后我就走了。”

一个士兵说：“可惜了，要早些时候醒来，还能办办事。”

徐之里说：“第二天晚上我又跑那儿睡，一整宿没合眼，直到早上放号也没见她再来。好了，我的故事说完了，轮到你们了。”

这支部队人不多，总共三十来人，七八天下来，只剩了四个人。眼下已经陷入敌军的包围，想逃是没路了，借着夜色，尚能多活一晚。这一晚谁都没打算睡，至于聊些什么，都说还是聊聊女人吧。轮到另外三个人时，大家就都闷声，隔了许久，一个士兵指着月亮说：“月亮在一点点暗去，别瞎浪费时间，大家都说起来，说起来。守承，你来说说，你不是前些天才摸过那个送炭女人的手吗？”

张守承说：“那一双乌漆麻黑的手说起来没劲。”

四个都是年轻人，经验匮乏，要么很粗鲁地说一些缺乏细节的，要么就转述别人说的，细节是有了，但到底是别人的，不能感同身受，也就不能让另外三个听的人产生幻想。

天很快就亮了。大家都乌着眼，说到后来话少喉咙哑，壶里的水也不多，估着容量，一人传一人地喝。

最后一个士兵喝了一口，晃了晃水壶，声音很脆，知道里边剩得不多，就仰脖子一气儿喝了，大声地打一个嗝儿，用手抹了下嘴巴，很久才缓过来的样子，说：“之里，就你说的那个最有味道，要是再碰见她，你还能认出来她不？”

徐之里低了头，说：“长什么样我可说不上来，但要是再见着，认是肯定认得出来的。”

“很好，很好，我也想见见，也想问问，这没事大早上跑野地里和你睡觉是怎么一回事。”

话没说出多久，大家都静了下来，竖着耳朵听，脚步声一排排传到壕沟里，四个人站起来，前前后后都是黑洞洞的枪口。四人弃了枪，抱着头，很艰难地从壕沟里蹭上来，蹲在地上。之后便被反手绑了，押到了敌军的营地。

营地是一些木头搭的房子，地上有一些鸡鸭在走着。一个长官模样的人端着一只大碗，靠在一株枣树下吃面条，见到押来的战俘，就走上前说：“怎么还逮住四个活的？枪里有子弹吗？”

负责押送的一个士兵说：“有，凑一块儿还有五六十发。”

另一个士兵接过话说：“他们四个聊了一晚上，我在上头草堆里伏着听了一晚上，还想着等他们睡觉了就去报告，哪想到直聊到大排查来了，这帮人还在聊。”

长官将碗放在一块大石头上，搓着手，很高兴的样子，说：“哦？那你是听他们聊了一个晚上？”

士兵回答说：“是的，听他们扯了一个晚上。”

长官问：“他们都说了些什么？有什么有用的情报吗？”

士兵严肃地说：“一晚上都在瞎聊，说的都是女人。”

长官有些沮丧，摸摸下巴，说：“人都要死了，还在聊女人。”

那士兵没出声，隔了一阵子，说：“不过，有个人聊到一个女人，我看很有可能是咱们部队上的。”

长官问：“都怎么聊的？”

士兵说：“说在九号那天早上，他们当中有一个人，在野草地里睡了一个手非常细嫩的年轻女人，这方圆二十里就一户种田的人家，手怎么会细？”

长官说：“你是说咱们的通信兵和他们的一个士兵睡了一觉？”

士兵说：“方圆二十里，就只有她一个人的手嫩。”

长官没再问士兵，扫了一眼四个战俘，说：“是谁说和女人在野草地里睡了一觉？”

徐之里站出来，说：“是我。”

长官说：“说，和你睡觉的那个女人长什么样？”

徐之里看了看另外三个战友，大家都很期待的样子。他犹豫了一阵，说：“长得很漂亮。”

长官问：“哦，是吗？你还认得出来吗？”

徐之里说："认得出来。"

"很好。"

长官叫人去喊通信员过来，徐之里的三个战友都大睁着眼睛，想看看这个女人长什么样，徐之里也圆睁着眼睛，想看看叫来的是一个什么样的女人。

通信员走过来时，三个战友都觉得徐之里这厮不亏。

通信员发现大家都在奇怪地看她，便问："叫我来有什么事？"

长官说："没事我还不能叫你来了？"又转眼看向徐之里，"是她吗？"

徐之里看得入迷，女人很冷地看着他。徐之里点了点头，说："就是她。"

徐之里的三个战友听他这么一说，都微微地张着嘴巴，脸上换了表情，不知道是羡慕还是嫉妒。

当然，至于女通信员为什么要在九号那天早晨跑去野草地里和敌军的一个士兵睡觉，这事徐之里说不上来，当时也没能从这位女通信员嘴里问出来，并且她否认自己和徐之里睡了一觉。但是九号那天早晨，为什么她很早就出去，她说是营地的水太脏，她去河边找清水梳洗——反正这话已经不重要了，因为长官很草率地摸出手枪将她打倒在地，又对着徐之里打了一枪。徐之里晃了几下，最后倒在这位女通信员身上，伸着手，像搂着她在睡觉一样。

# 第四辑

# 城市荒原

# 河上有风

非　鱼

从桥上走过的时候，风差点儿将我掀翻。那是黄河，风仗河势啊，自然肆无忌惮。

看风景？一河白冰，两行光杆杨树，有什么好看的。

我找人。桥两边徘徊的站立的哭泣的沉默的傻笑的，不用问，他们的表情就说明一切。

作为一个未来的心理咨询师，我和他们谁都不认识。导师说，观察。于是我选择了这里，后来，竟慢慢爱上了这里。

每个人，并非天生有疾；每个人，都会无药而愈。

## 刘某甲

他在桥上徘徊三天了。

在这些桥上往来的人中，唯有他没有任何表情，这倒引起了我的注意。没有表情的人就像河道的中央，表面平静，实则暗流汹涌。

暂且叫他刘某甲吧，实际上我从不会问他们的姓名、职业。

第一天来的时候，刘某甲骑着一辆旧电动车，把电动车停在桥头，双手揣在棉衣兜里，不紧不慢地走到桥上，像一个悠闲的观光客。

夕阳在一河白冰上拉下长长的金色光芒，细碎闪亮。他盯着河里的冰，走向桥中央。桥面上车辆呼啸而过，大货车拉着煤炭、铝粉、生猪，小汽车拉着形形色色的人，不会有人注意到他。

他在某一处站立片刻，继续向前走。冰上的金色消失殆尽时，他已经走到了桥的另一头。那里的雪松蒙了一层灰尘，和一辆长时间停放的汽车以及路面成一样的乌灰色。

刘某甲转身向回走。黄昏渐渐来临，汽车打开了车灯，他更长久地站在桥上，一动不动，直到黑暗浓重袭来，车辆渐渐稀少。

第二天，第三天，他几乎重复着同样的路线和动作，只是在桥上停留的时间越来越长。

如果我分析得没错，他在桥与河之间，做着选择。

离开之前，我拦住了他，告诉他可以一起去喝一杯。

桥头的那些小酒馆是为过往休息的货车司机准备的。我和他随便走进一家，灯光昏黄，里面只有两个人在喝酒，他们的桌上一盘拌黄瓜，一盘卤猪蹄，五六瓶江小白，每人面前一大碗面。显然，他们已经有了醉意，满脸通红，大着嗓门在聊天。老板娘在油腻的服务台后面玩手机，一个五十多岁的服务员在门口打瞌睡。

我问刘某甲吃啥，他说，酒。

我给他点了一大碗面，要了一瓶白酒和一瓶啤酒，一盘花生米，一盘红油耳丝。我们相对无言，谁也不开口。

那两个司机中的一个说，我在内蒙古那两年，光车丢了两辆，挣那点儿钱除了给那娘们儿外，吃吃喝喝，还不够给雇的司机发工资。回来自己跑短途，挣一个是一个，老婆孩子三天两头还能见着面。

内蒙古咋样？另一个问，还有人喊我过完年去。

冻死你。那地儿不是人待的，天天从头到脚都是黑的，洗都洗不净。烂娘们儿还多，想着法儿骗你。

那是你爱给。

你是没到过，那地儿，除了煤外，见个母兔子都稀罕。

我发现刘某甲在听他们聊天。你也是货车司机？我问他。

不是。

那两个司机摇摇晃晃地走了，小酒馆立马安静下来，老板娘大概在看搞笑小视频，不时发出细细的笑声。

刘某甲吃面的速度很快，吃完才开始吃菜、喝酒。他说，谢谢。说完，把玻璃杯里一两多白酒一饮而尽。我吃着面，等着他。

兄弟，做人真难啊。他又倒了一杯酒，和我的啤酒碰了一下，又是一饮而尽。慢点儿喝。我说。

喝死拉倒。这日子咋过？咋过都是个难！我老娘，在床上躺两年了，偏瘫，我媳妇在家伺候老娘，给孩子做饭，我出去打工。年前，媳妇查出了乳腺癌，自己都顾不了自己。家里乱成了一锅粥，老娘没人管，天天哼哼，还骂人，媳妇要住院，孩子眼看要考高中……

他又喝了一大口酒。兄弟，你看着是个文化人，你教教我，我该咋办，嗯？

我所学的那点儿书本知识中，根本没有这些内容。人哭着来到这个世界，就是要应对一个一个的困难。我自己都觉得这句话苍白得如同那一河白冰。

我去借钱，我叔、我表哥都不借给我。要换作我，我也不借给我，拿啥还。他说。

再想想办法。

路都堵死了，连风都刮不进来。哪儿还有路？哪儿有？刘某甲说，我睡不着，头疼，脑子里满当当一点儿亮光都没有，来这河上吹吹风，看看，还能好受点儿。

我以为你是想……

自杀？想，咋不想，你一个文化人可能体会不到。人实在没有办法的时候，连死都充满了甜蜜的诱惑，这是网上说的。说得真好，这几天在桥上转，我多少回都想一头栽下去算了。

可你，还是犹豫。

是啊。我死了简单，老娘、孩子、媳妇不是更没人管，他们咋办?

可不。我喝了一大口啤酒。我不想告诉他，我的女朋友突然爱上了别人，我们从大一开始，相爱了整整五年，我以为她会跟我一辈子的。她留给我一句“不合适”，就消失得无影无踪了。要不是本科毕业就不了业，考研时候分又太低，我压根儿不想学什么破心理学，熬呗。这些，我不能跟他说，他心里的难已经有五百斤重了，何苦再加上我这五十斤。

兄弟，这会儿好多了。喝点儿酒，跟你说说，痛快多了。他说。

我也痛快多了。我说。相比他的五百斤，我的五十斤实在太轻。

两个人从小酒馆出来，刘某甲推着他的旧电动车，我推着我的自行车，我们也和刚才的两个货车司机一样，摇摇晃晃，摇摇晃晃，他回他的家，我回我的宿舍。

冰的覆盖下，大河安静。明天，被我叫作刘某甲的他也许不会再来了，但我，还会来。

## 韩某乙

男人什么时候最难看?一是喝醉酒的时候，烂醉如泥，丑态百出;一是哭的时候，大哭还好，不停抹眼泪的，完全就像个女人。

第一次见他——韩某乙，这还是我给他取的名字，他就在哭。

我已经从他身边走过去了，看见他耸着肩膀，不停地抽泣，我停下来，站在他的旁边。

他哭得不管不顾，尽管声音不大，但似乎眼泪不少，因为他一直在拿纸巾擦眼睛。

嗨，咋了?失恋了?

从他的发型和穿着看，他应该在二十岁左右，正是为情所伤的年龄。

没事。他扭头看了我一眼，也许是发现我并没有恶意，他温和地回答了一句，又擦了擦眼睛，两手撑着栏杆，装作看河上风景。

我也经常想哭，这没什么不好意思的。我试图拉近和他的距离，我也有想哭的时候，但从不会在大庭广众之下哭，一般都去操场跟身体较劲儿，把眼泪憋回去。

你不懂。他说。

没什么不懂的，都是年轻人，什么都经历过。

不一样。说完他向旁边挪了一点儿，这是他发出的终止聊天的肢体语言。

汛期来临之前，大河泄洪，河水瘦得只剩下细细弯弯的一条线，全无往日气势。河滩上被漫无边际的葎草和大豆覆盖，倒是绿生生一片。这时候的黄河，是最没有观赏性的，在河上停留的人，大抵并不为看河。

几天后，我再次看到韩某乙，他好像依然在哭。

是他选择了这个地方来哭，还是他来到这里以后触景生情才哭？他的反常举动，自然更让我好奇。

嗨，又见面了。我主动和他打招呼。

看到是我，他有些尴尬，擦眼睛的动作明显快速而用力。

我是个心理学硕士，在做一个课题。我先做自我介绍，免得引起他的反感。

哦，这样。和我有关吗？

既有关，也无关，我说。课题只是我的研究内容而已，是我生活的一部分，在此之外，我喜欢这座桥，喜欢在这座桥上驻足的人和他们的故事。

很遗憾，我没有故事。听得出来，他并不想多说。

一个在河上哭泣的人，怎么会没有故事呢？

是不是觉得我像个女生？

不。不是还有首歌，男人哭吧哭吧不是罪。这句话说得真蹩脚，说完我就后悔。

我大学毕业两年，孩子已经半岁了。你信吗？韩某乙说。

信。在这个纷杂火热的世界里，他说什么我都会信，毕竟，生活本身比想象更充满想象力。

本来，我家里条件很好，毕业后家人要我出国，可女朋友死活不让，说我出去就不要她了，还不如当时就分手。后来我选择了女朋友，为此还和家人大吵一架。我和她都在我爸的公司里上班，半年后，她怀孕了，奉子成婚，反正早晚都要结，我奶奶早等着抱重孙子。

他停顿了一下，似乎在等什么。

我没有说话，也没有看他，我知道，一个人一旦说出故事的开头，就必然会说到故事的结尾。

孩子生下来才三天，我爸突然被带走了，说他涉嫌非法集资。一切都变了，公司被封，我的车被扣，家门口天天有人堵门，甚至拉起白布，说要我们血债血偿。我奶奶气火攻心，病倒了，我媳妇一着急母乳也没下来，最可悲的是，我连买奶粉的钱都找不来，更别说进口奶粉了。

我大概知道他是谁了。关于那件非法集资事件，当时闹得很大，几乎无人不知。看着这个白皙瘦弱的男孩，我很难想象他会是之前流传的深夜开豪车飙车、骑哈雷炸街、KTV 争风吃醋打群架的那个少爷。

媳妇抱着孩子回了娘家，我顾不上她们了。我奶奶进了 ICU，我妈天天骂我，说我不争气。

他又哭了。

突然降临的变故和压力让他不知所措，除了哭泣外，他好像真的做不了什么。

我去看我爸，他说他是被冤枉的，被人骗了，有人设局弄断了公司的资金链，银行不贷款给我们，有人告诉他可以民间借贷。具体是怎么运作的，我说不清，靠我也救不出我爸，也救不了公司。我妈说得对，我就是个窝囊废。

韩某乙——我依然这样叫他，将头抵在栏杆上，双手抱头，我看不到他的脸，只是拍了拍他的背，算是给他一点儿微弱的力量吧，尽管这点儿力量我自已都觉得毫无意义。

再见到韩某乙，已是两个月之后了。

夏季已经来临，夜晚来桥上吹风乘凉的人越来越多。我在人群中看到了他，依然是一个人，瘦了一些，穿一件黑色背心，一条短裤，一双人字拖。

嗨，来乘凉？我说。

嗨，好久不见。他说。

还好吧？

还好。他似乎笑了一下，又似乎没有。桥上灯光微弱，我看不太清楚。

我们俩并排在桥上站着，有风吹过，风里挟着浓重的腥味儿。过了一会儿，他摆摆手，走了，没有说话，我也摆摆手，没有说话。每一天都在上演着大大小小的新闻，关于他们家的事，官方和坊间几乎没有了任何消息。

我想起那句话，人哭着哭着就习惯了，韩某乙，应该也一样。

## 齐某丙

齐某丙拢着两只手，冲河水大喊，我一定会成功的！他的样子，让我想起小品里每次扮演励志角色的人。

我来桥上的次数越来越少了。我的硕士生涯已经接近尾声，正在紧张地准备论文和答辩，再次面临就业这个难题，要不就得读博，继续在学校待着，可以再逃避三年。

齐某丙成功地逗笑了我。谁不想成功，如果靠在这儿喊就能成功，黄河都会被喊沸腾。

兄弟，励志呢？

不是，我刚许了个愿。

冲着河水许愿？岂不是哗啦啦就流走了，还能实现？

哗啦啦流走的是水，不是黄河，你看多少年了，黄河不一直都在这儿，什么时候没过。他说得好有道理，我居然无法反驳。

很显然，这是一个很健谈的小伙子。受他的影响，我心情大好，决定和他聊聊。

能说来听听吗，你的愿望？我问他。

不能，说了就不灵了。他说。

那可以说说你做什么工作吗？

我在那家挖掘机公司做销售。他向桥头的方向指了指，距离桥头一公里处，有好几家挖掘机公司。不过，你看起来像老师，应该不会需要，要不我肯定给你打折。

这个齐某丙还真适合做销售，性格好，也会察言观色。

你说错了，我不是老师。你就当我是个小包工头，怎么样？你要怎样才能把你的挖掘机卖给我。

大哥，别逗我了。我都来三个月了，我能看出来，包工头不长你这样。他说。

你从哪儿来？听你口音，不像本地人。

陇南，你听说过没？甘肃的，我老家在那儿。

不上学？

不上了，家里等着用钱，高二没上完就不上了。

一个人？

不是，好多老乡。他警惕性很高，在这座城市，四川人、陕南人最多，哪里会有那么多陇南来的老乡？

看到他脸上的稚气，还有那乱糟糟的头发，黑黢黢的脸，我想起了远在广东打工的弟弟。跟我弟弟视频的时候，他也是这样一头乱糟糟的头发，笑嘻嘻地说和老乡去吃米粉，说他做工的厂子，说他的流水线。我已经两年没见他了，他说他买不到票，正好过年加班费高，回家还冷得要死。

你和我弟弟差不多大。我说。

真的？你弟弟也十七了？不对，十八了。

对，十八了。

那我叫你大哥吧。大哥，我刚才许的愿是到过年争取攒够五千块钱打回去。刚才还说许愿不能说的他，迫不及待地告诉我。

加油，你一定能实现的。我说。

大哥，我能加你微信吗？你是我在这个城市唯一的朋友。

当然。他的微信名叫勇往直前。

勇往直前，不，还是叫他齐某丙吧，他的朋友圈里转发的几乎都是成功学和心灵鸡汤，我从没有打开看过，但我会给他点赞。

周末的时候，我偶尔会约他一起吃饭。一碗面条、一盘饺子，或者一份炒米，都能让他高兴半天，他每次都说太好吃了。他说在老家总是吃洋芋吃酸菜，能把人吃吐了。

吃完饭，我们会去桥上走走。快入冬了，风有些凉，河水上涨，有游船和快艇在桥下穿梭往来。

齐某丙很兴奋。黄河这么多水，要是能流我老家就好了。走到桥中间，他会许愿，许完愿依然是拢起手，喊一句，我一定会成功的。

现在，他会主动告诉我他的愿望。要早点儿给家里修房子，要给父亲买个手机，要给妹妹买学习机……

我知道，他的挖掘机卖得并不好，每个月的工资除去房租、吃饭外，能攒下来的钱并不多。

冬季的第一场雪来得有些早。一觉醒来，四处白茫茫一片。我的论文基本完成了，也得到了导师的肯定，他推荐我去几家单位应聘，有一所培训机构对我很感兴趣，开出的待遇也比较诱人，一切比我想象的要好得多。

在宿舍酣睡了两天，看到漫天飞雪，心情大好，我决定去桥上看雪，看大河上下，顿失滔滔。

很远，我就看到那个瘦小的身影，身上一层薄雪，是齐某丙。我这才想起来，忙着写论文、去应聘，我已经快一个月没和他联系、没看他的朋友圈了。

大哥，我要走了。他说。

去哪儿？

去郑州吧，还没想好。

许个愿吧，大雪会帮你实现的。我说。

他开始许愿，许完了，拢着手，冲着漫天飞雪和大河喊，我一定会成功的！

我揽着他的肩膀，说，你一定会成功的。

大哥，想知道我许了什么愿吗？

不，先别说，愿望说出来就不灵了。

桥上的风太硬了，四面八方吹过来的都是冷风，自己哈口气起码可以暖暖手。

# 列车在黑夜中行进

邓洪卫

我到南风镇时，是上午十点钟。父亲正在门前摆弄着大白菜。大白菜一齐靠在墙根，好像在接受检阅。这些菜的品相不太好，有的叶子发黑，大概是冻烂了。

“哎——”父亲听到动静，回头看到我，又往左右看看。他在找车子。

我直接向母亲走去。

母亲坐在门口，面前摆着一个笸箩，里面摊着黄豆，有黑有黄。母亲正把黑的往外挑。自从两年前得了脑梗死，母亲变得不爱说话，遇到人也不招呼。我说：“怎么黄豆都坏了。”她也没看我：“天天下雨，在地里就坏了。”母亲思维很清晰，说话很利索，让我很高兴。父亲说：“拣拣就起来走走，伸伸腰，老低着头拣，眼会疼，头会昏，腰也会酸。”母亲抬起头看看父亲，没有吱声，把挑出来的黄豆，往一只蛇皮袋里倒。我赶紧过来帮着她扶住袋口。“哗啦”，黄豆倒进口袋里。母亲抬起头，看了我一眼，忽然对父亲喊：“客人来了，还不去弄中饭！”

父亲换上做饭的衣服，头上戴着灰色的帽子，腰系围裙。帽子是我原来戴的，上次回来时，忘落家里了。父亲说：“你有空帮我买顶帽子，鸭舌帽，呢子的，深颜色。”我说：“好。”父亲又叮嘱：“56 厘米，不能大也不能小。”我说：“没问题！”

吃完饭，上楼休息了一会儿。我做了一个梦，梦到自己在一个高级宾馆的电梯里，电梯上上下下，却总是停不下来，我无法出去。电梯门终于开了，不料大厅里窜出一条狼狗，一口咬住我的手不放，我怎么也挣不脱。周围的人走来走去，没人理会我，我疼痛难忍，大叫一声，我命休矣！然后醒了过来。

其时，已是下午三点钟。我走下楼，母亲仍然在门口拣豆子。还有两个妇女坐着聊天。我坐在里边，跟小静发微信。小静问我什么时候回。我说四点出发，五点左右到。她让我最好早点到，别让她多等。我说好。两个妇女在奉承我母亲，这个说："这老年人不是一般人，我们小时候，老年人就是大队干部，威风着呢。"那个说："我听过这老年人讲话的，跟断案一样，没人不服气的。"母亲听到这些话的时候，微微笑着。我知道，她老人家在回忆过去。是的，母亲做过好多年大队干部，前三庄后五村，享有一定威望。

谈了一会儿，两个妇女到对面油坊去了。一直没有说话的母亲，抬起头来，说了一句话："× 嘴到底多能说呀，比县长还能说！"父亲哈哈地笑起来。

三点半钟，我拎起包，准备出发。父亲说："不来接吗？"我说："不让用公车。"父亲挠挠头，说："对，就要这样，八项规定嘛。"我上了一辆中巴车。车上，有几个孩子穿着统一的服装，上面印着"某中学"字样。我看到有一个女孩特别像我的女儿，她在跟一个同学说话时，忽然脸上呈现出羞涩，还吐了下舌头。我女儿今年上大二了。我猜想她此刻正在图书馆写作业。上午我给她发了个微信，她说在准备入党培训优秀学员代表发言。我说你好好写。她说写好了，老爸帮我修改一下吧。我说自己的事自己做。

一个小时后，我和小静坐在南下的火车上。列车在黑夜中行进。我和小静在下铺面对面坐着。

我扭头看窗外，想看看窗外的夜色，却看到车窗上映着自己模糊的脸。这张脸略显肿胀，灰白无光，没有表情。小静也在看窗上的脸。她的脸仍然静静的，但眼睛有些空洞。十年前，我三十多岁，从小县城满怀憧憬来到市里，风华正茂，意气风发，现如今我近五旬，却面色灰暗，黯然离去。十年前，我父亲刚刚从人民教师的岗位上光荣退休，如今年过七旬，一天比一天苍老。十年前，我母亲风风火火，如今只能坐在门前安静地晒太阳，半天不发一语。十年前，小静刚上大学，离开家乡到一个陌生的城市，前途是一片光明美好，现如今却要与我远行，不知所向。

我回过头对小静说："给我爸买两顶帽子吧，呢子，鸭舌帽，56厘米，我发个地址给你，直接寄到我爸爸家。"

"我们还是回去吧，想办法把单位的钱还上。"小静忽然抬头说。

"开弓没有回头箭，就如上了这趟车，不可能再掉头行驶。"

"可是……"

"可是，如果回去，我们什么都没有了，还得坐牢。"

小静不再说啥，打开手机，上淘宝。

车厢里传来缠缠绵绵的歌声：

每一辆火车　前进必须沿着轨道
跟随着记号　往平淡或热闹
每一辆火车　是累了就随时能停靠
我迈向目标　却又想要逃……

"这叫什么歌的，谁唱的？"我问小静。

"是邓紫棋唱的，《单行的轨道》，大叔。"上铺的女子探出头来回答，头发立即垂下来，遮住了她胖胖的脸庞，眼睛从头发中挤出来，盯着我。我心中生起了对满世界的恐惧，只想逃离。

"好了，估计两天后就到了。"小静说。

"到哪？"我抬起头。

"帽子呀，到南风镇。"

# 金鱼钩，铁鱼钩

陈　毓

富人拥有很多钱，多到穷人无法想象。

正因为无法想象，穷人也没显出羡慕忌妒恨的样子，反倒因为认识富人而感到骄傲。你看，他一有机会就向人夸说富人。他说，嘿呀，他是多么与众不同啊！有他，我们这地方都宽展了。

这是什么话？富人明明是个胖子，胖子走在窄路上，只会使窄路更窄，怎会使我们这地方宽展呢？

有和事佬，抱着以和为贵的态度说，认识一个富人或许不比认识一个穷人差。但也有爱钻牛角尖的，偏让穷人解释富人如何使我们这地方宽展了。于是，穷人看着质问他的另一个穷人，好像也生出疑惑，带着那么点儿疑惑的表情，看着无限空阔的远处说："你看他呀，住在我们中间，同我们说话，同我们来往，和我们一样，"他停下来，好像陷入更深的迷茫，"但他又那么与众不同。"

他说来说去，也就是这些话。他说的那些富人的特征别的穷人也能感受得到，就不再有人为难他去讲更多的细节来证明富人怎么使我们这地方宽展了。

富人是那么与众不同，但富人与穷人也有一样相同之处。

富人爱钓鱼，穷人也爱钓鱼。

于是富人钓鱼的时候就吩咐人来喊穷人：钓鱼去。

第一次的时候，穷人有点儿拘谨。他没有车子，也没像样的钓具，但他还是开心地去了。

穷人走出头回的拘谨就顺了。往后富人只要让人喊他，他就算是没打算钓鱼，也会立即让自己显出马上要去钓鱼的样子。于是，穷人和富人总能很顺利地一起去钓鱼。

富人有时候钓很多鱼，有时候一条鱼也钓不上。穷人有时候一条鱼也钓不上，有时候也钓很多鱼。

穷人钓很多鱼的时候不高兴，假如这个时候富人一条鱼也没钓到，尽管富人嘻嘻哈哈的，穷人还是很不安，甚至抱怨鱼不该都跑到他的鱼钩上来。

“不咬金钩子，偏咬铁钩子。”穷人恨声抱怨，想，要是能够，自己恨不能把那些鱼挂在富人的鱼钩上。

富人笑一笑，不说什么。

富人钓鱼，却不吃这钓上来的鱼。要是富人钓到很多鱼，这些鱼最后都会倒进穷人的桶里。穷人吃这钓上来的鱼，无论是自己钓的还是富人钓的。

穷人虽知道富人不要钓上来的鱼，但只要是富人没钓到鱼而自己钓到很多鱼，穷人就会把鱼倒进富人的桶里，再任凭富人把鱼倒回自己的桶里。因为穷人发现，富人把鱼倒进他桶里时显得很慷慨，而这个样子也是穷人很喜欢看到的，这个动作也让富人显得格外迷人。

富人和穷人一起去钓鱼，多年如此，谁让他们只能在这件事情上有所沟通呢。

在又一次去钓鱼的路上，穷人坐在富人的车上，车翻倒在沟渠下，两个人都摔坏了。富人摔坏了头，穷人摔坏了脚。穷人觉得很遗憾，想，自己是要用脚讨生活的，哪怕脑子坏了，不那么灵光也不要紧；富人是要靠脑子生活的，脚不好使也能指挥别人代办，但脑子要是坏了可真是麻烦。

但他们一个坏了头，一个坏了脚。这是确凿无疑的。

穷人好了，成了瘸子。富人也像好了，但那副坐着不动的样子却像是还没好利索。

他们很久都不去钓鱼了。

直到过了很久，穷人看见挂在墙上的自己的铁鱼钩子，才想起富人很久都没派人来喊他钓鱼了。于是，他慢慢走到富人那里，请人传话进去，看能不能邀请富人去钓鱼。

按说这样的请求是不会被准允的，但富人的家人立即就同意了。

富人家派了车，将他们送到以前钓鱼的地方。穷人先支好富人的金鱼钩，再支好自己的铁鱼钩。他把富人扶正，坐进富人以前总坐的那把椅子上，富人看着水面，像是他自己正钓鱼一般。

这一天，金鱼钩和铁鱼钩都钓上来很多鱼，穷人把金鱼钩钓上来的鱼装进富人的桶里，把铁鱼钩钓上来的鱼装进自己的桶里。

待要返回的时候，穷人犹豫了。他不知道金鱼钩钓上来的鱼也就是富人桶里的鱼是倒进自己的桶里好，还是仍然留在富人的桶里好？他低头看富人，富人也看着他，目光深不可测。他走到富人面前，蹲下身子又站起来很多回，依然想不出来到底要怎么做才好。

穷人想了很久还是很为难。富人跌坏了头，也许想将他桶里的鱼倒进穷人的桶里，但他说不出来。穷人跌坏了脚，就算他将富人桶里的鱼倒进自己的桶里，也拿不走。

为难到最后，穷人把那些鱼全都倒进了水里。

后来，穷人还是会约富人钓鱼。但两人去钓鱼的机会毕竟越来越少，因为富人更加痴呆而穷人更加行动不便。

直到他们再也不能一起去钓鱼。

后来，他们都死了，他们钓鱼的那片水域也消失了。

又不知道过了多少年，金鱼钩和铁鱼钩神奇般出现在一个古玩交易市场上，并摆放在一起。

有人来，随手翻一翻，问一问价格，到底也没有人买。

于是，金鱼钩和铁鱼钩还放在那里。

也许某一天，一起被谁看上，买走。也许，一个被带走，一个留下，从此分开。

谁知道呢。

反正也没人知道鱼钩的故事了。

# 草药香

田双伶

黄芪、合欢花、白芍、茯苓……在砂罐里轻沸，溢出一缕缕草药的香气。

时间到了，他关上火，用毛巾垫住砂罐把手，把酱色的药汁倒进杯子，哄着病猫样的她喝下去。她才喝了两小口，已苦得皱眉流泪。

待她喝完，男人回到厨房，收拾好罐子杯子，又切好水果，放在茶几上。

她躲在窗帘后，看到那辆黑色奥迪缓缓驶出小区的大门，立即脚步轻盈地跑回沙发旁拿起手机发微信群：嗨，姐妹们，来吧，我们的咖啡时间到了。她打开空气净化器，驱散满屋弥漫的草药味儿，整理好桌布杯垫，从橱柜中取出咖啡壶具。

不一会儿，三楼的梅朵、对面楼的阿莲摁响了门铃。

餐桌上，有梅朵带来的松饼，阿莲带来的南瓜蛋糕，她又端上来一盘新切的牛油果，方才草药的清苦味道，也被咖啡的香气遮蔽了。梅朵抚着杯子上的花纹，嗔怪她，你说你，吃什么不好，偏要去喝那苦药汁……

我会让自己吃亏吗？她抿嘴一笑，起身去卧室取了一个本子翻开，你看，这是方子，当归、茯苓、栀子、云芝、丹皮……他托人找了一位老中医给我把脉，每次都调方子。上次我说睡眠不好，配了枣仁，这次是我肝郁不舒，又加了合欢，都是滋补的，没看出我最近气色好多了？

是，你那阵子脸色不好，确实是气的。阿莲说，不过，你这样，还真是，既保养了自己，也维护了婚姻，两全其美。那边……那个女人怎么样了？

那边，谁知道。不过他倒是天天忙完了生意就回家给我熬药，陪我散步说话。我们二十年的感情了，稳固得很。她说。

如今真有那样的女人，眼馋别人打下的江山，就傍上去。这世道，法律上若能判个重罪，就不会出这样的事情了。梅朵说得气愤，喝完杯里的咖啡，掏出车钥匙挂在指尖上转了一圈，说，走，出去散心。

她们逛了一会儿商场就觉得脚疼，恰巧时已中午，就去了旋转餐厅。杯杯盏盏间，梅朵把一碗参汤挪开，将燕窝羹放到她面前，说，还是喝这个吧，参汤也是有中药味儿的。

她抿了一口，说，不过说真的，我都喜欢上草药味了，啊呀，迷死人了。

梅朵说，你这样下去，自己身子也会吃亏的。男人嘛，唬唬他就算了。

阿莲说，是呀，这样做不仅跌了自己身价，还会惹男人烦的，多没出息。我们又不是没智慧的女人。

夕阳下坠，月牙升空，她们才各自回家。

这段时间里，看她每日在朋友圈里晒出的，倒也岁月静好。

今天在山间小住，与一人相守，清茶淡饭，此生悠然……

闲居在家的日子，吃着越光米，喝着佩兰茶，原来生活还是很美的……

……

梅朵问，现世安稳。看来是，回归了？

她语音回复，语气淡然：最近他把房子车子全挂到我的名下，算是断了那边的念想。夫妻就是这样的，我们一起创业打拼挣来的家业，别人觊觎又有何用？过了这么多年，我知道他还是有情有义的。

瞬间，好几束鲜花在手机屏上绽放。

近日却没看到她更新朋友圈，阿莲从云南回来，就约上梅朵，带着松茸和玫瑰喜滋滋地去家里找她。许久才敲开了门，门里是散发失魂的她，继而是草药味儿。

怎么了？怎么了？

她的泪水就扑簌簌落下来，扯住阿莲的手哭诉道：那天我去看医生，取药时少了一味川芎，我就去本草药房找，在街口等红灯时看到了他的车，车里坐着那个女人……

唉，唉，真是的。

他们……没断吗？

她摇摇头，摇掉腮边的泪珠子，我们已经办过手续了。

除了好言相劝外，两人也陪着垂泪，让她好好保重身体要紧。

她苦笑着说，找了位名医把脉开方，说要调理一些日子。这草药，真真假假地吃了一年多，算是离不了了。

沉默间，忽而厨房里呛出一股浓烟，阿莲忙跑过去关掉火，灶上，黑陶罐里的药汁已噗出许多。地上，一堆堆中药房的纸袋子，垃圾桶里满满的都是药渣。

安慰许久，待她安定，天色已晚。走下楼，梅朵和阿莲抬头回望她家的窗口，除了看见临窗一个瘦削伶仃的身影外，还能闻到从那里飘出来的、浓浓的草药味儿。

# 一只叫乖乖的老鸭

邓建华

我告诉你，这辈子我跟你没完。老婆子骂了还不解气，又狠狠踢了床那头的老头子一脚。

老头子做不得声。

唉，这古怪事，搁谁身上，谁都做不得声的。

过年时候，独生女娟子回了。女儿多年北漂，难得回一次，这次，好像是因为原来打工的那家厂子出了点问题，至于什么问题，娟子也没有说得太明白，老两口也没有问得太仔细。回来就好，多住些时间更好。只是女儿刚刚住半个月，老人的问题就来了。家里好吃的东西，都给掏了出来。最后，实在没有好东西上桌了。

老头子看着跟在老婆子屁股后面那只肥胖得摇摇晃晃的大灰鸭，小心翼翼地请示老婆子。

这可是要了老婆子的命啊。要知道，这鸭，伴了她两个年头还有多，她是“乖乖，乖乖”地叫着。这鸭也真是个乖乖，每天准时嘎嘎嘎嘎催她起床，每天摇摇晃晃陪她到邻家串门，每天给她衔抹脚布拿拖鞋，女儿都没这么贴心过。

眼下，老头子一个“杀”字出口，老婆子的泪马上就滚了出来。

老头子看不下去，就说，呃，犯得着这么哭吗你这，鸭和娟，谁才是你亲生的，你还分得清吗？

你就不晓得去买只鸭子，你是只猪脑袋？老婆子吼道。

老头子当然想过，但是，买一只鸭子还是要些钱的。老头子就说，你没见娟都下岗了，她赚不了钱，紧巴巴的日子就又开始了。

老婆子心里一紧，就忍住泪，无可奈何地拖着个篮子到菜园子里去了。

过了一两个时辰，老婆子估计老头子忙乎得差不多了，就慌乱地扯了几蔸大白菜，提着篮子往家赶。

老头子缩在院子里的金桂树下吸烟，看见老婆子回来，想要躲。

老婆子就问，鸭呢？

老头子说，杀……杀了。

老婆子问，杀的鸭呢？

老头子不说话。

老婆子看见一地的血，大声问，我说我的大灰鸭呢？

老头子看着自己的脚尖，细声细气地说，飞了，我看是飞了。

老婆子叫，飞了？！

老头子就说了，明明是杀好的鸭，双翅反剪着丢在水桶里的，等烧开一壶水准备来褪毛，鸭却不见了。没有猫狗来拖，没有外人来捡，他就是不见那鸭了。

老婆子还没有听完，气得一篮子砸了过来。

还好，这个时候，娟子从同学家回来，问明缘由，就笑道，多大个事呢，等于我给吃了，行了吧？再说呢，娘啊，那鸭说不定让您喂成精了，杀不死，往天上飞了也不一定啊。

娟子这么一说，老婆子的心田里，就噗地腾起一只仙鸟。

出了正月，娟子接了个电话，就匆匆赶高铁走了，又留下空空荡荡的日子给两老人。

现在，是连一只作伴的鸭子都没有了，老婆子不狠狠踢上一脚，怎么解气？

老头子被踢，心里不爽，想着这婆娘咋这么狠呢，驴踢一样。

他靠在床头，透过木格格土窗，看高高挂着的鹅毛月。一支接一支的烟，抽出了苦涩的况味。这一坐，就到了深夜。

突然，他惊诧了，他明明白白听见了几声嘎嘎嘎的叫唤，像是从自家矮墙边传来的。他一哆嗦，手里的烟头掉到了地上。

他急急忙忙摇醒老婆子，说，你听着什么了吗？你快听听，你听……

老婆子侧耳一听，操支手电就往外跑。

旋即，就听见她在喊，天哪我的乖乖，你这是从地狱里回来的吗？

大灰鸭有点畏缩，脖子上的刀口长成一道歪歪斜斜的疤痕，鸭身小了整整一个圈。

老婆子将它抱进屋，拉亮了电灯。

老婆子自个坐着。

鸭子怕怕地趴着。

老头子不安地立着。

老婆子就说开了。老婆子对着鸭说，乖乖，你好好看看眼前这人，就是他杀了你，我就知道你肯定记得，你是只知冷知热的精怪，但，你听我说啊，你别恨他，做畜生你就是给人吃的，这是命，你怪不得他的。

老婆子又对老头子说，老家伙我把话搁这里了，从今以后你可以杀了我煮了吃，也别打它的主意了，它是给人吃的，但你也只有杀它一次的权力，上天都饶它不死，我就会一直养着它到老到死。

老婆子就又天天带着这只丑陋的鸭子，在村里村外转悠。

老婆子“乖乖，乖乖”叫着，声音里比以前多了几分痛。

又过了好长一段时间，鸭子无疾而终。老婆子这回没哭，还轻轻地嘘了一口气，然后，拿出娘家陪嫁的一口精致的樟木箱子，做了鸭子的棺椁。

那年秋天，金桂开得特别早，香得特别浓烈。

娟子带着她标标致致的男朋友回来了，说是这次回来就不走了，带一笔钱回来，要办个养鸭场。

# 在春天，有许多事情发生

冷清秋

## 春天是万物复苏的季节

今天的小路比昨天窄了一些。

不细心的人是看不出来的。他们看不到今天的小草比昨天更加翠绿，也更加蓬勃。

小路尽头有两株玉兰树。亭亭玉立的两姐妹，一高一矮开满了花。

玉兰花很美，像灯盏，又像是一群展翅飞翔的小白鸽。

树下的条椅上那个常来静坐的老人没有出现。

抖空竹的老太太有些心不在焉。她抖着空竹的手几次失控，空竹嗡嗡着从杆绳上跳脱，滚落下来。弯腰去捡的老太太打了一个趔趄。

条椅空荡荡的。大概有一周的时间了吧。

后来才得知，那个老人再也不会来了。

他在春天的夜晚，独自去了另一个地方。

走之前没有任何征兆，连告别也来不及。

小区很安静，安静到你感受不到一个人的离开。

住在三楼的小妇人下了楼，身材丰腴，满面春风地微笑。

我说：生了？她羞赧地笑，说：嗯！

然后说，又是个女娃！说完，憋不住笑了一脸。

那是一个周末的下午，夕阳温和地洒在院子里的路上、树上、草地上和花朵上。

素常安静的院子被四处撒欢儿的孩子们占据。

他们像是一匹匹快乐的小马，嘚嘚嘚，嘚嘚嘚地奔跑着。时而攀上健身器材，时而爬上条椅，时而又从高高的地方跳下来，嘚嘚嘚奔向远方。

一切都和从前一样。一切自然是和从前一样，又似乎有些不一样。

譬如玉兰花朵还没有败落，而牡丹就要绽放了。

## 坦克是一只有理想的猫

五个月过去，坦克果然长成了一只大猫。

看电视的时候，虽然它看不上两眼，也要自个儿霸住家里最大的沙发。

它不许旁人坐。它把自己的猫身子铺开来摊在沙发上显摆，叫你打眼望去大吃一惊：这货居然足足有半米来长了。如果哪天你不小心侵占了它的地盘，它会冲着你瞪大眼睛，喉咙里发出威胁的声音，假如到了这般地步你依然还不肯做出让步，它就会猫性大发，扑过来冲着你又撕又咬。

好在，它终归知道你是给它洗澡给它猫粮的那个。即便是撕咬也只是做出一副穷凶极恶的样子来。那猫模猫样不但不使你害怕，反叫你觉得好笑和好玩。

母亲可不能理解这些，她看到坦克跳上沙发跳上床，便会极为不忿地用很大的声音去呵斥去驱赶。

坦克看在我们的面子上，并不屑于和母亲计较。甚至在表面上也给足了母亲面子，可母亲显然对坦克的一片好意浑然不觉。

母亲发怒说：猫就是猫，猫就是抓老鼠的，家里又没老鼠，干吗还要花钱养这玩意儿？

嗯，在母亲嘴时，猫不需要名字，就是这玩意儿。

我不知道该怎么给母亲解释，便只好撸撸坦克的背和坦克一起沉默。

母亲和坦克两相委屈着相处了一周多。看不惯的母亲终于发怒了，她说，我还是回乡下去自在!

母亲一走，坦克又开始无所畏惧无所忌惮。

它随随便便在家里上蹿下跳，扒高上低，占据电视背景墙后，坦克的猫眼又瞄上了卧室的大衣柜。终于坦克在大衣柜的顶上找了个好去处。自此，它时不时就扒拉上去，先是在顶上巡逻一圈，然后自上而下俯视我，看厌了或者是看累了，就趴在柜子顶上酣然入睡。

作为一只猫，坦克是有自己的理想的。

我坚持这么认为。

## 楼下的那些流浪猫不见了

就像是凭空消失了似的，楼下的那些流浪猫不见了。

站在楼下的我总是忍不住左右张望，期望可以寻觅到其中任何一只的猫影。

之前，每到春季，成群结队的流浪猫们浩浩荡荡从楼下的草地上经过，它们目光坚定无所畏惧，大摇大摆的做派总让我想到古时候的帝王出巡。

物业发通告说，将一部分猫移送到了流浪动物救助站。

我应该就是在物业大追捕之前收养坦克的。

那是一只大概一个月的小奶猫，就那么蜷缩在楼下的草丛里瑟瑟发抖，连喵喵叫的声音都那么微弱。我伸出去的手还来不及缩回来，它就自己挣扎扒拉着跳上了我的掌心。和它默默对视了那么一会儿，我败了。

我听到一个声音说，带回家，叫它坦克吧。

自此，每次给坦克洗澡时那个男人总是念叨说：小坦克，看看你多幸福!

或者是：小坦克，如果不捡你回来，大概你会被冻死或者也会被送走呢。

我忍不住替坦克想，如果被送走该是多么悲惨啊。便又做主替坦克庆幸起来。

坦克不知道我的庆幸，或者坦克从没觉得自己是一只猫。

而我们之所以叫“人”，应该也只是一开始被限定了这样叫的。

或者这世上有许多人后来变成了猫，又有好多猫后来变成了人，于是这些人变成的猫和猫变成的人就这么世代友好温暖着相爱着吧。

一定是这样的。

## 卖烧饼的大叔是安徽人

菜市场的拐角新换了一家卖烧饼的摊位。

夫妻俩五十出头的年纪，容颜干净，见人就呵呵笑，让人如沐春风。

他们用浓郁的皖南口音交谈，时不时会有欢快的笑声从熟练擀饼烙饼的动作中跳出来滚落一地，就像是橙色的橘子骨碌碌滚落下来。

案板背后那堵曾经被熏黑的墙现在涂成了让人舒服的奶白色。

这是什么？我忍不住伸手戳过去惊讶发问。

斗笠啊。大叔笑了，说，就是草帽嘛，竹子编的那种。

嗨，我当然知道那是斗笠。我也来自乡下，我还知道那凹凸不平的白墙上悬挂着的另外一些：黄灿灿是玉米棒子，红通通的是大辣椒，那一大嘟噜是我们日常吃到的大蒜头。

可我不懂，他们这是要干吗？干吗要悬挂这些？

那是一个菜市场，周遭卖鱼的卖菜的，车来人往一切都乱糟糟的。

而他们只是拐角处一家卖烧饼的。嗯，仅仅是卖烧饼的。

可随即我又笑了。为什么不行呢？我笑自己的无知和顿悟。

卖烧饼多好啊，能吃到热乎乎的烧饼多好啊。

春天如此的美好。美好如此的美好。

让一切冷硬开始柔软。

# 灯知道

莫小谈

夜空悬一冷弦月。小城市人少，这条街即便连着医院与车站，依然在夜间陷入寂静。

街道不停地转弯，隔不远便有一处路灯散发着橘色的光，洒在素白的街道上。修灯的人有讲究，两杆灯的距离被安排得刚刚好，彼此的余光各自照亮路灯中间长条椅的一半。

一个中年男人背着行李包走来，手拿半瓶矿泉水，坐下。男人的眼盯着街道尽头，目光呆滞。一对原本说着情话的恋人看到他，绕到街道对面走了。

夜越深沉，街道上的行人越稀少，清清冷冷的。

一阵“咣啷啷”的自行车链盒声由远及近，再由近而远。男人收回空洞的目光循音看，并随着自行车的运行轨迹无意识地转头。骑车的妇女回头看他，以为是一个精神有问题的男人，快蹬几脚远离了。

男人寂寥寡味。他将行李包揽在怀里，不松手。继而，他拉开包的拉链从里层内取出一张照片，是一个女孩，十来岁模样，眉清目秀的，两个酒窝像两汪通透的泉。男人捧着照片端详，揉揉眼继续端详。

拉开拉链的背包敞着口，一个塑料袋有大半部分探出包外，隐约可见一排字：市中心医院放射科。

男人满眼深情地捧着照片看，有时抹泪有时笑，但深沉的时间多。看年龄，男人应是女孩儿的父亲。

推测男人应由医院来，要么男人病了，刚出院或要转院，此时想起了女儿。要么女孩病了，没出院或要转院，男人携带着病历外出寻医问药。或许他们之间要经历生离死别，或许只是旁人的多想。

一位醉汉跌撞着过来，边走边自言自语，说客户的酒量大，说只喝酒不签合同，说这日子没法过了熬不住了，随后就是一通骂。骂了一阵子，醉汉哇哇地吐，喊服务员，要水喝。

一只觅食的流浪狗颠颠地跑来。

起先，男人欠了欠身，示意醉汉坐在长条椅上歇息，但醉汉不理会。听到要水，男人急忙将半瓶矿泉水递过去，醉汉摆摆手不要。然后，醉汉踉跄着往前强走几步，一把将一个灯杆抱个满怀，脸贴着灯柱又自言自语，又吐。

流浪狗本来要走，一听声音又跑来抬眼望着醉汉，打圈转。醉汉支支吾吾和狗说话，继而抬起右手指着狗叫嚷，让狗滚。流浪狗后退几步，又跟上来。醉汉一下子号啕大哭，不断地重复着，说连一只狗都要与他作对。

醉汉的哭声引来一辆出租车。司机探头与他说话，醉汉只顾哭，司机还要说，车里那位花枝招展的女孩不耐烦，硬催促着司机走。司机猛打一把方向盘，在空荡荡的街道上掉个头，加着油门走了。

醉汉沿着街道，趔趄着步子从一杆灯抱到另一杆灯。那只流浪狗一直跟在他的身后。

男人收回目光，将背包放在长条椅的一端当枕头，两腿蜷曲到另一端，躺在长条椅上望月亮，也许是躺得不舒服，他不停地翻身。

几只夜鼠从椅下穿过，男人毫无察觉。

男人应该是累了，慢慢进入梦乡。

大约四五点钟，一位环卫工大姐骑着三轮车过来，唰唰地扫着街道，遇到呕吐物，就拿着铁锹从路边取土盖上，然后继续往前扫街。扫一阵子，她折回头用铁锹清理覆上土的呕吐物，装车上拉走。一位晨跑的大爷向她竖起了大拇指，她报以微笑，并熟练地从大爷手里接过一只矿泉水瓶，然后塞进布兜里好卖钱。

偶尔有流浪者经过，也有早起的小商贩奔波。男人好像受到了打扰，他翻身坐起来，问环卫工大姐几点了，并向她点头致谢。

男人开始收拾背包，整理里面的毛巾、水壶、馒头、腌咸菜，还有那个装着 X 光片的塑料袋，以及那张照片。男人用手巾擦拭几下照片，又呼呼吹掉上面粘上的毛屑，然后放进背包里。

男人拿出毛巾，从半瓶水里倒出一小些在毛巾上，好擦脸，剩余一小些漱口，最后一口咕咚咽下，随后将那只空瓶子递给了即将收工的环卫工大姐。

一辆早班公交车从男人的身边开过，车上三五位乘客坐在座位上，还有一位提着公文包立在车门边等靠站，不停地看腕表。

慢慢地，街道上的行人与车辆多了。一个小青年横穿马路，蹿到一辆私家车前面，司机猛踩一脚刹车并摇下窗子呵斥，小青年没还嘴，但用啐痰的方式表示还击。

街道慢慢嘈杂起来，叫卖声与汽笛声此起彼伏。

男人整了整衣服和头发，还轻咳几声算是定神。他走近沿街门面的橱窗，冲着自己的影子努力微笑几下，最后背上背包大踏步走进街道，消失在人流之中。

路灯熄灭。

太阳升起，用光普照大地，太阳有足够的资本俯视世界。不知太阳知否，它看不到的，灯却知道。

# 城市荒原

曲　鸣

## 小　年

腊月二十三，过小年。

小侯把馄饨铺子的卷闸门打开，进屋还没走到厨房，老周夫妇就进来了。

小侯连忙过去招呼，叔，咋来这么早？

老周扶着老伴儿坐下，跺跺脚上的雪，喘着粗气说，你婶儿想吃馄饨了。

小侯俯下身看，老太太眼神恍惚，已经瘦得不成样子了。

小侯心里发酸，说，叔，您稍等。

老周含糊地答应着，伸手去摘老太太的围巾，然后叠好放在小椅子上。

馄饨端上来了，小侯看老太太脸色不太好，说，叔，您不该带婶儿下楼，打个电话，我就给您送过去。

老周左手搂着老伴儿，嘴里说着，她呀，也想下楼走走呢。右手把勺子里的馄饨凑到嘴边吹气。又问小侯，你多大了？

小侯说，过了年，我就三十岁了。

老周说，我家儿子要是还在，比你还大两岁呢。说到这儿，老太太抬了一下头，看了小侯一眼，想说什么，却没力气说出来。

眼看着老太太身子歪了下来，小侯接过老周手里的馄饨，说，叔，您赶紧带我婶儿回家吧。

老周顺势把老伴儿抱在怀里，攥着她的手，也不说话，小侯吓得呆在原地不敢动。

老周把羽绒大衣的扣子解开，把老伴儿的脸靠在自己的胸脯上，又替她裹上围巾，低声朝小侯说，你婶儿走了，帮叔打个电话，96144……

小侯赶紧拨电话，报了地址，转头问老周，叔，要不，我帮您把我婶儿抱回家去吧？

老周说，一出门都凉了，让我再抱一会儿。你别见怪，也不用害怕。老周说话的声都没变，还是跟平常那样。

过了一会儿，两个小伙子进来了，殡葬公司的。老周抬头说，咱回家穿衣服吧。说着抱起老伴儿。两个小伙子要过来帮忙，老周说，我抱着吧，没多沉了。

小侯打开门，老周晃晃悠悠地抱着老伴儿往外走，边走边说，你可真会赶时间，等给你过了头七，我就自个儿过大年了。

小侯看到，老周叨咕着的时候，眼泪才落了下来，滴到老伴儿身上，转眼就冻成了冰碴子。

今年冬天，太冷了。小侯心里说。

## 六指儿

外面的雪越发下得紧了。

胖刘说，范嫂，你早点儿走吧，天黑路滑，也没啥客人了。

范嫂答应着，披上雨披说，老板，我走了，五个桌子我都擦过了。

胖刘从厨房里走出来，点了支烟，四下看看。正合计着一会儿也关门回家，“嘎吱”一声，饭店门开了，夹着风雪，进来个人，抖搂着身上的雪，问，老板，有啥吃的吗？

胖刘连声说有，手里拉了一把椅子给客人坐。来人摘下棉帽子，脱下大衣放在椅子上，自己另拉了一把椅子坐下。

这人的帽子大衣都破旧了，人也上了些年纪，眼角鱼尾纹密布，眸子里却有些灵光。胖刘看着眼熟，却想不起来在哪里见过。他把菜单递给客人，嘴里说，炒菜炖菜都行，料都齐备。

那人看看说，给我下碗面就行了。

胖刘说，得嘞，一碗面，我给您多加点儿汤，大冷天的。

那人把菜单递回来的时候，胖刘霍然看到，那人右手上是六指儿！竟然是他！胖刘又盯着看了他一眼，心想老了许多，但绝对是他！

胖刘烧好水，下面的时候，心里已经完全平静了。十年了！看来他混得也不咋样呀！想了想，胖刘从冰箱里拿出两个鸡蛋。

胖刘端面出来，放在桌上。六指儿忙着吃，吹着气，显然很饿了。吃了两口面抬头问，老板，我没要鸡蛋吧，俩鸡蛋多少钱？

胖刘拉了把椅子坐在他对面，盯着他看。要过年了，这鸡蛋算我送的。胖刘说着，顿了一下，清了清嗓子，大声说，哎，来来来，虎胆大，狼胆小，饿死胆小的，撑死胆大的！来来来，押红的押啥给啥，押黑的押啥输啥！来来来！

六指儿听到这些，噌一下站起来，说，兄弟，你是谁呀？

胖刘坐着没动，绷着脸说，大哥不记得我了吧？没事，您继续吃面。

六指儿坐下，狐疑着看他。

胖刘说，咱俩有缘啊。十年前，头次下雪，您就在离这里不大远的桥西头，骗了我八百块钱，您早忘了吧。

六指儿摇头，胖刘接着说，那是我从老家来工地干活儿，头一次发钱，就被你骗个精光！

六指儿恍惚着说，一点儿印象也没了。

胖刘乐了，你骗太多人了吧，但您这六指儿我可记了十年！

我呀，那会儿兜里一分钱都没了，没脸回工地见老乡，在街上乱走，正好遇到这个饭店招小工，就落脚了，一直干到现在。胖刘微笑着说。

六指儿问，那后来呢？

胖刘说，我在这儿一待就是十年，从打小工到厨师，到东家不干了，我盘下来，娶媳妇，生孩子，十年了！对了，您这是要去哪儿呀？

六指儿摇摇头，不瞒你说，兄弟，我刚出来，从这里倒车，想回家看看。

胖刘指了指面碗，您别光说话，吃吧，一会儿面都凉了。

六指儿呼呼吃完，抹抹嘴，低头不语。胖刘说，以后啥打算？

六指儿抬起头，眼神里有一丝胆怯，又有一丝狡黠，问，兄弟，您这里用小工不？

# 夫妻肺片

叶 孤

## A

男人买了韭菜，想着可以炒个韭菜炒蛋，又看了看芦蒿。之前女人说想吃芦蒿，嫌贵，一直没舍得买。男人一问价格，还真不便宜，十块钱一斤，便挑了一小捆。鸡蛋家里有，男人又买了五块钱肉丝，好搭配芦蒿。家里还有两个土豆，男人想着再炒个酸辣土豆丝，这些都是女人爱吃的。出了菜市场，外面是一排卖各种吃的店铺：炸鸡、烤鸭、巴西烤肉、秘制猪蹄、夫妻肺片……卖烤鸭的有三家，一家北京烤鸭，一家啤酒烤鸭，还有一家铁板烤鸭。女人就爱吃中间这家啤酒烤鸭，这家烤鸭店开了很多年了，生意非常好，每天傍晚到工厂下班时，都要排起长队。

## B

这天是儿子从学校回家的日子。女人在镇上买了烤鸭，又买了牛肉、土豆等几样儿子爱吃的菜。女人从街上回来后，就开始忙碌起来，得保证儿子一回家就能吃上热乎饭。儿子今年十三岁，在县城读初一，平时住校，周五下午才能回家。女人在锅屋忙碌着，一边将土豆切块，一边扭动着肥大的屁股哼起了小曲儿。

## A

男人回到出租屋的时候，女人已经将电饭煲煮上了饭，正在狭窄的小厨房里切着土豆丝。这是苏南常州一个叫横山的小镇，出租屋就在离菜市场不远的一处民宅。这里一排排民宅，大多住着外地人。男人租的这家民宅，楼上楼下住着六个外地人，有安徽的，有河南的，有四川的，只有男人是江苏本地人，老家在苏北。男人住在一楼左边的房间，房间窗户外面搭建了一个简易厨房。男人拎着啤酒烤鸭等菜走进厨房的时候，女人正在切着土豆丝，一边哼着小曲，一边扭动着丰满的屁股。男人望着女人左右晃动的屁股，脸上露出笑意，伸出手摸了女人屁股一把。

## B

女人正切着土豆，一双大手从身后袭来，扣在女人肥硕的屁股上。然后，男人整个身子贴了上去，从后面狠狠抱住女人，双手从下到上缠到女人胸前。“死相！松手！我儿子快回来了！”女人嗔怒着挣扎起来。“今晚我过来……”“今晚不行，我儿子在家呢，你个狗日的真会挑时间。”“这样才刺激嘛！”男人放开女人，嬉笑着说。“刺激你个头。”女人骂骂咧咧数落了几句，又缓下来声音说：“晚上再说吧。”男人这才满意，转身离开。

## A

女人知道是男人在摸自己，屁股便往后撅了撅。男人又使劲揉捏了几下，才罢手。忙乎了一阵，楼上楼下都有晚饭的味道飘出来，男人和女人也准备妥当，开始共进晚餐。女人看着满桌子自己爱吃的菜，啤酒烤鸭，韭菜炒蛋，还有自己一直嫌贵没舍得买的芦蒿炒肉丝……一桌子菜都是男人炒的，女人的心里便有些潮潮的。

B

儿子到家的时候，女人刚好把菜炒好了，儿子甩下书包就吃了起来。女人看着已经一米六八的儿子，觉得特别有成就感。儿子比他爸强多了，女人想到了自己的男人，男人在常州打工，一年到头只有过年才回来几天。女人记得那个叫横山镇的地方，工厂特别多，打工的也特别多。前几年，女人想男人的时候，就会从苏北到苏南，去男人的出租屋住几天。这两年女人越去越少，今年就没有去过。

A

“生日快乐！”男人突然说。“你还知道我生日？”女人愣了一下，那潮潮的感觉，便从心里涌到了眼角。“今天是腊月十二，是你生日。我虽然给不了你什么，甚至连个生日蛋糕也没买，但我们是有感情的。”男人说得很真诚，女人觉得很感动。半夜睡觉的时候，女人便格外地卖力。折腾了一番，男人女人终于瘫软下来。男人点燃一支烟，深深吸了一口，浓烈的烟雾从鼻孔喷涌而出。男人想到今天是星期五，已经读初一的儿子今晚会从县城回乡下老家。而儿子他妈，也一定给儿子做了好吃的。男人想到自家女人时叹了一声气。她好久没来常州了，好像今年都没有来过。

B

喵喵喵——半夜的时候，院门外传来几声猫叫。女人推开儿子房间的门，确认儿子睡熟之后，蹑手蹑脚地走出堂屋，来到院子里，看到了男人。刚刚的猫叫就是男人发出的。女人轻轻打开院门，跟着男人游进了男人家里。一关门，两人就有些肆无忌惮了。男人比女人大了几岁，儿女都在外地打工，男人老婆前两年病逝了，如今是光棍一个。不大一会，男人便败下阵来。毕竟上了年纪，有点儿力不从心。男人点燃一支烟，深深吸了一口。女人说明年自家男人可能要回来上班了，两人以后就没机会在一起了。男人一听，扔了半截香烟，翻身又把女人压在身下。

## A

女人躺在男人臂弯里，一副满足的样子。要是自家的男人有这么体贴该多好啊。女人自家的男人是干钢筋工的，工作地点不固定，经常跟着包工头四处漂，之前在苏州干过几年，后来去过上海，去年在浙江，今年又到了河南一个工地。有时候女人觉得自家的男人不知道她需要什么，再多的钱也不如有个人在身边好。家里有两个孩子，大的快十岁了，小的五六岁，全在安徽老家上小学，由孩子爷爷奶奶带着。自家的男人一直催促她回家带孩子，她也不确定过完年还会不会再来常州打工。女人想到这里，又翻身趴到男人身上。“怎么了？”男人掐灭烟头问。“我还想要。”女人说。

## 第五辑

## 街边的错误

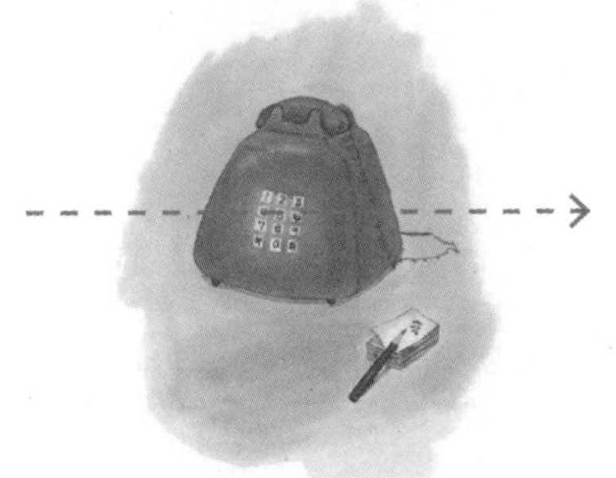

# 街边的错误

岱 原

事情是在经过物资大厦的时候发生的。物资大厦是栋高楼，三十层，临街，商住两用。事发时间是上午，人流量不大。没有任何征兆,一个茶杯从天而降，砸在我的跟前。那是个玻璃杯，碎得很彻底，在我面前约六十厘米处的水泥地上绽放开来。

我没有看见扔茶杯的人。事实上，楼下所有人都没有看到。我们抬头时，自下而上，只看到一扇扇开着或关着的窗户。肇事者没有留下痕迹，没有惯常的那种对事发地好奇的探头观望。整栋房子看起来就像一个无辜者，而楼下被高空抛物搞得一惊一乍的人，更像是一群聚在一起预备滋事的混蛋。

我觉得这茶杯是冲着我来的。以茶杯碎裂的中心点向外画圈，我就是那个离圆心最近的人。这么说吧，假如我今天的步伐比平常快上两秒，那么陪茶杯一起碎裂的就是我的脑袋。我惊魂未定，在考虑要不要发朋友圈之前，我决定先给老婆打个电话。我还没有开口，电话那边就咋咋呼呼吵上了，老婆说话像倒豆子一样往外蹦。她说早上去菜市场买菜，卖菜的胡大姐不像话，空心菜居然收了她两次钱。她说都是老熟人啊，这人怎么这样！她要过去找胡大姐算账，她等一下就打车过去。就为这事，老婆很不开心，哪里还有耐心听我的遭遇。

我需要平复一下心情，楼下被茶杯惊扰的人群已经情绪高涨起来。高空抛物，这是一个严重的公共安全事件。大家都是潜在的受害者，在肇事者缺席的情况下，大家都在寻找善后的途径。大家以碎裂的茶杯为圆心，自觉地在案发地点站出围观的队形。本来井然有序的街道，人群聚集就形成了焦点。一个骑共享单车的男孩被吸引过来，在四五米外的地方把单车放倒在地，然后用尽力气挤进人群，他以为能看到一地鲜血，或者倒在地上一抽一抽的身体。结果却令他大失所望。他叫了声什么鬼，然后扬长而去。

我也很遗憾，我没有在人行道上脑袋开花，也没有及时死掉，不仅对不起大家的围观，也为整个事件的善后增加了难度。一个四十来岁的大哥开始抱怨：没有出事，报警都是个问题。怎么跟警察说？说天上掉下个茶杯？出事了吗？没有！警察来了又能如何？即使想法把人揪出来，无非就是批评教育。批评教育有什么屁用？他仔仔细细围着我转了一圈，确定我的帽子还戴在头上，帽子下的眼睛还能肆无忌惮地转动。他叹了口气，摇摇头，转身走了。

他说的当然有道理，但是因此将此事弃之不理也说不过去。一位上了年纪的大爷说，不找出那个扔杯子的人，这条路以后谁还敢走。我每天早中晚都要经过这里到学校接小孩。假如他今天扔杯子，明天扔花盆，后天扔菜刀怎么办？大爷一边说一边抬头，他想在三十层的窗户当中寻找线索，这当然没有效果。最后他还是把目光放到了我身上，他说，小伙子，你还是想办法把那个家伙找出来吧。哪天我这把老骨头扔在这里无所谓，可我孙子还小啊！

大爷的话是一个提醒，在肇事者不明的前提下，我就是整个事件的主角。杯子是冲着我来的，我是整个事件最大的受害嫌疑人。大家把目光聚集到我身上。他们认为，声讨肇事者就是对我个人无私的帮助。我脑袋没有被砸中，但在他们的集体想象里，我已经被杯子放倒，我已经在救护车“哔啵哔啵”的叫声里苟延残喘。他们说，太没人性了，乱扔杯子，不知道别人上有老下有小吗？他们替我生气，替我对物资大厦瞪着凶狠的目光。

“你要是被杯子砸到就好了。”人群中有人轻轻地嘟囔了一句。

马上有人解释，我们也不是希望你被砸死，只要你稍微受点儿伤，大家就可以报警，或许就能揪出肇事者。

太阳越升越高，周围陌生的面孔翻来覆去，我无所适从。我差点忘了自己还要上班，还要跨过一条街道去搭公交。就在十分钟前，我差点搭上性命，现在却要为一个无法找到的肇事者承担责任。也就是说，我刚好走到物资大厦的时间是错误的，我没能被杯子砸个头破血流更加不可原谅。

“我要是被杯子砸到就好了。”

面对焦急等待真相的愤怒的人群，我也只能这样附和他们。

# 关于我死了，其实我还幸福地活着的故事

王琼华

那天，矿长把我叫到他的办公室。我是头一回走进矿长的办公室。刚进去，我便眨巴起眼说："老板，我就是有三个蛋，上回那炸药也不是我偷的。"

矿长扑哧一笑："谁偷了矿里的炸药都有可能，就你不会，你是一个挑着灯笼也找不到的老实人。"

我暗暗松了一口气，又问："那老板你找我干吗？"

"跟你商量一件事。刚才说了，你是一个老实人，还是一个让我特别放心的老实人。"矿长的屁股落在沙发上又挪了两下，"我也不拐弯抹角了。这么一回事，跟往年一样，今年上头也给矿里定了责任状，死人不准超过指标数。你也知道，要是超了规定指标数会有怎样的结果。"

"嘿嘿，关门走人。"

"对呀，这矿一关门，你们这班弟兄到哪里攒钱呢？"

"指标数是三人吧。可今年才走了两个。"

"还不是靠政策好、人努力、天帮忙嘛。不过，我们既不能超过指标数，也不要浪费指标数，要不那太可惜了。今天把你找来，想把这剩下的一个指标落在你的头上。"

我一惊："让我去死？我……我这辈子连女人都还没碰过呢。"

"谁让你真的去死呢？你想一想，天有不测风云，要是明年超过指标数又怎么办？矿里想把这指标先储备下来，这样明年有一个什么万一也好熬一些。"

我听明白了:“明年要是多走了一个弟兄，就把他算成今年的对吧。”

矿长顿时乐了:“你看你看，你的脑子比我的还好使。对了，只要你同意，矿里还给发一百块挂名费。”

我摸摸后脑勺，咧嘴笑道:“我听老板的，我听你的。”

到了第二年的5月份，矿长又把我找去。

那天，矿长一脸灰色。他肯定不高兴。昨晚四个下煤井的人没再走出来。矿长叹道:“唉，这下子你也真死了。”

“我死了？”我一愣，“昨晚没轮到我上班。是阿才狗子他们走了。”

“我是说去年挂名死掉的你这回真的要死掉了。”

“我……我还是没听明白。”

“这回四个，明白吧，超了一个。只好把你挂名的指标用上。要不然这矿马上要被关闭了。”

“噢，这一回事哦。”我愣了愣，又问，“老板，那一百块挂名费这个月还……还发给我吧。”

“发！怎么不发？而且还要一直发下去。”矿长的口气很硬。他看了看我，又说:“不过还有一件事要跟你商量商量。”

我已经很高兴了，笑道:“嘿嘿，我还是听老板的。”

“阿才平常说他命大，可这次也没出来。他算是超指标的对象。当然，这事万万不能露馅。想来想去只有一个笨法子，就是让你改名叫阿才。”

“让我换个死鬼的名字。呸呸呸，不吉利。”

“哎呀，你那名字不早就写到死亡名册上了吗？你这死过的名字让阿才拿去用掉，让人家还不知道已经死了的阿才的名字让你用上，啧，你不是又转世活过来了吗？”

矿长这话说得有些拗口，弄得我又眨巴起眼。

“一句话，你和阿才的名字对换一下。”

“让我叫阿才，行吗？”

“怎么不行呢？这样才少一点啰唆事儿冒出来。”矿长走过来拍拍我的肩膀，脸上突然笑了，“阿才去年才找了老婆。啧，那个女人真是一朵花，对不对？”

我也笑了：“那女人，嘿嘿，真是女人。”

“要是你也找个这样的老婆……”

“嘿嘿，我没福气。”

“有这福气。怎么没有呢？只要你答应改名叫阿才，那女人就继续当你这个阿才的老婆。我跟那女人说好了，给你们五万块钱，也算矿里的一笔贺礼吧。”

“真……真的吗？”我当然不敢相信这是真的。

“就这样说定了。”

我噎了一下。当我见到那个女人时，我才知道矿长说的都是真话。矿长真好，半句话也没骗我。就这样，我改名叫了阿才，还捡了一个老婆。进洞房那天，矿长还来看了我，直夸我是矿里的大恩人。为了把这好日子过下去，矿长背地里叫我带着这个好看的女人跑出去开个小店子算了。我心里有数，自己还在矿里干活的话说不定哪天真会露馅。我乐呵呵答应了。因为我进了洞房，就开始活生生过上幸福的日子了。矿长已经发了毒誓，那挂名费还有那笔补助照样发给我。而且，不用上矿里来领，矿里会直接打到我的存折上。

# 体重三位数的女人没有未来

刘正权

体重三位数的女人没有未来。

张望这句话把陈晓媚给噎住了，活生生的。

你可以不说得这么恶毒的。

怎么才能说得不那么恶毒，你教我！张望一脸的无辜。

比如说，好女不过百！

哈哈哈。张望笑得肚皮上起了波澜。

你开始嫌弃我了？陈晓媚脸上也起了波澜。

张望使劲儿想收住漾开来的笑意，晚了，陈晓媚一杯水已经泼在张望头上。

下一步，陈晓媚该回娘家了。

这样的三部曲最近时常上演，张望决定退出演出，配角当得太辛苦了。他认为，为啥剧情就不能稍微改动一下呢？或者是转个弯也行。

陈晓媚都走出张望视线又转了弯，还没听见张望急促的脚步声赶上来，这令她有点儿意外，肚子那点儿假装生出的气，被这点儿意外产生的好奇给消弭于无形。

尽管好奇，陈晓媚的脚步依然没有迟疑，颇有点儿风萧萧兮易水寒的气势，但她却不知道，壮士这一去，该不该复返。

如同她双下巴上的那些赘肉，挤上脸蛋后，再也不愿复返。

三位数，有那么严重？也就是 105 斤而已。陈晓媚这么跟闺蜜苏欣然诉苦。

苏欣然没有一点儿同情心地展示着自己的纤腰，说做人家老婆，你得有担当，人家娶你回去，是为了欣赏你的美，不是为了面对你那多出的五斤肉。

五斤肉，啧啧，苏欣然打着比方，这么大的堆头。

苏欣然比张望还要恶毒，怎么说，张望还照顾陈晓媚的情绪，没比画出那么大团的肥肉出来。

陈晓媚气冲冲地回了娘家。

娘不在家，出门买菜去了。陈晓媚就在门口转悠着，等娘。

娘像是要补刀恶心她一把似的，那天刚好割了五斤肉，娘围着陈晓媚左看右看上看下看，末了举了举手中的肉，说胖了，起码有这个堆头。

刹那间，陈晓媚觉得没了退路，张望那句话在她耳边不失时机响起——体重三位数的女人没有未来。

陈晓媚没了跟娘痛斥张望的欲望。

灰溜溜地走到街头，正撞见一家牛排店开业，陈晓媚的肠胃最见不得这种场面，马上蠕动起来，发出强烈的呼唤。

反正没有未来了，不如破罐子破摔一回，让未来见鬼去吧，大不了，跟张望分手。

如同股票，都跌破发行价了，反而没了顾忌。

陈晓媚大快朵颐，羡煞身边很多美女，还有很多男人。

瞧这姑娘，一点儿都不装，一人要了两份牛排不说，连配的蘑菇汤一滴都没有浪费。

是过日子的女人呢！有上了年纪的大妈在一边指指点点。

不是说贪吃败家吗？陈晓媚有点儿蒙了。

吃饱了，喝足了，陈晓媚志得意满往家里走。

未来，再长远的未来抵得过吃喝拉撒？确实抵不过。

陈晓媚是在门外听见婆婆训张望的声音的，一向顾及形象的婆婆，这会儿把张望骂得狗血淋头。

晓媚呢？

吵架，回娘家了。

好端端吵什么架？

她长胖了五斤肉。

胖了好啊。

好什么，好女不过百！

你个没脑子的东西，知道你为啥身子骨儿像豆芽菜一样吗？就因为娘那会儿嘴太刁，这不吃，那不碰，导致你在娘肚子里就营养不良。

张望体质差，体育是他最闻之色变的课堂。

难不成你想你儿子生下来跟你那样病秧子一个？那样的孙子，会有未来？

因为体质差，张望出国留学体检没能通过，被刷了下来。

张望固执地认为，如今的孩子，不出国长点儿见识回来，是没有未来的。

一阵沉默过后，婆婆的声音突然压低问张望，晓媚啥时开始贪嘴的？

有四十多天了吧。

四十多天，该不会是怀上了吧？

一语惊醒梦中人，张望突然蹦了起来，晓媚月经一向不准，但从没超过四十多天不来的。

婆婆说我咋生出你这么个不晓得未来的儿子。

未来，在晓媚肚子里呢，醒过神的张望喜得语无伦次的，难怪，五斤肉，她以前，怎么吃都长不胖的，肯定的，怀了，哎呀，坏了！

怎么叫哎呀坏了？婆婆一怔，怀了是好事啊。

我，我怕晓媚赌气去减肥，张望打开屋门往外冲，肚子里的孩子一旦营养不良，哪里还有未来？

张望冲得急，没看见双下巴的陈晓媚正眼泪汪汪看着自己，这个剧情，是陈晓媚思虑再三才改动的。张望的前妻，是个骨感美女，因为不愿生孩子毁掉身材，张望才忍痛分的手。

陈晓媚知道，张望骨子里，老拿前妻身材跟自己做着对比。

# 多点了一个赞

刘正权

张成明刷微信，有个不为人知的习惯，不轻易给人点赞。

他的解释是，天底下，哪那么多值得点赞的事啊。

有人却不苟同。

点赞，只是一种新的交往模式，如同见面问上一句吃了吗，人家不是真要请你上馆子。同事李小璐这么跟张成明灌输她的观点。

别人的灌输，张成明可以聊胜于无，李小璐开了金口，张成明就不能等闲视之，他内心深处对李小璐有点蠢蠢欲动。

那就点一个?

必须的!

第一个赞点给谁呢?张成明有点犯难。

相当于公民手中的选举权，重要性不言而喻。

点给李小璐，有点此地无银的意思。

点给领导，又太司马昭之心。

身为办公室副主任，他深知这一赞，看着是信手一点，实则是大有奥妙。局里即将提拔办公室主任进班子，主任职位自然就虚位以待，待谁?却是有待商榷的。

为了这个主任，张成明在单位上过着削足适履的日子，一向大大咧咧的他变得谨小慎微，小心翼翼地应付着单位上一切可供利用和不可供利用的同事。

及至后来，张成明差不多像古人说的，一日三省吾身，无时无刻不在检讨着自己的行为。那个过程根本不是一个痛苦就能形容的，那简直就是修行。

点赞，无疑让修行难度再度增加。

纠结只能是原地踏步。先看一看大家朋友圈发的什么再说吧。

一念及此，张成明滑开微信朋友圈。他一向不关注朋友圈的，晒来晒去，不就是那点破事吗。

张成明自诩是没什么破事的人。尽管觊觎李小璐有些日子了，那也只是心理活动。做人嘛，人格很重要的。

说到人格，真有人格两个字闯进张成明眼帘，局长刚转发一篇公众号文章，标题是：一个没人格的人，钱权再多有何用？

局长转发时还特别加了一句话：人格如金，纯度越高，品位越高。

太有必要点赞了！

张成明指头轻轻触碰上去，一个心形图案诞生出来。

再往下滑，是李小璐转发的一则《透过老虎吃人事件，远离垃圾人》的文章。

太人云亦云了！

张成明摇摇头，也点了赞，就当是买一送一了。

点完这两个赞，张成明一副大功告成的样子，身子往后一躺，闭目养神起来。

因为闭着目，养着神，张成明就变得格外耳聪目明，隔壁办公室针尖大点儿动静都难逃他耳朵。

隔壁办公室是局长的，局长这会正在跟李小璐谈话，小璐啊，你的脾气要改一改。

改，怎么改，我改大了裙子遮肚子啊。

你能不能不要有这么多垃圾情绪？

我人都这么垃圾了。

肯定有人背后怂恿你这么闹的。

什么背后有人，是我肚子里有人……

然后就安静了。再怎么使劲，也听不到半点的声音。

张成明是下班时碰到局长的，在电梯里，局长正在看微信。

张成明讨好地说，局长我给您点赞了。

是吗？局长往下滑屏幕，滑到那个微信下面的赞，脸色一沉，你意思是我没人格？

怎么会？

当我不懂什么是喝倒彩？当我不懂得前后关联？局长冷笑着，把手机屏幕亮到张成明眼前，这个赞你点得别有用心啊。

那则微信再熟悉不过，是李小璐转发的远离垃圾人的那一条！

不就是多点了一个赞？局长走出电梯老远了，张成明还愣在那里，研究那两个赞之间到底有何联系。

# 丁一两卖猪

张志明

圈里几十头猪正该卖的时候，生猪价突然大降。前些天老婆就叫他去卖，丁一两叫再等等，结果等来了降价。为了这，两口子这两天嚷了好几回。

晌午吃饭时，老婆端起碗又埋怨他，两人又嚷了几句。

丁一两气哼哼吸了两根烟，到底理亏心虚。他起身装了一包萝卜，背起来去给爹娘送。

丁一两兄妹仨，妹妹嫁到了邻村，兄弟当兵转业分到了公安局，住在城里。分家时就有协议，每年弟兄俩每人给父母一百斤小麦一百斤大米五十斤白菜五十斤萝卜。兄弟没有地，每年买好按时送来。

本来丁一两在家都称好了，去掉皮（编织袋）正好，到了爹娘那儿，用爹的秤一称，多了九两。

当着爹娘的面，丁一两又称了两回，还是多。于是，丁一两伸手去包里拿出来一个小点的萝卜，再称，还多二两；放进小的，他又拿出来一个大的，又称，又少了三两。

丁一两他妈瞧了两眼，没说啥往屋里走了。

丁一两自言自语，说，咋回事，在家正好呀。丁一两他爹坐在太阳底下的柳圈椅上一直冷着脸瞧着他称来称去，加来减去。丁一两直起腰想了想，又去包里拿出来一个稍大些的萝卜，去门墩上磕掉小半截。放进去小的，少了；放进去大的，多了。

觉出爹的目光一直刺在自己脊梁上，丁一两终于作罢。他赶紧把包里的萝卜倒出来，并随手又拿了一个小萝卜娃，这才直起身讪讪说，算了，估计还多，就这吧。

丁一两他妈立在风门后瞧着，他爹坐在柳圈椅上瞧着，丁一两拿着编织袋还有那个小萝卜，走了。

回到家，丁一两把那个小萝卜扔进了猪圈，猪们一哄而上，一只蛮横的大黑猪一口吞下。

隔天就是农历十月初一，丁一两两口子决定自己杀一头猪卖肉，这样可能少亏点儿钱。

丁一两他娘也知道猪降价了，也知道大儿养猪要赔了，听说大儿宰了猪，尽管心里把大儿骂了一回又一回，怨了一次又一次，当娘的终究还是心疼儿子的钱，就想着也去大儿那割点儿肉，反正割谁的都一样。丁一两他爹一听，赤脖红脸地骂，你吃恁儿的指头萝卜绿豆玉黍还没吃够啊，贱死你，你要敢去割他的肉，我拿着都给你扔茅缸里。

秋罢，丁一两给爹娘背来的玉黍不是玉黍尖的小籽就是稗籽碎籽，个个跟小绿豆一样。

丁一两他娘犹豫了半天，还是背着老头儿偷偷去割了大儿家的肉。没想到，老头儿还没知道，丁一两自己找上了门，说账算错了，多给了娘三两肉。

丁一两他爹一听，气得浑身哆嗦，嘴都说不出话了。他去灶火掂出肉正想扔出去，一下想起了萝卜的事。气呼呼的老头儿又钻进灶火拿出刀，先割掉了一块，一称，还多；又割了一块，一称，又少了。最后，老头儿哆嗦着手又从割下来的第一块肉上再切下指头肚一块，还少。老头儿扔了刀，直了腰，大方地对大儿说，不去了，你沾点儿光吧。

丁一两立在那儿，脸上红一阵白一阵，拿也不是不拿也不是。

老娘突然出来，拿起大块小块的肉一下塞进儿子怀里，说，你拿走吧，恁爹恁娘吃不起你的肉，钱也甭退了，你困难，娘知道。说到最后，娘的声音哽咽了。

丁一两站了半天，最终没拿那些肉，灰溜溜地走了。

十月初一上坟，丁一两问兄弟城里有没有熟人，能不能帮忙把猪卖了，少赔点儿钱。兄弟回家，自然听爹娘说了萝卜和肉的事，正恼呢，便冷着脸，说，我没人。现在的人，一个比一个尖，一分一厘谁想亏哩？

丁一两不傻，听出话里有话，没再吭声。

第二天一大早，兄弟给丁一两打来了电话，说一会儿有人去拉猪，甭跟人家搞价钱，在家等着，准备好。

拿着电话，丁一两脸都热了。

放下电话，丁一两催老婆赶快起来喂猪，两人弄了几大桶稀料叫猪们直接喝。嘴慢的猪还没喝完，拉猪车就来了。猪老板下了车，脸上也没个笑色，急吼吼地喊司机和另一个人下车，架坡道，开圈门，赶猪。

几十头猪，大部分都听话，顺顺当当地赶上了车。只有一头又黑又壮的大公猪，先是半路逃脱，满院乱窜，好不容易赶上了坡道，上到半截，突然扭头回身，横冲直撞，差点儿把几个人撞翻。丁一两和他们满院截、追、撵，那猪就是弄不住。

猪老板急了，上车拿来了撒手锏——一个铁夹子。又是满院追了无数圈，终于套住了黑猪的脖子，几个人死命拽着把猪拉上了坡道。到了半截，猪老板忽然发火，抡起手里的木棍照着猪屁股夯了几棍，又踹了几脚。那黑猪突然就屙了，又尿了。一大泡屎尿顺着坡道往下流。

丁一两跟着猪车去过磅。过完磅，已经结账接过钱了，丁一两又不愿意了，埋怨猪老板刚才打了猪，把猪吓得至少屙尿了四五斤，叫猪老板补偿他。

猪老板一听也恼了，红了脸，若不是恁兄弟说，打死我也不会来，亏死我了。

丁一两咋说都不愿意，拦着车不让走。

到了最后，猪老板只好同意补四斤的钱。猪老板上车拿下一百块钱，摔给丁一两，找我，没零钱了。

丁一两接过钱赶紧装起来，急忙掏钱找了猪老板，便让开了路。

猪老板差点儿把手机摔了，骂骂咧咧爬上车，走了。

回到家，丁一两忙不迭地跟老婆查钱，拿起上面那一张，两人都觉得不对。你摸摸我摸摸，你照照我照照。两人你看我我看你。

那是一张假钱。

# 街上撞死一条狗

金　狐

一阵尖锐的刹车声伴随着一声惨叫，一条狗被撞飞。

一个生命结束，一场好戏才刚刚开始。

司机围着车子转了一圈，看车，再看狗。狗身下汪着一摊红，还在抽搐。

“是条野狗子。”有路人凑过来说。

“脖子上有项圈，应该是有主人的。”

“估计被遗弃了，一直在附近流浪。”

虽说撞的是一条狗，还是不断有人围上来。

“狗主人呢？”

“应该送宠物医院。”

“报警吧。”

司机看人越聚越多，慌忙上车，一踩油门“呼啦”溜了。

晚上，这段撞死狗的视频在网上传播开来，很快便上了热搜。

“宝马，四个8的牌照，牛啊！”

“下辈子请千万不要做一条野狗子！”

“这撞死的哪是一条狗，分明就是人心……”

网络上，各种跟帖成千上万。

人们同情狗，人们憎恨那可恶的司机、冷漠的司机、不近人情的司机。

有网友发起“人肉搜索”，公布他的姓名、身份、年龄、住址和手机号码。

有人在网上发长文抨击。

有人打电话去指责质问。

迫于压力，司机录了一段道歉视频发到网上。“我错了，不该见死不救，如果可以，我愿意磕头谢罪……”他浑身颤抖，嗓音沙哑，眼窝深陷。

这样的解释并没有得到原谅，反而引来更多的愤怒和质疑。

“你觉得你的生命比一条狗更金贵吗？”

“不对，一个普通家庭怎么会有四个 8 的牌照？”

深挖，深挖……挖出他的父亲只是一个普通职工，挖出他的祖上是山东逃荒来的饥民。

不对，一定是方向不对。

继续深挖，挖出他舅舅曾偷过邻居的一只鸡，挖出他伯伯跟女同事搞婚外情……他们的照片也被悉数放上网，有图有真相。

他的体重从 160 斤暴瘦到 120 斤。

他辞了职，他关了手机，不再上网。

他在丛林一样的目光里迷路。他在海浪一样的唾沫里挣扎。

短暂的沉默过后，有网友惊呼：“他是代驾。”

车子原来不是他的。他只是替罪羔羊！

他的身后一定还隐藏着更大的秘密。

充满正义感的网民们不肯罢休，一心想揪出他身后的幕后真凶。

可惜，晚了一步，司机自杀了。

有媒体联系到宝马车主，证实了他只是业余代驾。

这个时候，才有人想起了那条狗：它是生是死？它现在哪里？

没有人知道。于是，从视频中抠出来的那条狗，照片被无限放大、放大。

它没有死，它在网络里活着，发出让人战栗的气味。

人们为它点亮蜡烛，不，是长明灯。

没有人知道，它也有诗一样的童年，梦一样的生活。

有人爱，有人疼，衣食无忧，儿女成群。

谁也抵不过时间的杀戮，一条狗也会老去。

它被电瓶车载到了陌生的街市……

它被蛇皮袋送到了无人的荒野……

它被抛弃，但它依然憋足劲，迈开腿，瞄准家的方向奔跑……

是死亡让它重新赢得人类的疼爱。

它的灵魂被安置在温暖的烛光里，歌声萦绕，花香四溢。

没有人知道，它其实还活着。它当时只是昏厥过去，环卫工人把它拉去垃圾场，一场雨又把它浇活了。

它的一条腿瘸了，一只眼睛瞎了。皮肉松垮了，皮毛翻卷变色了。

它再次流落街头，夹起尾巴做狗。

没有人知道，它的过去，它的未来，它的死活。

# 天生一对

红　墨

自从应用互联网最新科技后，天生一对婚介所生意红火。

经婚配软件大数据精准计算，男 94041 和女 5927 被推荐为“最佳婚配”对象。

按照系统要求，男 94041 和女 5927 双双迈入“对话空间”。

对话空间分两个小间，中间用一幕几乎不存在的玻璃墙相隔，两边均置有高端通话设备。

两人还是第一次见面，相互问好之后，便陷入了尴尬。

这屋子，咋让我想起监狱探视室呢？为了缓解尴尬，男 94041 启动了自己的幽默功能。

女 5927 粲然一笑，露出一排整齐的牙齿，说，爱情是两性的监狱，婚姻是爱情的坟墓。

男 94041：你这话蛮高深的！我可是个粗人。

女 5927：我不在乎这个。

男 94041:是的，是的，既然大数据选定咱俩为“最佳婚配”，自有它的道理。

女 5927：我笃信大数据的分析与判断。

男 94041 无话找话：你喜欢旅游吗？

女 5927：不喜欢的，这些，在我们个人的数据采集栏都有填写。

我就想问问，免得咱俩就这样晾着。男 94041 接着问，你喜欢化妆吗？

你说，我还需要化妆吗？女5927挑衅般地一笑，但丝毫没有不耐烦的意思。

女5927身材高挑，年轻妩媚，衣着新潮，简直无可挑剔。

那倒也是。男94041说，那你有没有别的什么嗜好？譬如，购物、看戏、跳舞、画画……甚至养蜥蜴、收集纽扣什么的。

女5927：都没有。

男94041：那你喜欢我什么呢？我可是经历过两段婚姻，有三个孩子。我性格还不好，不仅女人远离我，孩子也和我拗……

女5927：我都了解。

男94041：而且，我已年过半百，又矮又胖又丑又老……我吃喝嫖赌，五毒俱全……

女5927：这都不是问题。

男94041：还有一些，在我的资料里没有写的，比如我睡觉会打呼噜，会磨牙，说梦话……我前妻就是对我这些小毛病忍无可忍才提出离婚的……

女5927：这些都无所谓。萝卜青菜，各有所爱。再说，我也没看上你本人呀！我看上的是你的大数据。我相信大数据的眼光。

男94041：那你呢？你条件这么优越，为什么还一直是单身？

女5927：我有个怪癖，我不吃任何食物，只吃美钞，卷着吃，就像吃脆皮卷一样，不用蘸任何佐料。而且我食量不小，早餐八卷，中餐十卷，晚餐八卷。我就是个吃货，只有吃能让我变漂亮，一饿肚子我就脸色憔悴、形容枯槁。

说着，女5927的纤纤玉指从漂亮包包里拈出一张美钞，熟练地卷起来，微启樱唇，往嘴里轻轻送进去，随着腮帮一紧一松，酒窝一深一浅……虽然隔着玻璃墙，男94041分明看见她的神采愈加鲜亮。

你太漂亮了，连吃相都这么让我着迷！男94041龇溜着涎水，坦白说，我只贪图你的美貌！

谢谢！女5927又粲然一笑，说，这就够了！

既然你都这么坦诚，那我也告诉你一个不为人知的特异功能。男94041透露说，不管吃下什么食物，我屙出的都是脆皮卷，启开来，全是一张张面额不等的美钞。我吃得越多，屙得就越多！

这个，你的数据采集栏上好像没有填写吧。女 5927 耸了耸肩，说，不过，我笃信大数据……

这事不宜公开，再说，我也不能屙给你看呀。男 94041 正说得唾沫星子乱飞，玻璃墙上的“蘑菇”突然丁零零响起，还闪烁着绿色的光。

有语音提示：男 94041、女 5927，感谢二位的真诚交流，你们的首轮见面真实有效，系统建议，下一步，你们可以进入“牵手空间”，请语音确认。

确认！男 94041、女 5927 异口同声地说。

# 上终南山

非非鸟

张三就像在人间蒸发了。

手机关了，微信也沉默了。从前，他可是最活跃的微友。朋友圈的微信，他都及时点赞；在群里，他就像只鸟儿，叽叽喳喳，发些奇闻逸事心灵鸡汤，间或是几行刚出炉的小诗，天天乐此不疲。

李四说，发个红包钓钓？于是就发了几轮红包雨，仍不见他的踪影。若在平时，准是他第一个抢红包，还会发一大串冒泡表情。

座机呢，不知道。不过，眼下谁还用着这土得掉渣的东西？

这家伙住哪？我俩几乎是同时说出，又面面相觑。从前这些琐事都没纳入过话题，谁会想说无聊的事呢？

一周过去了，仍然没动静。张三，就这样从我们的视野里莫名消失了。

这人真不够哥们儿！李四悻悻地说。

在街口大排档，我们点了一碟猪耳朵几瓶啤酒喝起来。从前，这是我们仨小聚的地方。我们是在论坛上认识的，喜欢评点万象，属于臭味相投。张三呢，还是一位小诗人。

记得第一次相约喝酒，是秋高气爽的 9 月，街上正黄叶飘飞。我们聊臭河涌的清澈童年，聊假冒伪劣食品，聊地球文明的前景……聊着聊着，就从下午直喝到繁星点点，啤酒瓶满地都是。

从明天起，做一个幸福的人 / 喂马，劈柴……张三突然就站起来，朝夜空猛一昂头，瘦长的两臂一张，长发一甩，打结的舌头溜出了两句诗来。排档上，竟噼里啪啦响起了些掌声。

之后，我们时不时上那排档喝点儿小酒。当然，更多的是在微信群里神侃，常常三更半夜卧在床上，仍用手指戳着屏幕。我的手机因此被老婆摔碎了一回。张三呢，更是好几次脸色发青耳轮发肿，不用说肯定也遭遇了“家暴”。

好了，一个月过去，半年也过去了。

张三的的确确从我们视野里跑了。我和李四在大排档喝酒时，虽然又替补了几个酒友，可话题还总是扯起张三。

这天，李四一个同学从西安过来了，是个画家。席间，讲起当下时尚。

知道吧，终南山？很多人，包括有钱的没钱的，不恋红尘，就跑到终南山隐居了，随性改造个老屋，甚至结茅庐钻山洞。

他红着眼睛又啜了口酒，我也看中一个地方，绝对没人知道。一个悬崖边的小窝儿，有棵老松树。那间破木屋我都整好了……

对面，是飞流直下三千尺呢……啧啧！最迟下个月，我得搬过去……到时不要打我手机，闭关，肯定停机！呵呵！

我俩傻傻地看着红光满面的画家，羡慕不已。

从明天起，做一个幸福的人／喂马，劈柴……画家突然站起来，猛一昂头，两臂向上一张，打结的舌头，便溜出了海子的诗。

张……张三？

醉醺醺的我一惊，差点儿没跌倒在地。李四哈哈大笑，这不是张三！是我的同学！

我突然想起，张三曾送我一本诗集。扉页有句话：梦想是梦想者的天堂！还配了一张照片，背景不就是山嘛！

我和李四决定随他的同学一起去，一则旅游散心，二则顺访张三。这鬼东西，肯定跑那儿去了。我想象一个高瘦的长衫男子，背着一捆柴，攀缘在峭壁上。李四告诉我，好几次做梦，和张三坐在峰顶喝酒下棋呢。说完，就眯起小眼，似乎满腹惆怅。

山脚下停了不少越野车。大家从画家的车上拎下包裹，换上登山鞋，青布衫，一个斜背的帆布包——全是网上订购的。

一路东游西荡，果然遇到不少隐士。

哦，瘦高个的？束了发？国字脸？哦，哦……在一个三岔道口，穿布鞋打绑腿的长发男子沉思片刻，很肯定地说，有印象！但方圆几百里……

自然，我们怏怏而返。但诸多消息表明，张三无疑就在此山中，只是云深不知处。

李四意外退了群，又给我发了条消息：兄弟，出来喝最后一场酒吧！我大吃了一惊。

大排档上，李四身穿麻布长衫，短发束了起来，像鸡毛掸子插在脑门上，看起来挺滑稽的。

我决定了，上终南山去会会那位潇洒哥！李四仰头灌了一大口酒。最近，他和老婆闹掰了。他说想解脱，好好活一回，就像张三一样。

我喝得酩酊大醉了，李四坚持送我回来。就在小区门口，有个人从我们身边走过，还拎着一袋子青菜。嗨！我们都愣了。这不是张三吗？张三也盯着我们嘿嘿直笑。

不，哥们儿，几时回来的？张三一听就瞪大眼，啥几时回来的，我一直窝在家！我老婆说，一年不用手机看你能不能活！要是不能活，咱就分……

你住哪？李四脸色有点儿白。

我就住这小区十三栋嘛！

啊，和我一个小区？我简直要晕了。

看，我是不是胖了点儿？家里窝了一年，写了本书，叫《手机》还是《微信圈》？明儿，手机正式复通，大排档聚聚，帮我再想想书名？

哎……你俩咋了？

我和李四已跌坐在地上，哇哇地吐了起来。

# 美女博物馆

安晓斯

凯特传媒斥巨资打造的“美女博览馆”新近开馆，引来大批各界人士参观。此馆外观设计别致，内部装修豪华，于建筑设计界堪称前无古人，于文化艺术界敢言超凡脱俗。一时间，成为社会关注的焦点，各类媒体纷纷施展浑身解数，进行全方位轰炸式报道，“美女”“裸体”等一时成为网络热词。

在博览馆入口，高清液晶显示屏对各分馆有十分详细的介绍。美女博览馆共分为六个展厅，分别为美学教育厅、古装美女厅、民族美女厅、时尚美女厅、现代裸女厅与病毒释放厅。同时温馨提示：前四厅为仿真蜡像，第五厅为真人展示。所有参观者购票后，必须在第一展厅接受三十分钟美学教育，以净化心灵。整个参观过程中，参观者思想上不能有任何邪念，否则将感染“美女病毒”，必须到病毒释放厅接受三个小时的美学教育，做完老师安排的五百道美学教育试题才能出去，否则参观者没法刷门票离开展馆。

也许是出于好奇，也许是想开开眼界，五百元的门票虽有点高，前来参观者仍然络绎不绝。每天有大量游客涌入，自然有不少经过教育仍然心有所思、身有所动者会不幸感染“美女病毒”。由于展厅出口有特别设计，一次只能出去一人，还得经过病毒扫描仪的筛查，凡感染病毒者只能进入通往病毒释放厅的出口，强制进行美学教育。

M 画院的王教授对此不以为然，他对学生们说：“明天我带队参观，大家不用过度恐慌，我们常画裸体人像，免疫力好。不过大家还是要小心，毕竟这些现代化的程序让人难以捉摸，不像我们面对裸体模特写生，肉眼看不见内心，电脑程序可是什么都不会放过的。”

第二天，王教授带着画院的学生进入了展馆。视线之内，五彩斑斓，胴体之美，撩人心弦。虽然王教授美学基础很好，仍然感慨美之无所不在，令人眼花缭乱。不经意间，王教授和其中三个学生感染了“美女病毒”，接受了三个小时的美学教育，做完了五百道试题才得以脱身。学生问王教授：“老师，您见多识广，在画室见过裸体美女无数，怎么还会感染病毒？”王教授说：“这世界并不缺少美，真的是缺少发现。不怕你们笑话，我真的感染了病毒。”

随着时间推移，美女博览馆在社会上的知名度越来越高，以至于渗透到社会的方方面面。不少女性在茶余饭后都问自己的老公：“你敢带我到美女博览馆去吗？”“有本事就带我去一趟美女博览馆？”老公们总是慷慨陈词：“那有什么，不就是看个裸女吗？”但事后大都以工作忙为由推脱。美女们在一起聊天，也都会说：“他们都是些口是心非的家伙，让他们和咱一起去美女博览馆，让电脑测测他们，我们要想家庭安全，对老公下手就得狠一些。”

W 公司的沈董事长闻听此事，很觉新奇。他对女秘书小赵说：“咱俩抽空也去看看。”小赵一听，心中暗喜。她正想借机考察一下这个常把离婚挂在嘴上，却不付诸行动，每天都给她写爱情诗的家伙。“不老实，让你做五百道题再回来。”小赵还高兴地给闺密发短信：“最近我要治治他。”

沈董事长亲自开车，拉着小赵秘书来到美女博览馆。多年没有听过老师讲课的沈董事长兴趣十分浓厚。听完课还顺便购买了几本美学书籍，准备日后丰富自己的艺术修养。进入展厅，沈董事长不由感慨：“美散落到民间，难免沾满尘土；美聚集到舞台，自然个个珠玑。”心花怒放的沈董事长渐入佳境，竟然忘了身边的女秘书小赵。在这种公开场合，小赵自然很懂事，她也只能用娇嗔的表情表示不满：“看你能出来。”结果可想而知，沈董事长做完五百道题回到公司，就看到了小赵的辞职报告。

美女博览馆真的就如此神奇吗？D 策划公司的资深专家老郭不太相信。每天回到家，老婆就开始嘟囔：“常说自己是正人君子，有本事到美女博览馆测试测试，敢不敢去？”说归说，老郭还是心有余悸。回到公司，他立即着手安排几个电脑高手，研究“美女病毒”的杀毒软件。两周后，老郭的前胸后背让助手们装上了类似医院做心电图用的仪器，手里拿着一台很小很薄的平板电脑，操控着全身的设备。老郭带着老婆进入美女博览馆，一副不屑一顾的神情。他对老婆说：“美是无处不在的，关键看怎么去理解它。一般人看美女胴体，是用眼珠儿看的。我看美女胴体，是用眼睛的余光看的。这就是区别，我看到的是美是艺术。所以，我不会感染病毒。”

正说话间，一位美女走到老郭的身边，对他很礼貌地鞠了一躬：“对不起，先生，您身上携带非法的杀毒软件，已被我们监测到。而且，您已感染十分严重的‘美女病毒’，请随我到总部重症杀毒室，必须进行二十四小时杀毒才能解除。”老郭一怔，赶忙操控手中的电脑，电脑早已处于死机状态。老郭说：“你是？”美女莞尔一笑：“我是智能机器人，我的名字叫馨儿。请随我来吧。”

老婆愣了，解开老郭的衣服一看，只见老郭满身红红绿绿的连线和吸块，活脱脱像个机器人。一甩手，气呼呼地走了。

“请先随馨儿来吧，杀不了病毒您出不去的。”

老郭满脸通红，像个机器人一样跟着机器人馨儿去了重症杀毒室。

# 事　故

张　令

现在是晚上十一点多，在更早的时候，老王和他儿子抓住了一个贼。

那贼是冲着老王家的肥羊去的，而老王的绳子是冲着那贼的脖子去的。抓贼的过程十分简单，甚至经不起叙述，历时不足两分钟：半夜时分，老王听到羊叫声，便叫醒儿子一块儿去看，结果看到一个贼正把羊使劲儿往羊圈外拉。老王很气愤，拿了一条绳子冲出去。那贼作势要跑，被老王从后面追上去，把绳索套在脖子上。老王的儿子也很配合，他从正面扑上去，将一块臭得可以灭蚊子的抹布塞进那贼的嘴里，然后两人一起将贼捆结实了，吊在院子里的大槐树上。

忙完了，儿子喘着粗气问，现在咋办，报警吧？

老王沉吟着说，这是大事儿，先去问问你二叔吧。

二叔是村里的会计，听到急切的敲门声，骂骂咧咧地起来开门，见是自家大哥，便闭了嘴。老王的儿子简单说了一下事情的前后经过，二叔才打着哈欠睁开眼，说，报警报警，关他娘的十几年，看他还敢偷不！话刚从嘴边溜出来，会计觉得有些不妥，但由于感情太强烈了，没刹住车。话毕，忙补充说，要不，先去问问村主任？

三人一起去了村主任家。敲了好一会儿门，村主任才披着衣服出来，将几个人迎进门，坐好。会计递了支烟，村主任也不推辞，接住了。老王忙掏出打火机，打着火递过去。烟燃上了，村主任狠吸了几口，随手弹了弹烟灰，眼皮儿也没舍得抬一下。这段时间里，老王与会计的嘴巴并没有闲着，絮絮叨叨的，总算是将事情跟村主任说清了。

村主任手里的烟抽得差不多了，才翻了下眼皮儿，说了一句“把门关上”。这话儿没写地址，也不知道是说给老王、老王的儿子还是会计听的。老王的儿子想，这里自己最小，关门的事应该他去做，转身要去，却被会计抢了先。关好门后，会计站回原地，听村主任继续说，这件事有些棘手，老王啊，你也快五十的人了，你看清了，那人真是个偷羊贼？

老王说，肯定是贼，我看见他时，他正把羊往外拖呢！

村主任说，你家的羊，不是一只没少吗？你一叫，他不是撒腿就逃吗？你还追上去把人家给逮住，还拿绳子套人家的脖子，还拿抹布塞人家的嘴巴，还把人家吊到槐树上。你还来找村领导告状哩……你这不是多事吗？你大声叫喊“抓贼”，吓吓他，让他逃了，不就什么事也没了？

会计在一边儿琢磨着村主任的话，心里暗叫了一声“坏事了”，皮球似的从椅子上弹了起来，说，我的亲哥咧，主任说得有道理，咱回家把那贼放了吧。

老王的儿子在一边嘟囔，不是说要报警吗？

村主任从鼻孔里哼出一声，说，报警？他又没偷着羊，就算定了罪，也判不了刑，关不了几天，一放人……你也不想想，狗急了还会跳墙呢。真要是将贼惹毛了，别说你家，你二叔家，恐怕咱村都难得安宁了……

会计听出了村主任的意思，主任真正的担心是最后那没有说出来的半句话：“我这村主任，怕也干不长了吧？”所以会计接腔说，还不知道那贼是单干还是团伙，搞不好，他的兄弟还在外面埋伏着……我听说有个村抓了一个盗瓜贼，瞎拳乱脚将人打个半死，后来，那村的井被人投了药，全村大半人家都中毒了，还闹出了人命哩……

老王一听，脊梁骨上顿时冒出冷汗来，闷了半天，问了一句，那咋办呢？

村主任说，咋办？你现在人也抓了，你说咋办？

会计在一旁出主意：快啥也别说了，咱赶紧回家把人放了吧。

老王领着儿子准备走。村主任又叫住他，说，你将人家绑了吊树上半天，手脚都已经麻了吧，你以为，你想放人就放人了？

老王一愣，又像木桩一样栽在地上，不敢动弹了。

会计在一边附和着说，是哩是哩，都绑半天了，受了不少苦，你将人放了，说个好话，道个歉吧。

老王无语，想这两个村官儿都这么说，肯定是自己办错事了，心里那个悔啊，悔得肠子都青了：你说就这俩破羊，值几个钱哩，现在闯大祸了吧！

村主任又冷哼了一声，说，你放了人，你的羊还在圈里吧，你就不怕人家改天再来偷，如果偷不着，在你家门外放把火……

会计想想也对，对老王说，不光要放人，要道歉，最好把你家那俩羊也让他牵走，省得人家回头再找你麻烦。

# 第六辑

## 最好的时光

# 哑巴开花

谢志强

上海青年朱玉媚来到连队的第一天，就觉得被一束目光盯着。于是，在欢迎仪式上，她看见了他。他立刻做了一个动作，将两个粗糙的指头戳在脸颊的两边，又用并起手指的两手放在下巴颏的两边，托着脸，憨憨地笑了。

仿佛花开。

朱玉媚的脸顿时发热，还从来没有被陌生的男人久久地死死地盯视过。安顿下来后，她对同乡说：那人发痴了吧？

同乡说：爱美之心人皆有之，谁叫你长得这么好看？

当晚的联欢晚会上，朱玉媚即兴朗诵了一首诗《西去列车的窗口》。台下，哑巴又做了个两手托下巴的动作，还张开嘴。不几天，连队里就传言，朱玉媚是连队的一枝花，从上海来，在沙漠里绽放了。

朱玉媚每天都能感觉那个目光在注视着她，仿佛被透明的蜘蛛丝网着。

排长胖大姐是刘连长的妻子。朱玉媚在她那里打听到，那个盯视她的男人，是刘连长认的干儿子，祖籍甘肃，是1947年进军新疆的途中收留的孤儿，是个哑巴，也算得上是小小的老兵了。

胖大姐说：看你又不会把你看少了，哑巴心眼好，还是第一次看见你们这些上海姑娘。

上海青年4月分到连队，5月进入春耕春播。平地，用坎土曼、柳条筐，挖个地像在冒烟，沙尘飞扬。朱玉媚第一次使用这样的劳动工具，挥坎土曼，手掌磨起了水泡；挑土，肩膀压肿了。傍晚收工，她浑身的骨头像散了架似的。可是，还是落在别人的后边——完不成劳动定额。

朱玉媚不愿拖三人小组的后腿，她要笨鸟先飞。天刚蒙蒙亮，她就跟小组里的其他两个人，悄悄地下地。

一天下来，连队的黑板公布出的成绩，朱玉媚小组勉强完成定额，但远远地落在后边。看着黑板，她的眼泪忍不住流下来。她的心气一向很高，鼓励自己要继续坚持。第二天，仍然早起，清晨，风携带着沙漠的气息，含着寒气。天一亮，她已浑身发热。

那一天，黑板上，朱玉媚小组的排名已升到前几名。胖大姐祝贺她，提醒她注意身体，地里的活儿，一年四季，考验的是耐力。

朱玉媚清楚，碰上了一片好平的地，不过，她觉得有点儿不对劲，那块地有被人平整过的痕迹。

终于，接着的一天，她远远看见地里有个人影，走近，雾一样的沙尘在慢慢地沉淀，好像一个比夜色还要浓的影子，融化在黎明前的夜色里。地里有坎土曼平过的痕迹。

在地头吃午饭的时候，朱玉媚又感到有一束目光——因为自己全身心投入平地，她已经好多天忽略了那束目光。她的目光找到了哑巴的目光，心里一阵反感。

哑巴做了两个动作，跟她来到连队的那天一模一样。

胖大姐解说哑巴的动作：两个指头抵着两边的脸，意思是酒窝；两只手托着下巴，意思是你很漂亮，像花开一样。

朱玉媚的脸，在太阳下本来就发热，这一下，发烫了。她说：把别人看得不好意思了，哪能这样看人？

胖大姐说：女人不就是让男人看的嘛，老刘连看都懒得看我了。

朱玉媚说：刘连长要管一个连，操心的事多。

胖大姐说：算了吧，老刘追我的时候，也像哑巴那样，似乎要用目光点燃我；现在，就像沙漠里的篝火，熄灭了。

朱玉媚说：联欢晚会上，哑巴做那个动作，嘴里还咿咿呀呀地发出声音。

胖大姐笑了，说：那是表示花开的声音。

再后来，朱玉媚小组好几次排到了全连第一名。她知道地里的身影——哑巴在帮她呢。

播种完，团部调朱玉媚去当播音员。临别，哑巴塞给她一个军用水壶（战争年代的纪念品），水壶的两边，用红漆涂了两个圆圆的红点。

哑巴当场做了一个她熟悉的动作：两个指头戳在脸颊的两边。

朱玉媚捧着水壶，害羞地笑了。

哑巴指着她的脸，重复了那个动作。

秋收结束，胖大姐来团部有事，顺便来看望朱玉媚，一眼看见军用水壶，说：那上边有哑巴点的两个酒窝。胖大姐给了她两个红苹果，一把喜糖，说：老刘给哑巴在老家找了个媳妇。你那么能干，老刘可舍不得放你走。

朱玉媚听后很开心。

哑巴开上了拖拉机，当了机务班班长。胖大姐又说，你知不知道，他是你广播节目最忠实的听众。

连部的门口，连队的田野，到处都安了喇叭。朱玉媚想到，自己的声音还住在连队里。她说：你代我谢谢他。

胖大姐做了两个指头戳在脸颊的动作，接着，又做了两手托着下巴的动作，说：哑巴虽然嘴巴说不出，可耳朵灵着呢，他仰望着喇叭，就会做出这两个动作。你的声音，像雪山融化的水，浇灌着绿洲。

朱玉媚想起春耕春播平地期间，那个她一出现就消失的身影。她想象康拜因（联合收割机）在田野里收割，夜晚，声音特别响；哑巴要发出声音，一定那么响亮。她说，大姐，我有时候对着镜子，也模仿哑巴那两个动作。

# 婚房发芽

谢志强

上海支边青年刘大为和赵根娣结婚最早。刘大为向何指导员提出要结婚的事儿。何指导员说：你们动作倒挺快。

当时，连队的职工还住在地窝子里，只有连部有一排土坯房。上海青年一个地窝子住一个班。地窝子只有一个朝天开着的小窗户。刘大为要求单独的一间房子。

何指导员说：要房子可以，连队提供土坯，你得进胡杨林伐木，盖起房子，我就批准你们结婚。

正值春耕春播前夕，老班长带着几个上海青年进塔克拉玛干沙漠腹地伐木，那里有原始胡杨林。出发前，刘大为约了赵根娣到防沙林，防沙林前边就是沙漠。树枝已有颗粒般的芽苞，叽叽喳喳的麻雀相互追逐，有的衔来干草，有的衔来羊毛在筑巢。他俩拥在一起，想象着未来的爱巢。

半夜，趁着凉快，四匹马拉的胶轮车进了沙漠。刘大为向往着沙漠腹地的胡杨林。连绵的沙丘，在阳光下金光闪闪，很耀眼，没有生命的迹象。太阳西斜，他们在胡杨林边缘扎营。一条干涸的河床有个弯，河拐弯的地方有一潭水。车子惊动了野鸭。野鸭惊动了一溜水面，飞走了。

刘大为就觉得对不起野鸭：打搅你们了，我们来取些盖房子用的木材呢。

稀稀拉拉的胡杨林，向着森林深处逐渐密集逐渐粗壮。没有生命的沙漠腹地竟然活着一片有生命的胡杨，面积到底有多大？老班长只是用手比画着一个虚空的辽阔，他也没深入过，进去了会迷路的，只能在它的边缘就地取材。

遍地都是沙子。老班长点燃了篝火烧饭取暖。天气似乎一下子从夏天跳入冬天，刘大为觉得那么有诗意，似乎他们的到来，打破了胡杨林原始的沉寂。老班长用沙子盖住了篝火的灰烬，将毡子铺在上边，被窝里热乎乎的。刘大为望着星星入梦。他醒来，第一眼看见回来的上海青年，就笑着说：白胡子老头儿。对方说：你也老了。他抹抹脸，眉毛、胡子、头发也都结了霜。

唯独老班长好像年轻了，说：你们睡觉没捂住头吧？

刘大为说：脑袋捂进被子睡，闻屁嘛。

老班长教了刘大为使用斧子的技巧。刘大为选择了一棵中不溜的胡杨树。赤条条的胡杨树像冬眠一样，没有一点儿绿意。

刘大为看中了一根枝杈——椽子的料儿。他狠狠地砍了下去，剩下粗糙的树皮连着枝丫，树枝似乎不舍得离开树。他停住手中的斧子，脱口叫：哎哟。

老班长在五六步远的另一棵树旁，问：咋啦，砍到自己了？

刘大为说：老班长，你看，快看。

一根连着皮的树枝低垂着，可是，他相对的另一根枝在颤抖，抖个不停，像在严冬里冻得直哆嗦。

老班长关切地问：没砍伤自己吧？

刘大为指着颤抖的树枝，说：老班长，你看，它是不是也疼了？

老班长说：树知道什么，你可能下手太狠，惊动了整棵树。

之后的两天，刘大为脑子里时不时浮现出树枝的颤抖，而且，带动着整棵树抖动，像要抖擞掉什么。树要是会跑，一定会避开他的斧子吧。老班长帮他磨过的斧子，那刃，很锋利。

风吹过胡杨林，掀起沙尘，树枝相互摩擦，发出干巴巴的声音。刘大为听那声音的涟漪，好像所有的树相互传报：斧子来了。

春耕春播结束，播下种子的田野已拱出嫩苗，一行一行，隐隐的绿。这时传来布谷鸟滞后的提醒：布谷，布谷。回荡的叫声，显出了田野的空旷宁静。

防沙林也平静下来，麻雀已一心一意在孵蛋。沙枣花香弥漫开来。新房里，荡满了浓浓的花香。

新婚之夜，刘大为拥着新娘。她说轻点儿。他分辨不出是体香还是花香。他把马灯拧亮。他说：你就是一朵绽放的花。床头一只瓶子里，插了一束沙枣花。他说：我们这个婚房，像一个大箱子，灌满了香气。

他说：这么美妙的夜晚，让我想到了我们孩子未来的模样。

赵根娣枕在他的胸前，听着他的心跳。她说：你的心，像在擂鼓。

刘大为如扎了沙枣树的刺，突然叫：哎哟！

她的头从被窝里钻出来，疑惑地看着他的脸。

他说：你看，你看。

她循着他的目光，仰视。一排整齐的椽子像琴键，花香里掺和着泥土与木料的新鲜气息。房子似乎也在喘气。

他说：你看到了吗？

她也惊叫起来：哎哟，我们的房子发芽了。

有一根椽子抽出几片嫩嫩的芽，仿佛咧开了小嘴唇笑了，那嫩芽显示着叶片的趋势。刘大为说起原始胡杨林里发生的奇迹：同一棵树的一根枝被砍断，另一根枝在颤抖。他说：奇怪，好久也不停。

那一年起，连队的春耕春播增加了一项内容，进沙漠腹地的原始胡杨林砍椽子。刘大为私下里开始写诗。写完，就压在褥子下边。

# 家　书

谢志强

1964年之前，上海青年赵思风对房子的概念是：房子在地面上。不过，他响应“到边疆去，到祖国最需要的地方去”的号召，在上海人民广场听过动员报告，看过《军垦战歌》的纪录片，还有父亲积极鼓励他报名。1964年6月，赵思风顺利地踏上西去的列车。他没有“过了嘉峪关，两眼泪不断”，而是怀着满腔热情，一路高歌，以致到农场的连队，嗓子唱得都有点儿沙哑了。

汽车送抵农场场部，马车接他们到连队。有人说：到了。

赵思风很疑惑，问：房子呢？

连长操着浓重的四川口音喊：大家注意，你们就站在房顶上。

赵思风吓了一跳，这房子跟沙丘差不多，这么多人站在上边，不会坍塌了吧？

连长喊：青年同志们，跟我来！

赵思风和同来的上海青年跟着连长引领，走下平地隆起的房顶——土包下开着洞门，稍稍弯腰低头，屋里中间有一条三尺来宽的过道，过道两边是大通铺。

赵思风第一次见识地底下的房子，叫地窝子。他在上海，家里是棉褥子、棉枕头。一路不断换车，又说又唱，太累了。他迫不及待地躺下，身下发出嘈杂的响声。他惊跳起来，一摸，褥子垫的、枕头塞的，净是麦秸秆。草褥子，草枕头。第二天醒来，鼻孔、嘴巴都钻进了沙子。

第二天开始劳动——夏收割麦。赵思风第一次割麦子，镰刀不听他的使唤，小腿被划了个口子，手心磨出了水泡。他浑身奇痒，说不清是蚊子叮的还是麦芒刺的。

当夜，他打着手电筒，写了一封家书，表达了思念之情。这是他第一次离开父母，还这么遥远。一个月后，接到回信。家中的信，都由母亲执笔。

父亲是居委会主任，大小是个干部，喜欢打官腔。赵思风想象得出父亲口授的样子。母亲在信里传达了父亲的观点：建设边疆，好好锻炼。

于是，赵思风赌气了，没回信，而且，他打定主意，不再给家里写信。他反感父亲讲“大道理”，那么远，够不着。

上海与新疆，一封信，在路上起码要走十天半月。母亲来了三封信，他只拆阅，懒得回复。随后，母亲的来信频繁了，他一个礼拜收到一封信。母亲在信里，传达了父亲的“指示”，可能父亲试图做到政治思想工作要有针对性，期望赵思风汇报工作和思想情况。母亲在乎的是他的生活：吃、住，还有气候，甚至问：沙漠地带有没有水？

赵思风肩膀嫩、力气小，大田作业劳动强度大，伙食条件差，一天三顿苞谷面馍馍，菜品单调，油也很少。他发现，连长时常关心他的生活，而不讲什么“大道理”。他倒是觉得连长比父亲要亲切。他不忍心把劳动和伙食的情况告诉父母，他能想象出父亲一定会讲“锻炼”的道理，而母亲会担忧他的身体。母亲的担心会传染给父亲。他想象自己像一滴水落在无垠的沙漠里。

半年后的一天，赵思风收到母亲寄来的信，与上一封信，一个前脚，一个后脚，就相差两天。信封出奇地饱满，写了整整八页。

母亲从其他家长那里打听了上海青年在新疆的情况。母亲当初就反对他报名。这封信里，母亲替父亲解释：你爸在单位里大小也是个干部，动员青年支边，是单位一项重要任务；动员符合条件的子女去新疆，你爸不带头，工作难开展。

信中，母亲写了盼望他来信，每天都等待邮递员的车铃响。赵思风发现，航空信封背面有四个字：思风降雨。

母亲收不到他的信，心里像久旱的沙漠了。母亲生他的时候，是夏季，天气又闷又热，于是，母亲给他起了名字：思风。清凉的风驱散了暑热。

赵思风看到第六页，呆愣了。后三页是一套试题，全是选择题。母亲是小学语文教师，她在信中表示：知道你很繁忙很辛苦，没有工夫写信，那么，不用花很多时间，只要把这三页“答卷”答完，寄回即可。

多年后，赵思风也有了儿子，他已记不全母亲出的三页题目。大概就是这一类：工作忙吗？（忙）或（不忙）。身体好吗？（好）或（不好）。吃得饱吗？（饱）或（饿）。睡得好吗？（能睡）或（失眠）。

赵思风第二天就托去团部开会的文教把“答卷”寄出，还特别附了一张劳动照片。

一个月后，母亲回信，说你爸见了“答卷”后欣慰地笑了，而且，像处理“文件”一样，反复阅读，领会精神。

这封信里，母亲没有传达父亲的“指示”，唯一的一次不再讲“大道理”，显然是背着父亲写的。同时，赵思风还收到一个包裹：两袋麦乳糖。是父亲的意思——长身体，补营养。母亲如是说。赵思风认为，这么说，不过是母亲对一家之长的尊重。

后来，赵思风在连部结了婚，搬进土坯屋后的第三年，母亲固执地趁放暑假来探望儿子。连长派拖拉机去团部把她接来。母亲望着连队不远的沙漠，抱住儿子，说：这样的地方，你怎么活下来的啊？

赵思风说：妈，我这不是活得好好的吗？又拉过一个小孩儿，说，果果，叫奶奶。

孙子果果害羞地投入奶奶的怀抱。赵思风说：妈，你抱孙子，就像抱一个大西瓜。

# 外婆家杨梅树

莫　美

小时候，我在乡下外婆家住过几年。

外婆家的屋后有一棵杨梅树，主干有两层楼那么高，树冠有一间房那么大。春末夏初，杨梅树上便挂满杨梅，开始是青青的，慢慢地变红，熟透了，看着让人流口水，放进嘴里，蜜一样甜。

外婆心里有两个宝贝：一个是我，一个便是这棵杨梅树。

这棵杨梅树每年能结三四百斤杨梅。杨梅摘下来后，除了自家人吃，除了左邻右舍尝尝鲜，还要浸酒，还要卖钱。外婆家每年要浸三大坛杨梅酒，外公、舅舅都不爱喝，倒是外婆每天晚上要喝一小杯。村里人说，外婆五十多岁了，看上去一点也不显老，是杨梅酒养的呢。余下的杨梅，要挑到街上去卖，三毛钱一斤，可卖六七十元钱。六七十元钱是个什么概念？在生产队里，舅舅一年能挣三千多工分，年终决算，每十个工分只能分两毛多钱。也就是说，一棵杨梅树，顶舅舅那样的壮劳力辛辛苦苦劳动一年的收入。难怪外婆要把杨梅树当宝贝看了。

杨梅由青转红的时候，外婆就天天待在家里守着。屋后有一条高坳，细伢子站在高坳上，用木棍或石头可以打到杨梅，一棍或一石头，就可以打下十几几十颗。如果无人看守，不等成熟，杨梅都打没了。即使有人守着，也难看得住。只要外婆一背脸，杨梅就可能被偷打。

带头偷杨梅的是表哥顺生，我也跟在后面。总共五六个细伢子，也不多打，每人能分上四五颗。那杨梅入口，又酸又涩，一点也不好吃，但我们吃得津津有味。外婆闻声而出，我们早一溜烟跑到了她看不见的地方，蹲下来，屏住气，听外婆骂。

外婆骂人的声音很洪亮，抑扬顿挫，有板有眼，像唱歌一样。

你些没良心的鬼崽子哎——

你些砍脑壳的鬼崽子哎——

杨梅还是青的哩，你们就这样下得去手啊！

你们吃了烂嘴巴啊，坏肚子啊……

骂来骂去，也就这么几句。骂得越厉害，我们越开心。骂声停下来，反倒没味了，哄一声散了。好像我们偷杨梅，就是为了赚取外婆的骂声。

其实，外婆知道是表哥带的头。回到家里，她冷不防就会抓住表哥的耳朵，边扯边骂。有时，表哥忍不住了，就会把我供出来，说："英子也参加了，凭什么只打我骂我？"外婆就会说："英子是个妹子，又比你小，还不是你带坏的？"又问："你还带头去偷不？"等表哥立了保证，外婆也就松了手。

但保证归保证，偷还是要偷的。外婆骂也是要骂的。

外婆骂得越来越难听。我就对表哥说："我们不去偷了，不赚骂了，想吃，就和外婆说，摘几颗下来。"

表哥想都不想，就说："那有什么味？又不好吃。"有时还装出一副大人样子来："细伢子要赚骂，骂去身上的凶煞，才长得大呢。"

一回两回，杨梅便在我们的偷打和外婆的咒骂声中成熟了。外公翻开历书，选一个黄道吉日，吆喝着舅舅和顺生采摘杨梅。到那一天，左邻右舍包括那些偷打过杨梅的细伢子，都会过来尝尝鲜。外婆显得分外高兴，总是笑呵呵地说："吃啊，多吃啊，好吃呢。"看见顺生和那些细伢子，外婆还会说："要是顺生那些鬼崽子不偷打，还要多很多哩。"外公就说："杨梅树啊，要细伢子偷，老人骂，才旺呢。"

我们这些细伢子就边吃杨梅边嘻嘻地笑。

村子里有好几棵杨梅树，但数外婆家的杨梅树最高最大，结的杨梅最多最甜。为什么呢？因为外婆家对杨梅树最好。

外婆说，礼尚往来，人也好，猪也好，树也好，都是一样。杨梅树结杨梅给我们吃，我们也要以礼相还，不然就不结果了，结了果也不会甜。

怎么还礼呢？除了春上给杨梅树施肥，每年还要给杨梅树过年。

大年三十晚上，我们坐在火炉边，听外公东拉西扯讲故事，外婆看时间不早了，就说："该给杨梅树过年了。"外公提着酒菜，舅舅拿一把柴刀，两人蹑手蹑脚地走到杨梅树下。

舅舅在杨梅树上猛剁一刀，问道："你是什么树？"

外公就答："我是杨梅树！"

舅舅把酒倒到刀口处，问："酒好吃不？"

外公就说："好吃。"

舅舅又把菜倒到刀口处，问："菜好吃不？"

外公就说："好吃。"

吃喝之后，话题转换，还是一问一答。

"你结不结杨梅？"

"结呢！"

"结多少？"

"三担零一箩。"

"起不起虫？"

"不起虫。"

"酸不酸？"

"不酸。"

"红不红？"

"红。"

"甜不甜？"

“甜。”

“落不落果？”

“不落果！”

问答完毕，放一挂鞭炮，杨梅树就过完年了，新年也就到了……

又是杨梅挂果时。一天下午，我们还未去偷打杨梅呢，外婆家里来了十几个人。他们径直走到杨梅树下，说这棵树是资本主义尾巴，必须砍了。外公、舅舅站在树下，愁眉苦脸，什么也不敢说。外婆死死地抱住杨梅树，一把眼泪，一把鼻涕，边哭边骂：“这棵杨梅树，就是我的崽啊，比我崽还要强啊。崽还靠不住啊，树靠得住啊。这棵杨梅树，老老实实在这里，没踩你们的肚子啊，碍了你们什么事啊？要这样下毒手啊。你们砍了这棵杨梅树，我就只能死了啊。要砍杨梅树，就先砍死我啊。饿死不如被你们砍死啊。砍死我你们也不得好死啊。”

哭也好，骂也好，都没用。外婆，被拖开了。

杨梅树，被砍倒了。

外婆哭骂了好几天，喉咙哑了，才停下来。

外婆，一下子，就老了。

# 抓　药

莫小谈

那天，我去济世堂为爷爷抓药，发现除了纪先生与药铺伙计，还有几个人立着，气氛有些凝重。搭眼一看，供堂上药师爷的牌位也扣放在那里。

之前，我和父亲也曾来过几趟。纪先生总是乐呵呵地，抚摩着我的脑袋：小鬼，又长高了。父亲一笑：过些时，就能单独来了。随后父亲又说：再抓几服药，我爹还是咳得厉害。

接下来，纪先生口述药方子，药铺伙计照方抓药：丹参 6 钱，当归 3 钱，白术 4 钱，砂仁、七叶一枝花各 2 钱，胆南星 1 钱……记着，加水煎 15 分钟，滤出药液，再加水煎 20 分钟，去渣，日服 2 次。

父亲收起药方和药包，又补问一句：去哪里买药引子？

中医注重药引子，纪先生也不例外，他要么说去西街百货店里找赵四爷买白酒半斤；要么说到大王村洪恩家讨几只蝎子蜈蚣；要么说晚饭时再遣人送来一味配伍的药，等等不一。

回家后，父亲总是把药包放在案台上，随后取出药方揣到怀里，捂了捂，又按了按，对爷爷说：我去取个药引子。

爷爷一阵猛烈地咳，而后咯痰，声音大得四邻八舍都听得到。好久喘匀实了气儿，说：去吧，快去，路上小心些。

我隐约觉得，爷爷与父亲都非常在意纪先生开的药方子。

一切妥当后，父亲开始煎药，空气中的中药味儿像雾一样弥散开。

有一次，父亲把我叫到身边：臭小子，几岁了？

九岁。

都成小伙了。

嗯。

以后能自己为爷爷抓药不？

能。

父亲笑笑：兔崽子，出息了。

一天半夜醒来，我听见父亲和爷爷谈话，大多数话都听不懂。最后，父亲冲着爷爷磕了三个头，爷爷扶起他低声说：走吧，快走，路上小心些。

父亲没有和我告别，但我清晰记得头天与他的对话：你单独抓药时，要注意什么？

看到药师爷牌扣着放时，不多说话，听纪先生的，他问啥我答啥。

父亲点了点头。

今天，药师爷的牌位是扣着的。

我瞟了一眼立着的几个人，又看了看纪先生。

喔，小鬼，是来给爷爷抓药的吧？

是。

这几天还咳得厉害？

厉害。

带血不？

带。

喊疼不？

喊。

纪先生面朝立着的几个人说：他爷爷肺痨，老病号了。

立着的几个人相互看看，打头的人示意纪先生开药方。

纪先生对药铺伙计说：乌骨藤、槲寄生各 6 钱，前胡、苦参、山慈姑各 3

钱，白及、花蕊石各4钱，松香、乳香各3钱……还按之前的方法煎服，1日1剂。

包好药，纪先生特意交代我：我这里冰片成色不好，你去东桥头栓祥药铺买1钱冰片入药，就妥当了。

嗯。我正要接过药方，却被一个胖子抢先夺了去。

纪先生冲胖子一笑：就是一药方，别吓哭了孩子。

我一听，当即哇哇大哭，伸手和那人抢：还我，还我，这是爷爷的救命方子。

打头的人向胖子发话：你拿着方子，陪孩子一起去。

到了栓祥药铺，我说：栓祥叔，纪先生药铺没了冰片，让来补个方子。

栓祥医生看看我，又看看我身后的胖子，说：把方子给我看看。

胖子不给，一脸严肃地说：只缺1钱冰片，你只管抓就是了。

那不行，冰片有毒，肝肾虚者不宜用，气血虚者忌用，慢惊属虚寒者不可用，小儿吐泻后成惊者切不可服。栓祥叔态度坚决，不让我看药方，我万不敢抓药。

我又哭了：爷爷咳血，还喊疼，没药吃会死的。我哭喊着去抢胖子手里的药方，还不给，就咬他，哭着求他救救爷爷。最后，胖子无奈，把药方给栓祥医生。栓祥医生细致，默念着方子，反复核对每一味药的每一个计量。

补完药方后，胖子又随我回家。爷爷也不问来人是谁，只是咳嗽，身子一颤一颤地咳。

又咳血没？我问爷爷。

一阵剧烈地咳嗽后，爷爷抹一把嘴角，有血。

疼吗？我又问。

疼。

我忙为爷爷煎药。至此，胖子神情才稍放松些，问爷爷：病多久了。

爷爷只顾咳，喊疼，不理他。

胖子站在一旁看我煎完药，才打算离开，走到门口时，又突然折身回来，蹲在爷爷身边，冷冷地问：为什么不喝药？

爷爷不理会，好大一会儿，等到药汤温热正好时，才一饮而尽。

胖子还不放心，又在我家左瞧右看了半天，实在没什么可疑，才悻悻地离开。

这一天，我觉得所有人的表现都很异常，但又觉得所有人的表现都很正常。

当晚，听街坊说，纪先生被捕了。听说，是地下党。街坊压低声音说。

爷爷摸索着起身熬药，顺手将那张药方子烧成灰烬。

从此，我再也没有看见过父亲。但令人欣喜地是，爷爷的病好了。

# 感谢大人

于心亮

那一回，我去姥姥家，眼里噙着泪水，想哭。

路很远，虽然身后拖个小影子，默不作声地跟着我，可是我很孤单。

口渴了，瞧见路边有个菜园子，菜园里种着水萝卜、西红柿，还有黄瓜。我想进去摘个吃，脚都迈进菜园里了，可看看四周，想一想，又退了回来。

此时，来了个大叔，问我："小孩，你怎么不摘了？"

我说："主人不在，我不能摘。"

大叔就笑了，说："不碍事的，孩子，跟我来吧。"

没想到，大叔就是菜园的主人，他摘了一根黄瓜和一个西红柿给我。

我谢了大叔，一边吃一边走，心里充满了快乐。

因此，当一只小花狗追着咬我的时候，我也没气恼，而是从衣兜里掏出个饼干扔给它。

小狗吃了饼干，朝我摇着尾巴，还跟上了我，撵也撵不走。

就这样，小狗跟着我来到姥姥家。

我见到姥姥，扑进她怀里。原打算哭的，可不知为什么，又哭不出来了。姥姥抚摩着我的头，她看到了小狗，问我："你养的小狗？"

我说："路上捡的。"

姥姥说："不是咱养的小狗，咱可不能要，回去的路上，要记着还给人家。"

我说："要是找不到主人，怎么办？"

姥姥说："好好打听打听，肯定有主人。"

我一边逗小狗玩，一边回答姥姥的问话，好脾气地说我妈挺好的，我爸挺好的，家里的老母猪也都挺好的，八只小母鸡也下蛋了，三只小燕子也孵出来了……

姥姥给我烙了葱花油饼，把我喂得饱饱的，把小花狗也喂得饱饱的。我吃饱了，就去街上玩儿，撞上了村里最顽皮的几个小孩，他们很欺生。

这一次我有小花狗壮胆，见到那几个孩子对我不太友善，它就"汪汪汪"地叫着，跳着高儿来保护我。那几个小孩没敢来欺负我，相反，他们还跟我交上了朋友。

我们在一块玩儿，他们说要去果园里偷桃子。我摇摇头说不去。

他们说看果园的老头儿是个聋子，腿也瘸，肯定追不上我们的……

我依旧摇头说不去。

他们问你怕挨揍吗？

我说不怕。

他们问那为什么不去？

我说不为什么，反正……我就是不去！

后来他们要回家了。看着他们离开的背影，我也想回家了。

姥姥从杏树上摘了几个杏，装到我衣兜里，说："瞧见菜园里的大叔，送给人家尝尝。"

我告别姥姥，带着小花狗走在回家的路上。小花狗在前面跑，我在后面追；有时候我在前面跑，小花狗在后边追。我很快乐，看着蓝蓝的天和白白的云，我的笑声伴随着小花狗梅花形的爪印开满了回家的小路……

走到捡小花狗的地方，我就打听狗是谁家的。

有人就给我做了指点。

我带着小花狗朝指点的地方走去，果然有个老爷爷正在四处找小花狗。

我说了事情经过，老爷爷拍拍我的头，说我是好孩子。

我要走了，老爷爷叫住我。他家的苇箔上晒着咸鱼干，老爷爷就捡了一串咸鱼干给我。

我连忙拒绝，说不要。

老爷爷笑着说："拿着吧孩子，这不是给你的，是给你家大人的。"

我道了谢，跟老爷爷和他身旁的小花狗说再见。

我继续往回走，又经过菜园，见着那个大叔，我就大声喊他。

大叔问我："孩子，你又渴了吗？"

我说："不渴，我姥姥让我送您几个杏。"

大叔尝了杏，很开心地说："杏真甜，好吃！"

我要走了。大叔叫住我，让我等等。大叔拿镰刀割了一捆韭菜给我。

我赶忙拒绝，说不要。

大叔笑着说："拿着吧孩子，这是感谢你家大人的！"

就这样，我左手提着一串咸鱼干，右手提着一捆韭菜，一路飞奔着往家跑。

我瞧见了村庄，瞧见了胡同，瞧见了那两扇黑色的大敞开着的街门……

此时，我的眼里，突然充满了泪水。

我哭泣着冲进村庄，冲进胡同，冲进敞开着的街门，冲向妈妈温暖的怀抱……

我一边流泪一边说："妈妈我错了，我以后再也不随便拿别人家的东西了。"

我详详细细诉说了去姥姥家的事情经过，并把手里的东西给妈妈看。

妈妈的眼里虽然也有了泪水，但同时增添了欣慰的笑容。

妈妈抚摩着我的小手说："儿啊，你要记住人家的好！"

我的小手肿着，那是去姥姥家之前，妈妈拿笤帚疙瘩打的。

此时，也不太疼了。

# 1974 年的黄头绳

肖建国

那年，我六岁。麦子快要开镰的时候，大队（现在的村）要去老河口拉化肥。听到这个消息，庄子里的人都有些激动。因为可以坐大队的拖拉机进城了。

我对妈说，我也要去。

妈问，老远老远的，你去干啥?

我说，去买一根黄头绳。

妈笑道，才多大点儿个丫头，就知道臭美了。我脸有点儿发烧，跺着脚说，就去，就去!

妈不知道，扎头发用的黄头绳我想了很久，可每次货郎担来到村里，都没我想要的颜色。

正和妈怄气，老张嬷嬷一瘸一拐地带着儿子槽娃走了过来。她要进城去治病。妈说，那你就跟着他们去吧。我急忙钻进里屋，从布包里掏出过年积攒的五分钱，乐颠颠地往外跑。

老张嬷嬷从柴垛上扯下一把稻草递给我说，拿着，等会儿坐车时垫在屁股下。我嫌稻草脏，不想拿。槽娃却替我接住了。他大我两岁，我喊他哥哥。他说，不用怕，等会儿你坐我腿上。

我瞪他一眼，他仍然很热情地笑。

来到集合点，车上已坐了七八个年轻人。见到我们，他们及时腾出点儿地方，让我们坐在车厢中间。一车人嘻嘻哈哈交谈着，这时我才知道，他们都是想趁割麦前，到县城逛逛，看看百货大楼里各式各样的商品，到茶馆里听一段《薛刚反唐》或者《英雄小八义》。反正，要好好乐和乐和。老张嬷嬷去找“席别头”，治她的老寒腿。她没有一分钱，和槽娃各带一个窝窝头，算是晌午饭。

“席别头”在老河口一带很有名气，年轻时练过武，会治跌打损伤、腰酸腿痛。据说县长有病了，还要亲自登门请他看，该收多少钱，一分也不少。

我问老张嬷嬷，没有钱，他给你看病吗？还没等老张嬷嬷开口，槽娃已抢先回答，当然给看，他以前落难时，在我们家住过一晚上，曾说过无论什么时候过去，都给看，不收钱。

我坐在槽娃旁边，看到他说这话时，满脸的自信。

拖拉机一路颠簸，把人的骨头都快摇碎了，才进到城里。司机交代，下午在拦马河集中，一起来，一起回。不要掉队，不要拖沓，谁最后来，就罚谁唱样板戏。大伙儿哄然而笑，三三两两结伴散开。

我随老张嬷嬷和槽娃去“席别头”那里。“席别头”住在老城区，他住哪，哪就是门诊部。走了很久很久，才找到“席别头”的住处。我们到时，屋里屋外都候满了人。“席别头”正在给人接骨，那人疼得缩成一团，哎哟连天。

老张嬷嬷小声喊了一句“席别头”。“席别头”正忙着，没反应。旁边有人呵斥:哪来的，有这么叫人家席师傅的吗？“席别头”一回首，看到了老张嬷嬷。

大嫂，你是……

我是三同碑涂家村老张嬷嬷啊。

哦，嫂子来啦，快坐快坐。“席别头”让病人别动，反身进屋搬出一张小凳子，递给老张嬷嬷，并问道，你们吃饭没？

槽娃刚想接话，被老张嬷嬷扯了一下说，吃了，吃了，在街上吃了几碗面条呢。

吃了就好，你稍坐会儿，我把前面这几个看了，就给你看。“席别头”解释说，他们是上午来的，连晌午饭都还没吃。说完，又交代几句，茶水在暖瓶里，自己倒。到这，就是一家人，别见外。

这么细心，倒让老张嬷嬷不好意思起来。席……席……师傅，你忙吧，忙吧。

嫂子，你别改口，就叫我“席别头”。一改，就生疏了。说笑中，“席别头”又开始忙碌起来。

等老张嬷嬷推拿完毕，贴上膏药，日已偏西。“席别头”说，嫂子，我知道你忙，也不留你，这个你拿着。“席别头”边说边塞给老张嬷嬷一个长纸盒子。

这怎么行呢？你给我治病，我还没给你钱呢，你却给我东西，我不能接。老张嬷嬷赶紧推辞。

“席别头”说，嫂子，不要说是你来看病，就是涂家村的人都来找我，我也不会收一分钱的。想当年，你们对我的关照，我都记在心上。回去后，你代我向全村父老乡亲问个好。

在“席别头”的再三推让下，老张嬷嬷才接了纸盒子。走出不远，槽娃就说，妈，我好饿。我想看看盒子里装的是什么？

因为我们都闻到了从盒子里透出的阵阵香味儿。老张嬷嬷小心翼翼地打开盒子。顿时，我们的眼睛都亮了起来，躺在盒子里的是六根金黄色的油条！

妈，我想吃。槽娃眼里冒出绿光。那年头，能见到油条，都是件奢侈的事，更不消说吃了。

你的窝窝头呢？

早吃完了。你在治腿时，我和妹妹就分吃了。

给，再吃。老张嬷嬷掏出自己的窝窝头递给槽娃。

我想吃油条。

不行，等见到大伙儿再吃。

到了拦马河，其他人早已来了。老张嬷嬷把大伙儿都叫过来，她数了数，正好十二人。当六根金黄色的油条呈现在大伙儿面前时，大家都不约而同“咦”了一声。老张嬷嬷将每根油条一分为二，对大伙儿说，这是“席别头”不忘当年关照之恩，特意送给大家的。来，都尝尝，吃在嘴里，更要记在心里，别忘了人家对我们的恩情。

那一次，我们把油条吃得很慢很慢，细细品尝那特有的香味儿。突然，老张嬷嬷说，坏了坏了，忘了小妹妹的事啦。

我脸一红，正想回话，槽娃抢答说，妈，你在看腿时，我已陪妹妹买到黄头绳了。

在大伙儿的要求声中，我慢慢掏出黄头绳。它装在透明塑料袋中，盘成飞蛾的形状，细细的，绒绒的。我托在手中，在夕阳的抚摩下，这黄头绳犹如刚刚苏醒的蝴蝶，展翅欲飞。

# 云　烟

韦如辉

还是从以前的那个秋天说起吧。

秋天已经来临，夏天还在恋恋不舍地回头张望。张三和李四从地图的不同方向，来到这个风光不错的校园。

因为哲学这个东西，他们走到一起。尽管他们的父母对这个东西很陌生，但是他们能够成为时代的骄子，着实为祖上增添了荣光。

因为哲学，张三和李四分到一个班。不仅如此，他们住到一个寝室，并且是上下铺。

开始，张三在上铺，李四在下铺。第三天的晚上，李四在上铺，张三在下铺。

友谊就像一条船，两个人登上这条船扬帆远航，便是从这个时刻开始的。

第二天晚上，熟睡的张三从上铺掉了下来。寝室已经熄灯，室友们已经熟睡，操场上聊天的同学们已经散去，树林中的知了也开始了一天忙碌后的休息，世界静了下来，静得连一根针掉下都能听到。只听扑通一声巨响，地板在微微抖动，大楼也似乎动了一下。李四忙拉亮灯，张三才苏醒了似的叫起来。

室友们吓坏了，纷纷从床上跳起来，手忙脚乱地将张三送到校医务室。还好，张三命大福大，手脚安然无恙，内脏安然无恙。其后，同学们都拿这事儿说笑，张三也跟着傻笑。张三自嘲，感谢父母！感谢上帝！他们给了我一个好身板。同学们接着调侃，还要感谢李四！张三忙说，那是那是！

事发的第二天，李四爬到了上铺，把下铺留给了张三。李四说，自己在家就睡上铺，从来没有掉下来过。

夜里，张三尿急，借着窗外的月光，无意中看见李四半个身子滚到了床边，差一点儿就要掉下来。张三慌忙把李四往里面推了再推。

张三那个晚上再也没有入睡，直到天亮，一直想着李四。李四确实让他感动，心灵深处那根神经，已经被李四轻轻拨动了，并且发出美妙的声音。

张三说，咱们在一起打饭吧。李四没犹豫，迅速点点头。

排队的时候，要么张三，要么李四。他们打两份饭，在一块吃。课桌上，操场上，寝室里，偶尔街角的小卖部里，他们吃得很开心。

开心的日子，每天都如期而至。张三和李四成双成对的身影，让同学们生出许多疑窦，这两个家伙是不是同性恋?

虽然在大学的校园里，这个词那时很可怕。

李四说，走自己的路，让别人说去吧。张三说，走自己的路，让别人无路可走。两个人说着笑起来，笑得很天真很无邪。

周末，阳光明媚，张三和李四去爬山。山不高，在当地却小有名气。林子很密，风吹过来，刷刷地响。

累了，他们坐在一块石头上歇息。

张三说，咱俩搞个仪式吧?

李四看着张三锁着眉头，啥仪式?

咱们俩结拜。张三望着远山说，不求同生，但求同死。

苟富贵，勿相忘。李四也望着远山。

远山，阳光飘落，层层叠叠的树木在风中摇摆。

张三和李四，在异乡的山上，在那个正午，对着远山的那个山头，一起跪了下来，一起磕了三个响头。

为了见证那个时刻，李四拿出随身携带的刀子，在一棵高大的槐树上，一笔一画地刻下了“兄弟不分离”五个大字。

期末考试，张三给李四扔了一张纸条。坏了，在扔出去的一刹那，刚巧被猛然转身的监考老师发现了。

他们被监考老师带到教务处，接受严厉的审问。

谁扔的纸条？

张三回答，我。李四也回答，我。

谁写的纸条？

张三回答，我。李四也回答，我。

谁让写的纸条？

张三回答，我。李四也回答，我。

结果，两个人分别给予了警告处分，通报全校。

好在毕业的时候，处分文件并没有放在个人档案里。对个人的前途，没有产生任何影响。

这是张三和李四值得庆幸的地方。

两个人交恶，这件事不时从记忆的深水里冒个泡出来，庆幸的心里掺杂着一些说不清道不明的成分。

若干年后，张三独自来到那棵槐树下，当年刻下的五个字剩下四个，中间的那个不字，不知被谁用刀子抹去了，只留下一个长大的疤痕。

张三怅然若失。这个符合哲学的观点，一切的事物都是不断变化的。张三想。

李四如果看到这个情况，会不会也从哲学的角度这样想呢？

也许吧。

# 最好的时光

蒋静波

## 跳　蚤

一阵瘙痒，从大腿开始，蔓延至全身，嘴里也发苦。“该死的。”她醒了过来，闭着眼，起身，双脚着地时，差一点跌倒。挠着背，走进洗手间去漱口，惨白的灯光中，镜中有一个披头散发、双眼浮肿的女人。她吓了一跳，玻璃杯从手中啪地滑落，将夜撕开了一个裂口。

“又怎么啦，你？”传来丈夫的一声嘟囔，又重归寂静。

她踢了下满地的碎片，脚尖一凉。清醒了许多。18 楼的窗外，天那么黑，没有一粒星星。

那张微信截图，那 26 个字，又在眼前晃荡。身上更痒了，还有点莫名的疼。

她将水敷在脸上，双手蒙住眼睛，不想再看到晃荡在眼前的图像和文字。

随着一股热烘烘的气味逼近，身上更是奇痒无比。她一把推开那团气味。

“你，怎么回事？”

“跳蚤。”

“笑话，你这么爱干净，怎么会有跳蚤呢？”

她没有作声，咬着嘴唇。

“不是已经说好了，都过去了……要不……我送你上医院检查一下？”

她再也忍不住了，顺手给了他一巴掌。“别他妈的假正经了。”

他的右手高高地扬起，迟疑了一下，又黯然放下。

“啊哟……”正转身离开之际，他发出了凄厉的尖叫，随之双手捧着一只光脚，龇牙咧嘴着团团乱转。

她忽然不痒了，一身轻松走回房间，脚下的地板上，盛开起一朵接一朵的小花，潮湿，殷红……

## 沙瀑

每有客人来家，他总会笑指着家中的墙，歉疚道，得马上装修了。

她也总附和着点头，是该装修了。

他们住进这套婚房 13 年了，当时逼眼的富丽堂皇，如今到处是发霉的墙壁、畸形的门框、剥落的墙皮。是该装修了。

她想，这一切从什么时候开始改变的呢？

儿子放学回家了。

她拨通了丈夫的电话。“噢，今天还要应酬呢，不回家吃饭了。”

放下手机，她一抬头，奇怪地看见餐厅墙上的泥沙正无声地流下，似一面瀑布。

## 晚聚

一早醒来，她又盯着床头柜上的电话机发愣。她知道它对她很重要。但重要性在哪里呢？她不知道。

天似乎快下雪了吧？不然，怎会这么冷？她从柜底翻出一件男式羽绒服，套在短袖棉布裙上。鞋架里都是凉鞋，找不到棉鞋，她只好穿着拖鞋（许多年前两只凉鞋断了带，剪成了拖鞋），拎着那只用了几十年的竹篮，出了门。

客厅墙上，黑框里的一个年轻英俊的男人正微笑着看着这一切。

路上，走来一对白发男女，白发女笑着说：“婶婶，出门呀。”

“今天星期日，两个儿子回家吃饭，我去买菜呢。”她自得地笑答。

“啊，今天是？”白发女瞪大眼睛，白发男碰一下白发女的手臂。“太好了。”白发女说。

“阿仁喜欢吃带鱼、白蟹，阿孝呢，喜欢红烧牛肉、毛豆肉蒸豆瓣酱……”她说着，白发男女早已不见了踪影。

每隔一周都要来探望一次的阿翠有点意外，晚上 7 点了，她家里灯火通明，还有笑语阵阵。

她喜吟吟地拉着阿翠到桌边坐下，对两个正吃喝的男人说：“阿仁阿孝，你们的姐姐来了。”

十几只菜肴，在桌上叠了两层。

“姐姐，你好。”两个男人局促地站起来，普通话里有浓浓的异乡口音。

他们一高一矮，穿着同样印有搬家公司的汗衫。

阿翠离开桌子，来到厨房，厨房里还有一大堆未烧煮的菜。

高个男跟过来了。“姐姐，不好意思，你妈在路口站了一下午，遇见我们，硬拖我们来吃饭……”

阿翠用水敷去脸上溢出的泪水。俨然他们的姐姐：“啊，多吃一点，让咱妈高兴。”

她替老人脱下了羽绒服，用毛巾擦去她脸上的汗水，打开手机，拍下桌前的一幕，发到了义工群上。

## 失 语

周末午餐时，没说几句话，我们又开始了无休止的舌战。

我有口吃的毛病，在言语表达上落于下风。面对她犀利的言辞，我忍无可忍，猛拍一下饭桌，双手蒙住耳朵，大声嚷道：“还不如做个聋子！”

她瞪大眼睛，双手夸张地做着手势，嘴巴无声地一开一合，一合一开。

我保持这样的姿势，直到双手发麻，才将手放下。屋里十分安静，那不是一般的静，是进入旷无人烟的雪原上的静。她收拾着桌上的碗盆，没有发出半点声音。

很好，这样的状态，我从未真正享受过。当我第三遍说“很好”时，感觉好像不太对劲：怎么听不见自己的声音？

我抓起一只碗，砸向地上，碗无声地碎了。她无声地跳了起来，嘴巴无声地开合着。

我赶到医院，接受了检查。医生在处方笺上写道：“别急，会好起来的。”

我到单位去请病假，经理在电脑上敲了一行字，让我看：“搞设计，聋不聋，无所谓。”

我依然像往常那样工作。这段时间，工作效率奇高，我攻破了之前几个月未攻破的一个设计难题。经理和同事见到我，总是向我竖起大拇指。

回到家，也是一片安宁。这是我最好的时光。

我禁不住哈哈大笑——这一刻，我突然听见了自己的声音！

## 裙　子

临睡前，我从衣橱里翻出一条裙子，面子看上去还算漂亮得体，但里子不知在什么时候已经破了。我在扔与不扔和穿与不穿间纠结好一会儿。

应该是凌晨二三点钟光景吧，我仍无睡意，于是披衣起床。穿过空旷的客厅时，不由得在丈夫的房门口停了停，听见里面响着均匀的鼾声。忽然想起早想跟他说的话，唉……

我喝了杯水，走到阳台上，阴冷的月光涂抹着万物，一切显得与白天不同。这才发现，与邻居共用的那道高高的砖墙上不知什么时候布满了铁荆棘。在铁荆棘那边的院子里，有三个人在吵架。吵架声很轻，几乎没有飞出那座院子，但他们的动作却没有装腔作势，短发女人扯住长发女人的头发，长发女人脚踢短发女人，男人甩出一个巴掌，打在短发女人的脸上……他们是我的邻居吗？我不忍再看，匆匆走回到自己的房间。

早上出门时，看到邻家院子里出来一男一女，亲热地坐进一辆车里，他们会是昨夜三人戏的角色吗？

我再次审视了一遍自己身上的裙子，还好，没人能看得出它的破绽。

# 糖果屋的秘密

王　溱

糖果屋，顾名思义，就是一切一切都是糖果做的，包括圆圆的冰激凌球屋顶，咖啡色墙壁，水果糖般五颜六色的小床，还包括住在里面的雪姨和孩子们。

当然糖果屋也不可能一直是糖果做的，那多危险啊，特别是夏天，就算不融化，也会让这些馋嘴的孩子舔出大麻烦来。所以通常情况下，“糖果屋”只是这个屋子的名字，木还是木，砖还是砖，孩子们都还是血肉之躯——雪姨说，这只是因为糖果屋睡着了。

糖果屋是会醒过来的。等糖果屋醒过来时，就是真正的糖果屋了。雪姨把这个过程叫作“唤醒”。

孩子们爬上小床准备睡觉时，雪姨就会给他们讲自己被“唤醒”的经历。她像只肥硕的大火鸡压在那张摇摇欲坠的小凳子上，伴着嘎吱嘎吱的声响，两片香肠一样的嘴唇跳动得绘声绘色：“有一次，糖果屋是在清晨醒来的，那时我正在刷牙，感觉嘴里怎么甜甜的，拿出来一看，牙刷成了透明的水晶硬糖，满嘴的泡沫全是甜甜的奶油。”孩子们听到这里，都不自觉咽了咽口水。雪姨用夸张的表情说：“我可不敢继续刷牙了，万一把自己的牙齿舌头蹭没了，那就麻烦啦！”有个小小的声音问：“那你把奶油吞下去了吗？”雪姨说：“当然啊，我还从桌角掰下来一大块糖果吃呢。喏，你们看，就是这儿。”孩子们看过去，桌角确实缺了一块呢！

“哈哈哈！太棒了！太好玩了！”有个孩子兴奋得在床上蹦跳起来。雪姨用粗壮的手把他按回枕头上："乖一点牛奶糖！别忘了你就是因为小时候醒过来时爬到火炉边去，才会被烤坏的！"

"我怎么不记得了。"这个叫牛奶糖的孩子很不服气。

雪姨说："你当然不记得了，那时候你还小，全身就像雪白雪白的牛奶糖，一烤全都化了。"

其他的孩子就笑："哈哈哈哈，难怪你的脸长这样，原来是被烤坏的啊。"

牛奶糖不吭声了。牛奶糖知道自己的脸跟其他人是不太一样，鼻子耳朵什么的蔫塌塌垂了下来，好像整张脸被吹胀过之后，又放掉了气。

雪姨对孩子们说："别笑别笑，等糖果屋下一次被'唤醒'的时候，再把他的脸烤软了捏回去就行了。"

旁边的橡皮糖嘟起嘴，说："哼，每次都这么说，也没见糖果屋醒来过。"

雪姨说："你小时候就见过啊，很小很小的时候——不过，橡皮糖，再醒来的时候，你可千万别再扯自己的腿玩了，两条腿不一样长，可一点都不好玩。"

"我才不信我真是橡皮糖做的。"橡皮糖撇了撇嘴。

雪姨拍拍他的胸口，说："来，你躺好，把腿抬起来，对，抬高，把头从两条腿中间穿过去，你看，你可以卷成一个环呢！"

别的孩子也试了试，都失败了。"橡皮糖真软呀！""果然只有橡皮糖能做得到呢。"

橡皮糖有些得意，高兴地说："那下次醒来的时候，我把短的那条腿也扯长一些就行了。"

雪姨笑了，说："可得小心点儿扯，千万别扯得太长，要不两条腿又不一样长啦。"

橡皮糖认真地点点头："我会很小心很小心的。"

"糖果屋到底什么时候会醒呢？"有小朋友歪着头问。

雪姨说："快了快了，前几次唤醒的时候我都在给大家读故事书，说不定唤醒糖果屋的口诀就藏在故事书里呢。"

“那你快点读呀。”

“我已经老了，嘴巴渐渐没有魔力了，要你们来读才行啊，让我看看你们这些小家伙到底谁的嘴巴有魔力。”

“我有！我有！”

“可我还好多字不认识。”

雪姨说：“那就要好好学认字呀，等你们都能自己读故事书的时候，兴许就能再次唤醒糖果屋了。”

泡泡糖妹妹小声地说：“雪姨，我一定好好认字，你可要记得帮我把手吹起来。”她有一只胳膊没长开，像肩膀上挂了一条小小的带爪子的香肠。

雪姨摸摸她的小手，说：“放心吧泡泡糖，我会记得的。”

孩子们都不想睡了，恨不得现在就冲到雪姨的房里把故事书拿过来一句一句地找。可是雪姨不让。雪姨在每个孩子额头吻了一下，关上灯拉上门。“孩子们，该睡觉啦，愿主一直保佑你们！”

隔壁教堂的大钟连续敲了十下。

蝉被酷热烤得歇斯底里地尖叫，雪姨拿竹竿去捅也不跑，真让人怀疑它们的脚是不是融化了才会紧紧黏在树上。窗外那棵树也怪，夏天都快过了，叶子居然还那么嫩绿嫩绿的，倒是窗台上的那株草莓，迟迟不结果，孩子们还等着被唤醒的时候有草莓糖吃呢。雪姨用酸痛的手揉了揉酸痛的眼睛，继续埋头糊纸盒子。孩子们渐渐大了，营养要跟上，教堂每月资助的钱已经不太够吃用了。

听说明天又有新收进来的，是个患白化病的女婴，真头疼啊，给她起什么名字好呢，已经有一个牛奶糖了啊。

# 第七辑

# 意外遭遇

# 车　祸

张望朝

老吴这个人，确实有些毛病。

老吴在我们单位开车，接送领导上下班。领导身边的人，多少总会有些优越感，可以理解。但司机终归是司机，跟机关干部终归是不一样的。

老吴最主要的毛病，就是对自己的身份缺乏准确的定位。诸如，不分场合地跟处长、科长称兄道弟；有人因为私事求他出趟车，他总要端端架子，甚至借机勒索烟酒，等等。

求他出车的，说话自然都比较客气。老吴把这种人之常情的客气当成低三下四。食堂用餐，老吴在餐桌上说："咱们单位，谁见我不是点头哈腰的？"说得全餐桌的人都冲着他笑。老吴竟然感觉不到这样的笑其实是一种嘲笑和轻视。

单位马上又要提拔干部，老吴叼着烟头对我说："用不用我在局长跟前替你说句话？"

那时我还年轻，渴望政治进步，自然希望有人在领导跟前美言几句。但我也得到了可靠消息——局长对老吴已经产生反感，正要更换司机，这个时候要是让老吴替我美言，只能适得其反。我忙说："不用不用，谢谢了。"边说边急着迈步子走开了，躲瘟疫似的。

两天后，领导真的换了司机，老吴被晾起来了。

老吴这种人，一旦被晾起来，就什么都不是了。那些求他出过车的人都不再给他好脸色，其他人更是没事就拿他开涮。食堂用餐，有个刚当上科长的年轻人开玩笑说:“老吴啊，你不应该叫吴达，你应该叫武大，瞧瞧你，从上到下，跟武大郎有啥区别？”大家便一起冲着老吴笑。

老吴叹一口气，恶狠狠骂出一句脏话:“唉！你们这帮 × 养的呀……”

老吴开始练书法，听说书法可以使人心静。有人见他在司机室练毛笔字，就又调侃:“你认字儿吗？”他说:“我们家都是搞字儿的。”他以前也这样说过，意思是他们家都是有文化的人。那人说:“哟，你们家都是搞字儿的？了不起！我们家不行，我们家都是穷鸡巴开车的，呵呵。”老吴只好又叹一口气，跟着又是一句脏话:“唉！你们这帮 × 养的呀！”

老吴写了个“忍”字，贴在司机室墙上。办公室主任把老吴叫到办公室，训斥道:“这是单位，不是你家，怎么可以随便往墙上贴字呢？就你那字还好意思往墙上贴？再说你有什么可‘忍’的？你不忍还能咋的？马上撕下来！”老吴愤愤地、无奈地把“忍”字撕了，从此不再练书法，只会天天骂:“唉，这帮 × 养的……”

那是一个冬天的早晨。

天冷，雪大，路滑。

领导派我去上级单位送一份紧急文件，并命老吴开车接送。头一天晚上我跟狐朋狗友喝多了，早晨睁开眼睛已经是七点四十分，而文件必须在八点半之前送到，老吴和车都已经等在楼下。于是，我急匆匆穿衣、洗漱，埋怨老婆为什么不早点儿叫醒我，早餐都来不及吃了。

“快快快，越快越好！”一路上，我一直在催促着老吴。

老吴抱怨道:“操，着急还不早点儿出来？我他妈打好几遍电话，你就是不接！”

“不是不接，手机静音了……能不能再快点儿？”

老吴很听话，轿车一路风驰电掣，八点二十三分就把我送到上级单位门前。不料，最后一脚刹车时惹了事端，因为马路边上的雪来不及清扫，车身突然横了出去，车尾撞翻一家煎饼果子摊，撞到了卖煎饼果子的胖大嫂，胖大嫂倒在雪地上，好半天也没爬起来，显然伤得不轻。

出了这么大的事，当然要追究责任。

我们单位纪检部门有个小子，跟我有过一点儿摩擦，想利用这件事给我做点儿文章。这小子反复追问老吴：“是不是他出来晚了，一直催你，你才不得不把车开得那么快？”如果老吴如实回答，我就要负主要责任，而主要责任一旦落在我身上，近期提拔干部，肯定没我的戏了。

“是我自己开得太快，跟他没有关系。”老吴回答。

不管那人怎么问，老吴都这么一口咬定。

结果，我顺利地当上了科长，老吴却被单位开除了。

# 画　展

张望朝

老电这个人，有点意思。

老电姓刘，刘电军。我们都不叫他老刘，叫老电。

其实老电并不老，三十五六岁吧，但他长得老，三十五看上去像五十三。老电爱好广泛，书画方面造诣尤深，曾经差一点考上美术学院。老电常常为此感叹：“当年要是考上美院，现在我就是画家了，用得着在这儿窝着吗？操！”

老电多少有些傲慢，看不起单位里的某些人，包括某些领导。而且，他常常把这种看不起表现出来，令某些人很不愉快。比如说领导在台上讲话，或者传达文件，偶尔会读错字。大家都知道领导把那个字读错了，但都装作不知道。老电不行，他只要听到了，嘴角马上咧开，脸上马上洋溢出讥讽的表情。他的这种表情有时会被领导看见，领导不喜欢他也是很正常的事情。

我们单位，领导不喜欢一个人，这人基本上就算废了，无论再怎么努力也没用。老电快到四十岁了，连科长都没混上，实在是有点惨。

不过，倒也没见老电有什么寂寞惆怅，相反，他好像比我们活得更充实，更有朝气。他经常参加社会上各类书画展，偶尔还在报上发表个诗歌散文什么的。书画诗文都得过奖，奖牌奖证得了不少。奖金少得可怜，老电却乐此不疲。

老电曾经沾染过一个女人。

据说，也是书画爱好者。女人慧眼识珠，认为老电是中国的凡·高，于是目光迷离地爱上了他，并脱光衣服，给老电做模特。老电也是忘乎所以，竟把女人带回家。女人脱了个精光，刚摆好姿势，老电老婆就闯进来，与光着身子的女人打成一团，事后又跑到单位找领导告状，搞得老电焦头烂额，最终离婚。

老电一离婚，那个女人索性嫁给了老电，两个人生活在一起。

生活不是书画艺术，两个人在一起之后，才发现彼此只可做朋友，不可做夫妻。那女人过去在一家普通中学当美术老师，跟老电搞上以后被学校开除了，宅在家里，什么家务都不做，既不想做，也不会做，除了脱光了给老电做模特，什么用处也没有。老电呢，除了书画，别无所长。书画又不能带来经济效益，还要在文房四宝上耗一些钱财。两个人除了老电的那点死工资，再没别的收入，日子过得紧巴巴的。

渐渐的，两个人都觉得过不下去了，就离了。

离了以后，老电就这么一个人单着。

单位新来了一个领导，也喜欢书画。

中秋节，单位办了一次书画展。很意外，单位里竟隐藏着不少这方面的人才，展厅里一时间“色香味”俱全，新来的领导非常满意。虽然这些书画作品都是模仿、临摹之作，但作为业余爱好，也算是难能可贵。

这次的参展作品中，书画内容都属于“正能量”，书法写的都是“振兴中华”“中国梦”“不忘初心”什么的，绘画作品画的都是政治领袖、历史伟人，落款上还都加了个“敬”字。比如，有人临摹了一幅孔子站像，落款是“某某某敬画”。当下，都在弘扬传统文化，给孔老夫子加个“敬”字，算是一种政治表态。

老电又出节目了。他画的居然是一个裸体女人。女人正面全裸，丰乳细腰，目光迷离，叉腰站立。除了女人，画面上再无一物。老电的裸体女人跟孔夫子并排站在一起，令“敬画”孔子的那个同事很是气恼，找领导理论，要求把老电的裸体女人撤下来，理由是“太不像话了”。新来的领导笑一笑，摇摇头，没说什么。

出人意料，老电的裸体女人获了一等奖。新来的领导在会上向大家解释说：

“中秋节办画展，就是个娱乐，就是活跃气氛。刘电军同志的画，非常率真，有真功夫。一等奖不给他，还能给谁呢？做人作画，我看都是率真一点的好。”

领导说完，台下半晌没有动静，过了好一会才响起一片掌声。也就是说，过了好一会，大家才醒过味儿来。

这是我们单位有史以来最率真的掌声。

# 霍拉斯侯爵的宝车

陈　炜

霍拉斯侯爵府外，聚集的人群一天比一天庞大。六天前，还是零零落落一二十人，到今天，起码围了三四百人。以至于侯爵大人得从后门进出府邸，以往，后门是下人进出、运货的。

这些天，霍拉斯侯爵愁得多出了许多白发。一周前，在王宫宴会上，哈罗斯国王当着许多贵族大臣的面，希望在下个月的都城春季大游行上，能看到霍拉斯家族祖传的马车。

在西罗王国，拥有私家马车的人大多集中在都城，高官显贵、巨贾大亨，家家都有一辆或几辆豪华的马车。在这些豪华马车中，最负盛名的不是国王的座驾，而是霍拉斯侯爵府的马车。

这辆马车，是哈罗斯国王的爷爷赏赐给老霍拉斯侯爵的。这是五十多年前的事了。当时，老霍拉斯侯爵——现今霍拉斯侯爵的曾祖，单枪匹马杀入敌阵，救出了被围困的老国王，而自己受伤十六处，医治半年才能下地行走。老国王为表彰这举世无匹的忠勇，将自己的座驾赏给了老霍拉斯侯爵。

现今都城中的人，除了霍拉斯侯爵，没人见过这辆马车。吟游诗人皮斯伯格八十多岁了，每当和人说起这辆马车，依旧眉飞色舞。他说，这辆马车的车身和车轮都是千年巨木打造的，硬度赛过普通钢铁。车盖由黄金铸成，车轭、车窗等处，都镶着上品宝石，每一颗都抵得上中等人家的身家。这辆马车比寻常的马车重上一倍还不止，可行走起来依然快捷，无比平稳。

霍拉斯家族祖传的马车将出现在春季大游行上的消息一传出，有闲的人就开始等候在侯爵府外。他们是这么想的：这辆宝车已经多年未用，要想在春季大游行上亮相，肯定会事先出来在路上跑一跑，他们就可以先睹为快了。

霍拉斯侯爵顶着新冒出来的白发，坐在书房中一筹莫展。侯爵夫人走进来。“老爷，你连日愁眉苦脸，究竟是为什么？”

霍拉斯侯爵说：“恐怕，这次我会被全国上下鄙夷了。”

“为什么？”

“跟我来，”霍拉斯侯爵说，“我带你去看。”

霍拉斯侯爵取出钥匙，来到后院仓库，打开最里间的门。侯爵夫人嫁过来二十年，从未进过这个房间。

“这就是老国王赏赐我曾祖的宝车。”霍拉斯侯爵说。

侯爵夫人惊呆了。这根本就不是什么宝车，只是一辆很普通的马车，跟侯爵府用来拉水运货的马车没多大区别，只是更高大更结实一些。

“为什么会这样？”侯爵夫人喃喃道。

“人们以为国王赏赐给功臣的马车，绝对会价值连城。”霍拉斯侯爵说，“再加上几十年人们口耳相传，吟游诗人的粉饰加工，实物和传说就出现差距了。所以，我不知道该怎么办。”

“是啊，不能对国王如实说，不能对任何人如实说，谁都不会相信这一切。”侯爵夫人也眉头紧锁。

“老爷，我看只能如此了。”许久后，侯爵夫人出了个主意。别无选择的侯爵马上点头，两人分头行动起来。

两周后，春季大游行如期举行。傍晚，游行结束前，高潮来临：长弓手方队、枪骑兵方队、重装步兵方队一一走过，人们翘首以待的侯爵府御赐宝车压轴亮相。清晨，宝车从侯爵府驶入王宫，由国王卫队护送，很少有市民一睹它的风采。

王宫大门开启，霍拉斯侯爵府的御赐宝车在四匹高头大马的拉动下，缓缓驶出。金色的车盖映着夕阳，更加闪亮夺目；车身镶嵌的宝石，简直让人迷了眼。高大的宝车驶过之处，人们先是屏息，接着高呼，长街一片欢腾。吟游诗人皮斯伯格激动地即兴吟诵：华丽的宝车铭刻着先王的功勋，忠臣的战绩将万古流传……

观礼台上，霍拉斯侯爵和夫人都松了一口气。侯爵夫人出了主意之后，马上暗中派人到外地找来两名金匠，用府中大部分金银装饰马车。侯爵则找了一个造假团伙，用府中小半金银买了一大堆伪造宝石，让金匠镶嵌在马车上。十几天下来，老马车脱胎换骨，变得和人们心目中的宝车毫无二致。

宝车成了春季大游行的关注中心。一些兴奋的年轻人按捺不住，飞身攀上了马车。这一天，只要不是犯罪行为，都不会有人管，所以更多的人攀了上去，不一会儿车上就多了十来个人。老马车年事已高，久未使用，金银宝石增添了它自身的重量，再加上突然载了十来个人，终于承受不住，咔嚓一声车轴断裂，车身倾覆，宝石散落一地。

目击的人都惊呆了，欢呼声戛然而止，现场安静得近乎诡异。过了一阵子，靠近马车倾覆现场的一些人反应过来，扑上去抢了宝石往怀里揣。治安官带着兵士拼命阻止，喊着“都给我住手”，现场一片混乱。

观礼台上，人们把目光转向了霍拉斯侯爵夫妇。侯爵夫妇对望着，在彼此的脸上看到了一丝惨笑。

# 打　架

岱　原

需要交代一下，那天一起吃饭的只有三个人。我、眼镜还有辣条。为什么一起吃饭？这里面没有具体原因。辣条说我想请大家吃一餐，这里，“我想”就是关键。

我觉得这个解释很好，我们做很多事有时候是不需要具体理由的，比如上街，比如去卡拉 OK，比如斗地主，等等。除了上班是一个无法推托的人生活动，其他活动一个“我想”的理由就足够打发。当然，口袋里有点儿钱也很重要。辣条说，趁着月底到来之前，有机会撮一顿就撮一顿吧。我和眼镜把啤酒瓶举起来和他碰了一下，我们对辣条这个随机的吃饭活动很欣赏。这里有自由的味道。

饭是在街边大排档吃的。一般情况下，大部分城市都有夜市有大排档，我们这儿也不例外。我们这儿的夜市在东街，一条步行街，到了晚上，摊贩就把旁边的人行道占了，搭了临时棚子，架起锅炉，升起熊熊炉火。大排档烧烤油炸的香气四处飘散。吃的其实不仅仅是味道，更是一种别样的气氛。那是一种想吃什么就吃什么，看见什么就点什么的自由。它没有餐厅里面对菜单时的文质彬彬，不需要正襟危坐西装革履。它可以一边抠脚丫子一边剥小龙虾。这个场景超越了味蕾带来的刺激。

我说来一盘小龙虾，就来了一盘小龙虾。眼镜说来十串烤羊肉九串烤面筋，就来了十串烤羊肉九串烤面筋。辣条说，没有啤酒怎么行呢？然后就搬来了一箱啤酒。

后来统计一下也没吃什么，就是龙虾花甲烤串之类。这种深夜炉火的吃饭关键点就是几个人边吃边吹。吹工作，吹生活，吹女人，等等。话题没有任何框架，可以讨论公司食堂猪狗不如的伙食，也可以咒骂一年到头督促我们加班和尽量克扣我们工资的主管和老板，没人觉得这类情绪释放有何不妥。到最后啤酒也喝得差不多了。辣条说，结束之前来个拍黄瓜吧，清清喉咙也清清胃。

后来回忆，矛盾就是从拍黄瓜开始的。辣条要点拍黄瓜。眼镜站起来表示反对，说我从小到大都不吃黄瓜，能不能换点别的。辣条就不高兴了。辣条对眼镜说，就你规矩多。我估计辣条的想法是：我请个客，难道连点个黄瓜的自由都没有？

辣条对眼镜的埋怨成了两人最终打架的导火索。事实上，那天我酒喝得比较多，很多细节已经模糊。我只记得，拍黄瓜没有吃成，辣条对眼镜一直进行着各种数落。辣条说眼镜你一生一世都活得规规矩矩，活得条条框框。黄瓜不吃，衣服要穿衬衫，头发必须搞定型胶打摩丝。你那么规矩有意思吗？你是不是和女朋友上床也要互相握手，也要相互鞠躬致敬。

我一口啤酒喷了出来。眼镜就是这个时候跳起来要和辣条打架的。辣条的话其实触碰到了眼镜的痛处，那段时间，眼镜刚被女朋友劈腿。我们平时尽量回避这个话题。辣条的话其实挑战了禁区，我觉得这是啤酒惹的祸。辣条也只是随口一说，眼镜就跳了起来，眼镜说，辣条你说什么？你敢再说一次。眼镜红通通的眼睛在眼镜后面发着光。我怀疑眼镜由辣条的话联想到了前女友在和别人上床。他愤怒的理由也很充分。

辣条在眼镜动手之前率先出手，这一点儿我没有想到。辣条说我说了又怎么样，就你这种胆小怕事的货还能把我怎么着。然后辣条搡了眼镜一下，在眼镜面门来了一拳。那一拳虽然力量不大，但是把眼镜的眼镜打掉了，没了眼镜，眼镜就像疯了一样。眼镜抄起什么就是什么，啤酒瓶、桌子边的塑料板凳、桌子上的碟子碗筷等。这个架打得迅雷不及掩耳。我刚预备拉架，辣条就飞快地跑了。他很聪明，顺利地跑出了眼镜愤怒的发泄范围。眼镜不想善罢甘休，辣条一跑，他就冲着远处模模糊糊的身影摇摇晃晃地追了过去。

这餐饭最后是我掏的钱，我当然不认为这是一个阴谋，它说明太过自由的吃饭环境弊端也明显。辣条自由地和眼镜打了一架，我自由地赔了桌椅板凳碗筷。最后，大排档老板还说眼镜追出去时把他的刀都拿走了。我还赔了他一把刀。我瞥了一眼他的煤气罐，还好那玩意还在，否则他要我赔他一个煤气罐我也没有办法。

# 失　恋

岱　原

眼镜失恋了。眼镜是我和辣条的好朋友，也是同事。

我和辣条一致认为，眼镜的失恋和他的弟弟有直接关系。这个猥琐的家伙一到眼镜发工资的时候就会准时出现。他以索要生活费为名将眼镜搜刮一空。眼镜为此生活得异常艰苦。有一年多的时间，眼镜都没有钱更换外套，一件西装穿到颜色发白，手臂一抬，袖口就是长年累月形成的油灰包浆痕迹。辣条还透露，眼镜的内裤都是大洞小洞。这家伙在集体宿舍洗澡时只能背着人才能掩盖自己的寒酸。

我们几个聚会，从来就不指望眼镜掏钱。他只能带张嘴。当然我们也不会多说什么。对一个生活窘迫的朋友，搭伴带他开荤喝酒也是分内的事。眼镜总是表现得很内疚，我们也想安慰他，但实际作用并不明显。

所以，眼镜的失恋也在意料之中。女友糯米忽然离他而去，眼镜很伤心。眼镜说，他已经不记得自己有多长时间没有请糯米吃过饭看过电影了，他活该被抛弃。他坐在公司食堂的饭桌边颓丧地用勺子敲打着不锈钢饭盆，用密集嘈杂的声音为自己无力的恋情进行祭奠。

我和辣条忽然就有了讨伐眼镜弟弟的冲动。眼镜弟弟是个大学生，这家伙一毕业就投靠了眼镜，他在南方的城市和小镇之间辗转，一直就没有正经工作。这么个人，我和辣条找不到合适的词语形容，我们对世界上有这类人很难理解。

我和辣条拟定了一个计划，我们想批判眼镜的弟弟。这个计划是背着眼镜进行的。这个计划并不阴暗，虽未必要背着眼镜，但我们怀疑眼镜对自己的弟弟有溺爱的嫌疑。如果他知道我和辣条会批判他弟弟，他可能会出手制止。眼镜一旦制止，这事就不好玩了。我们批判眼镜的弟弟也不完全是想替眼镜出头，我们也有一种局外人看不惯的冲动。这种冲动让我们有一种行使正义的兴奋。

我们把眼镜和他弟弟凑到了一起。事实上做到这一点也不难，在眼镜发工资的时间段，眼镜的弟弟就会及时出现。他每次都会带来各种新鲜的辞职理由和钱不够花的噱头。那些理由在正常人看来都有点儿匪夷所思。比如上司是女的，这是必须要辞职的；再比如公司伙食不好，肯定得辞。可是，同事有狐臭也要辞职是什么鬼。公司门口没有小卖部或者没有饭店，买东西吃东西不方便也要辞职又是什么鬼。辞职就没有生活保障，缺钱就是常理。眼镜弟弟在这个恶性循环的境况里要钱要得心安理得。我们无法想象一个长相正常的大学生脑子里为什么会有这些曲里拐弯的古怪念头。如果杀人无须偿命，我相信我和辣条都想拿斧头剖开这家伙的脑袋，然后再看看他脑回路多么清奇。

我们在大排档找了桌子，点了菜。这个安排让我们的碰头变成了一个极其简单的聚会。它有朋友之间增进亲近感的特征。不过在菜上桌之后，辣条就忍不住开始了对眼镜弟弟的敲打。辣条先从眼镜这一年多来艰苦的生活入手，痛陈眼镜的不容易，他提到了眼镜的油灰包浆的西服和有破洞的内裤。他还说眼镜经常在食堂打一餐菜作两餐吃，手机摔破了不舍得换，用透明胶布缠了继续使用。这明显有夸张的苗头了。眼镜本人一开始没有意识到我们的意图，辣条的控诉让他一脸蒙。我赶紧将话题导入真正的目的。我对眼镜弟弟说，一个大学生应该自立，应该踏实工作，不能老是来啃自己的哥哥。我果断地提醒眼镜的弟弟，眼镜窘迫的生活状态是你造成的。眼镜意识到我们的企图，选择了沉默。

出乎我的预料，眼镜弟弟神态平静，悠闲地喝着啤酒，一口一口嘬着田螺。嘬不出来的田螺肉就用牙签挑。我的挑衅没有起到任何作用。他以一种完全置身事外的态度来直面我们的陈述。辣条无法想象眼镜的弟弟怎么会是这样，他开始有点儿失态了，语气因此变得尖酸刻薄。他说，一个大学生不能自食其力就是个窝囊废，一个成年人还要靠哥哥养活简直就是混蛋。我理解辣条，但我们只能这样，我们毕竟是外人，愤怒发挥的空间有限。

饭总算吃得差不多了，大家心照不宣，气氛尴尬。最后还是眼镜弟弟打破了沉默，他站了起来，从口袋里掏出一张银行卡，递给了眼镜。他说，我很感谢大家这么关心我哥，我为自己的哥哥有你们这些朋友感到高兴。其实，我一直都有工作，我从来都没有辞职过。我哥给我的钱我一分都没有花，都替他存着，钱就在卡里。

剧情的发展有点儿出乎意料。我们都蒙了。

眼镜弟弟淡定地呷了口啤酒，眼光斜瞄向我们。他说，以前我听说你们经常在一起打牌，我怕我哥哥染上赌瘾，所以就搞了这么一出，撒了一些谎。你们不会怪我吧？

打牌？我们开始仔细回想，好像是有这么一回事，我们以前在下班后确实打过扑克牌、斗过地主，但是，那只是我们工作之余的消遣，从来就没有把它弄成赌博。我说我们斗一场地主输赢连五十块钱都不到，这很可怕吗？问题是谁透露了风声？谁夸大了后果？谁把几个同事之间的游戏弄成了赌博现场？

当然，没有人能清晰地回答这个问题，时间久远，谁也无法找到以讹传讹的源头，这一切如同生活甩给大家的一个玩笑。但结局却很荒诞，我对眼镜弟弟说，你知不知道，你榨干了你哥哥，他连谈朋友的钱都没了，他女朋友都和他分手了，你知道吗？

眼镜弟弟终于失去了最初的骄傲，他没想到自己精心设计的谎言会造成这样的结果，他出于善意的帮忙会让事件走向反面。他瘫坐在椅子上，两眼无光。倒是眼镜自己，开始取代弟弟刚才的角色，他嘬着田螺，嘬不出来的就用牙签挑。他淡定地喝着啤酒，一口一口，就如同品尝 1982 年的拉菲。

# 往顶上跑

于心亮

大嵩卫城的刘氏总是往顶上跑。把钱百万愁得不行了。

起因是钱百万骑着骡子在路上走，刘氏的老头子突然跑出来，被骡子踢了一脚。钱百万找郎中给刘老头做了检查，瞧瞧没什么大碍，就拿了些药，道了歉，以为这事就这么了了。

没料想，过了些日子，刘氏找上门来，说老头子身子一直不得劲儿，要钱百万赔银子。钱百万说凭什么呀，原先他挺好的，现在让我拿银子？不拿！

刘氏说：不拿是吧？好，我去找说理的地方，非让你拿出银子来不可！

钱百万以为刘氏是诈唬他，没放心里去。结果刘氏真把钱百万给告了。

两人对簿公堂，各说各的理。

打官司，要讲究证据。县衙门一调查，刘氏的老头子能跑能跳，能吃能睡。

再找全城的郎中来会诊，也都没检查出有什么毛病。

可人家就说浑身不舒服，走路难受，吃饭也难受……你说这事儿怎么办？

县衙里从同情弱者和息事宁人来考虑，判钱百万赔偿刘氏十两银子。

刘氏却嫌少，不答应。

钱百万的倔脾气一上来，也说：既然这样，一个铜板我也不给你！

就这样，刘氏就到顶上去告状。她说一级一级找，不信找不到说理的地儿！

县衙里挺窝火，找钱百万说：这事儿是你惹的，要么你给她钱，要么就看住别让她往顶上跑！

钱百万说：她如此惹麻烦，你们咋不把她抓起来？

县衙里说：人家又没犯法，凭什么把人家抓起来？

——得。你说这事儿闹的。

钱百万让管家找几个人，看住刘氏，别让她往顶上跑。可看不住，趁着夜黑，刘氏总会有办法偷偷跑掉，过几天，顶上就来信儿，让去领人。管家跟钱百万说：每回去领人，都要花不少银子打点顶上的人，加上来回路上的吃喝拉撒，算下来，咱们花费可不少呢。

管家还说：起初，刘氏的街坊们还数落刘氏的不是，可现在，大家都开始数落咱们的不是了，说……说如果痛痛快快给了银子，何必找人日夜去盯防，人家又不是犯人。

钱百万说：她越这样闹，我越是一个铜板也不给，看她厉害还是我钱百万厉害……去，你去跟盯防的人说，只要把老家伙看住了，别让她跑了，老爷我重重有赏！

过了几日，管家来禀报说：盯防的人为了哄住刘氏不到顶上去，随时随地都紧跟着她，就连刘氏出门买菜，他们都帮她提着，刘氏四处跟人宣扬说，比养儿子强！

钱百万气愤地说：衙门真是不作为，要是把她抓起来，啥事都没有了。

管家说：刘氏说啦，就算把她抓起来，县衙门也不能把她怎么着，她心不好，肺不好，胃不好，肝不好，肠子也不好……反正浑身都不好，一旦弄出毛病，看县衙门怎么办？！

钱百万说：摊上这么个老无赖，真是没咒儿念，不管怎样，你还是派人严防死守吧！

虽然命令压得死死的，可刘氏该跑还是跑，无论怎样也盯不住。也真是神了。

管家被骂急眼了，做个手势说：要不……咱们干脆？

钱百万说：不可不可，她一旦出事儿，县衙肯定会怀疑到咱们头上来，刘氏现在成了一个宝儿了，咱们保护她还来不及呢！……算了，你问问她到底想要多少银子。

刘氏张口要二百两银子。

钱百万说：你原先不是要一百两银子吗？

刘氏说：原先是原先，现在是现在，这么些日子，难道我白跑了吗？

钱百万说：既然这样，我还是那句话，你一个铜板也拿不到！

刘氏照样往顶上跑。顶上也烦了，训下面。下面就训钱百万。钱百万就训管家。

管家只能多派人手，恨不得把刘氏的腿给绑住。

刘氏该跑还是跑。她总是能跑掉……

时间长了，大嵩卫城的人都说，刘氏不单纯是为了银子，她把往顶上跑当成了一种乐趣，她喜欢看钱百万窝火生气，喜欢盯防她的人像没头苍蝇似的四处去寻找她、堵截她，即使找着她还不能把她怎么着……她浑身是病，稍一受刺激，就倒地吐白沫儿！

终于，钱百万耗不过刘氏，说：要这么多银子，你不后悔？

刘氏说：后悔？我高兴还来不及呢！

钱百万说：好，到时候你可别怨我！

刘氏做梦也没想到真会得到银子，她兴奋地把银子带回家去，给老头子看，给街坊邻居看……大嵩卫城的人都知道刘氏得到了银子，这么多年，她没白往顶上跑！

当天晚上，刘氏的老头子就死了。竟然是欢喜死了。

刘氏一下子没了精神，不是因为老头子没了，也不是因为太伤心，而是因为……因为什么呢？刘氏想啊想啊想了老半天，终于想到了：今后不再往顶上跑，生活没意思了！

尤其是，刘氏不敢出门了，她守着银子担心街坊邻居来跟她借钱，害怕有坏人来盗抢……唉，刘氏吃不好，睡不好。谁也没料到，刘氏很快也死了。

钱百万料到了，他不计前嫌，打发管家给发的丧。

顺便儿，钱百万把刘氏遗下的房子占了去，由于临街，做生意还是蛮好的。

钱百万又恢复了整日数钱的悠闲日子。

# 杀　手

于心亮

据说，大嵩卫城来了个杀手，要杀钱百万。

大嵩卫城的人都挺兴奋，纷纷奔走相告，都想看看杀手怎样去杀钱百万。

钱百万呢，感觉挺奇怪，心想自己除了有几个臭钱，平时也没得罪过谁呀，平白无故的，为什么要有杀手来，而且还明目张胆说要来杀我呢？——没道理呀。

尤其是，整个大嵩卫城那么多人，都等着看热闹。太让人寒心了。

钱百万很生气。让管家张诚去访听一下，究竟是什么样的杀手想杀自己。

很快就访听到了。并且，还把杀手给带了来。

一瞧，是个精瘦的汉子。钱百万说，你是杀手？杀手说是。钱百万说，打算怎么杀我？杀手说还没想好。钱百万说，不是开玩笑吧？杀手说不开玩笑，我真的要杀你。

杀手临走的时候，让门槛给绊倒了，咕噜噜滚下了台阶。

钱百万对张诚说：此人好功夫。

大嵩卫城的人很生气，说他妈的，这是要杀人吗，怎么跟闹着玩儿似的？有的人就试探着朝杀手吐口水，见杀手没什么表示，一些人就把杀手摁倒，狠狠地打了他一顿。

要不是张诚把人们劝开，杀手说不定就要被人打死了。

张诚跟杀手说：你有困难，明说么，何必吓唬人呢？杀手就一纵身蹿到了房顶上，朗声说：钱百万，我杀定了，你回去告诉他！——就这一下子，把所有人都震住了！

张诚擦着汗回去报告。钱百万说：擦汗有屁用，想法子呀！

张诚去报官。给的答复是：对方只是嘴里那么一说，还没付诸行动，构不成犯罪，顶多只能去警告一下，倘若那人真有动作了，到时候才能抓人……这事儿，先记下吧。

钱百万气得直骂娘：上回不过少捐了点钱，现在就给老子脸色看，什么玩意儿！

钱百万筹谋着找几个保镖。不管有没有用，起码壮壮胆儿。不用找，自有保镖上门，什么"铁拳头"赵五、"无影刀"张三、"霹雳火"李四……一看就是江湖上的人物，但他们要价太狠，个个狮子大张口，钱百万觉得还不如被杀手杀了好！

钱百万说去他奶奶的，老子谁也不找了，让杀手看着办吧！

江湖人物都耻笑钱百万，敢情钱财看得比性命都重要，那就——等死吧！

江湖人物走到院门口了，又回转身，说我等行侠仗义，见你也是一条汉子，要不——我们就打个八折，再不能便宜了，我们干的是刀口上舔血的买卖，这你是知道的。

钱百万挥挥手。江湖人物走出院子，却又朝管家张诚嘀咕：要不，再低点，对折？

钱百万还是没答应。他给杀手传话：要动手就快点，顶多两天，否则老子就不伺候了！

整个大嵩卫城又沸腾了，人们都赶来看杀手如何杀死钱百万。钱百万很恼火，让张诚把围观的人群驱赶开：有什么好看的，有看热闹的时间，能去赚多少钱啊！

张诚很高兴，说：这么多人来围观，不就是不花钱的保镖吗？

钱百万说：这么多人来围着看，杀手还怎么敢来？！

杀手还真来了。被大嵩卫城的人簇拥着：我们都等了这么长时间，饭都顾不上吃，你要动手就尽早儿，真是的！

杀手站在钱百万面前说：你准备好了吗，我要杀你了！

钱百万说：早就准备好了，咱们开始？

杀手说：你怎么不找保镖呢？

钱百万说：作为一名杀手，敢正大光明叫板而不偷偷摸摸搞暗杀，必定是高手中的高手，因此找再多的保镖也是白费，我已经准备好受死了，给个痛快，你动手吧！

杀手一跺脚，蹿到了屋顶上，叫：你真的不怕死？

钱百万说：你跳那么高干什么，快下来，别摔着。

杀手就跳下来，一抱拳说：我敬你是一条好汉，暂且饶你，后会有期！

大嵩卫城的人不答应，期待了这么久，等了这么长时间，末了说句话就完啦？

——这哪儿行？人们围住杀手，让杀完人再走，还塞给他一把刀子……

杀手恼火了，拿着刀子挥舞：别逼我，再逼就要流血啦！

人们就笑起来。杀手把刀往胳膊上一划，流出血来。人们笑得更厉害。杀手把刀往脖子上一抹……围观的人群“轰——”就散开了，大家都觉得满意极了。

钱百万出钱把杀手埋了。埋完了，就躲进坟旁的树丛里。很快那几个江湖人物就出现了，他们相互埋怨：下次别再找这样的人，除了会跳个高儿，啥也不会做……废物！

回去的路上，张诚夸钱百万有招儿！

钱百万说：真想办事的，没特意吆喝的，因此要提防的，就是那些平时看着貌不惊人、话语不多使闷劲的人……说着，钱百万就不经意觑了张诚一眼。

张诚心里就哆嗦了一下。

# 意外遭遇

谢志强

## 突 然

刘先生死得很突然，他的复活也很突然。

就在他生前好友、同事、亲戚准备往安置妥当的棺材上覆盖泥土的时候，他敲打着棺材盖，就像他有一回夜归叩门一样。

众人惊讶，开启棺盖。

刘先生坐起来，说，你们这是干什么？

众人说，你不是去世了吗？

刘先生说，你们看我死了吗？

众人置疑，重申了盖棺定论的意思。而且，有亲戚出示了死亡证明。

葬礼主持人问，你还有什么遗嘱？

刘先生生前十分讲究程序（包括早晨先吃饭后排泄），他说，整个悼念仪式中缺个内容。

主持人说，难道我有疏忽？我完全按议程进行的呀。

刘先生说，我参加过许多葬礼，可是，我的葬礼的哭声不那么隆重，我离开你们，难道你们不想念不伤心？你们的表现让我失望。

主持人说，有必要计较这个吗？因为，哭是哭给活人看的呀。

刘先生说，现在我不是还活着吗。趁这个时候，你们哭给我看看。

见刘先生说得真挚，在主持人的号召劝导之下，众人不得不重新来一遍哭的程序。

作为孝子，他率先启动了哭。当然，有一些人也跟着哭起来。他们或分到遗产，或替补岗位，或抱有成见，生怕刘先生不肯死去，那么，人与人之间的格局、利益将恢复到原来的状况，甚至出现纠纷，发生冲突。

主持人像指挥一个庞大的乐队一样，在众人哭到高潮的时候，及时地中止了这项环节。

然后，他俯身对坐在棺材里的刘先生征求意见：你还有什么异议吗？

刘先生说，既然到了这个地步，我确实该向这个世界告别了。

他礼貌地向周围的人挥挥手，点点头，然后躺倒，让人合上了棺材盖。

众人舒了一口气，生怕发生意外，立即用铁锹铲泥土。泥土像冰雹一样落入坑内，渐渐填平、隆起，堆成了一个半球形的坟墓。

## 刹　那

事后，据自杀者声称，他投入滔滔江水那一刹那，他看见了岸边灌木丛中照相机的镜头，对准他，连续数声“咔嚓”，拍下了他的身体在空中的轨迹，可以说，是投河自杀的全过程。

他半生默默无闻并将默默无闻地离去，不知是气愤，还是好奇，或是发现了什么，反正，他挣扎着浮出水面，双手胡乱扑腾，还大声呼救。

被救上岸后，他冷静地质问那个摄影家，说堵了他的去路，并指责摄影家侵犯了他的隐私。

摄影家指出，你明显不想死，或者说，你为何又想活了？

自杀者说，我发现，过去没人理睬我，现在有人关注我了。

摄影家以这组作品参加摄影大赛，一举夺魁。当然，私下里自杀者获得了一笔肖像权报酬。

后来，获奖作品在晚报上刊出。自杀者料不到慰问、关怀、祝贺应接不暇。一时之间，他成了艾城的热点人物，很快，他还找到了另一半（女方主动）。

于是，他投河自杀的现场，三三两两出现了照相机，调好了快门光圈，随时准备定格那永恒的瞬间，等待又一次（跟风、模仿的）自杀者进入镜头。

不过，也有业内人士质疑，那名获奖的摄影家和投河的自杀者，预先策划了这个题材，完全是自杀秀。

自杀者以事实驳斥了那些“嫉妒者”（他认为这是一种嫉妒）。同时，他携妻时常出现在那个现场——他生和死的转折点。

当然，那些镜头及时地记录了这对恋人散步过程。

自杀者说：不知怎的，知道有镜头对准我俩，我的行动有了表演的成分。

## 麦 群

一个羊倌失去了羊群之后，不得不租了一片土地种庄稼。他已厌烦了奔波不定的牧羊生涯。

那块地里，他种了麦子。他第一次见识麦粒拱出泥土，像穿上绿裙一样舒展开小手似的叶子。他看见一行一行麦苗长出来的时候，好像看到白纸印上了文章，那是绿色的诗行。

到了秋天，麦子黄了，清风拂来，散发着成熟的麦香。麦子拥来拥去，翻着金色的波浪。

他担心起来，因为他放牧的羊群也是那样拥来拥去，他拦都拦不住。那是一群失去了头羊的羊群，最终走失在草原上。

他辨别不出究竟哪一株麦子领头。这样，他拆了废弃的羊圈栅栏，圈起了麦子。他认为这么一来，麦子就不至于跑散了。

他赶到集市里，购买了几把锋利的镰刀，他打算雇几个人来帮忙抢收。

可是，第二天，他发现麦子不见了，满地留着齐刷刷的麦茬，栅栏开了几处口子，一定是趁他不在，麦子们冲开了栅栏，像羊群一样逃散了。

他喊：麦子跑了。

他操起镰刀，去寻找他的麦群。

他路过正在收割的麦地，便打听：你们看见我的麦群跑过去了吗？

人们逗他，说确实有一群麦子跑过这里。

他穿过一片又一片麦地，没有看见麦群奔跑的痕迹，只是在麦地旁边的路上，发现地上有遗落的麦穗。

他想，这一定是失散了的麦穗。

他继续追赶、询问。他甚至疑心麦群混进了别人的麦地里。他到别人的麦地里一边吆喝一边挥镰，要把他的麦群轰赶出来。

最后，他去了打麦场，那里是麦群聚集的地方。

# 地之门

莫小谈

月亮高过树梢，挂在天上，几缕残云绕在月的四周，映得原野上一片花白。

一只乌鸦在野槐上落脚，见树下有人就蹬枝起飞，“啪嗒”一声半条枯枝掉在地上。

顺头一个激灵，忙停下镐铲俯身藏于土堆一侧，抬眼见是一只独鸦远飞，便稍稍松了口气，但随即内心暗骂：晦气，一动土就破劲儿。

倒斗者动土时看见乌鸦，行里人称为破劲儿，为大不吉利。顺头忙从黄陵布中取出一炷香火点上，敬各路夜仙游魂：今夜里我只与墓主人有关，各位仙家享尽香火后各自去吧。

顺头半月前出来踩盘子，一铲下去探出一处汉墓。惊喜间，他又周遭打了几处穴眼，取土一辨心中大体有了尺寸——规模不小，墓主人至少士大夫级别。

按说，唐城不应参与这次活计。上个月他即满五十岁，行里有规矩“丁过天命不入墓”，倒斗者五十岁后就不可再蹚这道水，不然不利后人。再则，他早些年已经摘下摸金符，断了与行里的来往。祖师爷的规矩，摘下摸金符就表示金盆洗手，此后再不得入这一行当。

据说唐城摘摸金符是因为女人，但他不承认。唐城说，我唐大斗当年进秦墓，被一群秦军粽子追杀没摘符，进唐墓遇过七次鬼吹灯没摘符，怎会为一娘们金盆洗手？

顺头不关心这，他只向唐城请教开汉墓的规矩：大斗，你家历来吃祖师爷的饭，是望门泰斗，若肯指示下，取回的明器我必孝敬您最响的那件。

唐城望着顺头绘出的图纸许久，最终一跺脚下了决心：成，看你诚意，我随你走一遭，但有言在先，我只取最响的一件，你也只许取五成物什，剩余五成留口饭给后人吃，这是规矩。

成。顺头应下，他早有算计，学了开汉墓，拿最贵的物件给唐城也无大妨碍。

之后，你我再无瓜葛，不必再见。唐城又补了一句话，这是规矩。

成。顺头又应下。顺头虽入行多年，也曾单独蹚过水，但终究还是个后生，特别是开汉墓，他更是一窍不通。如今，有唐大斗陪着，那当然好。

一炷香火星星而燃。顺头等待唐城之时，摸了摸腰间的盒子枪和仅剩的一颗子弹，都在。

倒斗者带枪，是坏规矩的。早些年有人在墓中见财起意，一枪毙了同行的人，从此下墓前，除非是父子，即便亲兄弟，若一人提出搜身，其他人也必须配合以证清白。

但顺头还是带了。

香火将尽时，唐城赶来。他对破劲儿并不在意，四处巡视一圈，又取出罗盘定位，然后指一个方位：开这里。

顺头以此下镐，往斜下方开个通道，不到半个时辰便碰到了金刚墙，再卸下些墓墙石砖即可下人。但唐城却示意顺头停手：放放墓气再进。

顺头在洞口进一炷香，后与唐城对坐着抽烟。突然，唐城问顺头：顺头，死者为大，在死人面前我们说说真心话。

顺头趁着月光，眯着眼睛看唐城。

说实话，你今晚是不是带了手盒子来？唐城问道。

顺头一惊，继而又镇静下来：没，坏规矩的事儿，咱不干。

要不，相互搜个身，咱按道上的规矩办。

行，搜搜身，大家都安心。顺头故作平静。

不想，唐城却哈哈大笑起来：看把你吓的，我信你。

二人又平静地坐了一会儿，随后相继进了墓室，确为汉墓。但出乎意料的是墓室空空如也，没有一件陪葬物，连棺椁都没有。正室处只有一块石碑，拂去尘灰，上面隐约有字：莽篡政，天下乱，发冢者众，余修一虚冢，进者当休，回头有岸。

原来，这是汉时一好事者修的虚冢，以劝倒斗者迷途知返。顺头悻悻然大呼中局，心中不免懊恼不已，一转头却见唐城目呆呆盯着石碑看：顺头，你说这碑值多大价钱？

顺头转至碑后，这才发现背面密密麻麻刻着小字，仔细一看，都是历代倒斗者发冢时现场刻上的怨言，无不怪修虚冢者多事，戏耍后人。其中懊恼、谩骂、讥讽之言尽有，不一而论。有些甚至标注了纪年，留下姓名和门派。整个碑文就是一部盗墓者编年志。

顺头立即意识到，这块石碑的价值远高于任何一件汉时陶罐、玉器。

顺头，你说这块石碑是不是这里最响的明器？唐城问。

这一句问话，不由让顺头想起他们之前的约定——这最响的必定是唐大斗的。

顺头不动声色，他一边丈量着石碑尺寸，一边在内心打着准稿子。终于，他拿定主意——趁拾掇工具之时，悄悄将那颗子弹压进枪膛。

顺头一转身，却见唐城立在身后。

乌鸦在野槐上歇脚，他真切地听到了两声枪响，循声望去，树下那口洞穴好似大地打开的一扇门窗。

# 逐 月

吴永胜

喝下第七杯酒时，我对凌月说，月儿，我们退出这刀光剑影的江湖吧，去个不为人知的地方。

每一次江湖厮拼后，我们都会喝酒，庆幸自己活着，也让酒浇一浇心里的血。下午御马河一战，我俩以二敌七。现在，那七个人永远没法喝酒了。

我们要在傍山崖的地方建一座房子，用黝黑的山石垒墙，不做一星半点的粉饰。我喝了一口酒，说，对，不做一星半点的粉饰，保留石头的棱角，连石头上的青苔，也任它自由地生长。

我们在房前开一片地，种麦子稻子，种豆荚蔬菜。

白天里我们在田间劳作。绿色的麦苗在身旁一浪一浪起伏，甘甜的苗香撩拨着心扉，虫子在低声唱和，鸟儿在地北角叽叽喳喳，一会儿从这边的枝头飞向那边的枝头，一会儿从那边的枝头飞向这边的枝头。有时候会有那么一只飞过来，就憩在我们的锄杆上，小黑眼珠子滴溜溜转着，打量着我们，一点儿也不害怕。它们是我们友好的邻居，里仁为美的道理它们比人更懂！

我们的院子里悠闲地踱着一群鸡，它们引着颈在院子里咯咯地叫着，用坚硬的喙刨出一条虫子或拣拾一粒麦子。一只公鸡领导着它们，那模样像个趾高气扬的大将军。它算是妻妾成群。

屋檐下纠缠着几只猫。窜来蹦去，老远便能听到呼噜呼噜的声音。一只有着漆黑如同缎子般皮毛的公猫正起劲儿地同一只灰色的母猫交配，周围的猫都是它的子孙。灰猫平平扁扁地贴在地上，偶尔回头去撕咬黑猫颈下的皮毛……

客栈的烛光摇曳着，映照得凌月的脸忽明忽暗。凌月轻轻地握着我的手，烛影下她的眼光如暗夜稀疏的星光一样。我可能有些醉了，每一次在这样的场景里，总想好好勾画我们的生活。也许，我若不入江湖，很可能会是田园诗人。

早晨，我们走出户外，四面围绕着山的屏风，日光微露，晓霭迷离。前面，新翻的土大块大块黑亮亮地肥着，地埂上碧绿的草间，荞麦花红得像鸡血。远处有一大片树林，杂生着桉树椿树，薄薄的雾格外飘浮。夜晚，我们在院子里放几张竹椅坐下来，用车前草或者冬桑叶泡一壶“茶”，这是我们自己采撷的。晚风轻轻地从麦田上空滑翔过来，青苗的气息直入肺腑。漫天的星斗像斑斓的豹皮，在头顶的天空恣意铺张。蟋蟀蚂蚱在草棵下鸣唱，还有十里蛙鼓。风在树林里穿来绕去，树叶摩擦着沙沙作响。

下雨了。我们坐在屋檐下，雨点像晶莹的珍珠一帘一帘垂挂在我们面前，整个世界似乎都朦胧了。远山依稀看见暗黛的影影绰绰。院子里积起一汪汪水，雨点落下来，溅起白白的水花，涟漪不断相互碰撞包容呢。说不定我们还可以看见一个穿蓑衣戴斗笠的人正从那边的小径走过来。

凌月的身子微微在颤抖，我不得不把她的身子往前拢了拢，我的脸触到她的鼻尖，冰凉得沁心。我说，月儿，我们要生一大群孩子，一大群，我们要教育好他们。

凌月的脑袋抵在我胸前，低声问，教他们大泼风小泼风？

不！我断然否定。不！绝不！师父传了大小泼风刀法给我们，令我们从此陷入不死不休的江湖生涯。世人将我们合称逐月。大小泼风，刀刀逐月。多少人孜孜以求在江湖扬名立万，那是多少血腥多少疲惫多少惊惧换来的。我害怕了我厌倦了。月儿，我们那两柄刀四五十斤重，可以打好几把锄头吧。

我们教孩子识别季节时令，什么时候下种什么时候收获。再教他们一些可以愉悦自己的辞赋，但一定不是那些只为出将入仕准备的狗屁文章。孩子们不能去求仕，仕途的险恶犹胜江湖！江湖还可以快意恩仇碧血涤刀，仕途却全是软刀子杀人。我们可以教他们吹长笛引洞箫，那既可以陶冶性情亦可以悠然自慰。憩息田间地头悠扬地来上一曲，疲乏消失得无影无踪……

身后突然响起细微的声响，有人如狸猫般跳落在窗棂上。那人来不及有任何动作，我折身跃起，长刀飞斫，刀光过处，溅一道血光。

我一直疑惑，御马八怪，何以只来了七个。现在，御马八怪没有余孽了。我正想把这想法告诉凌月，话却哽在了喉咙。窗外灯影下，身首异处的，是一只黑猫。

我听到了身后凌月压抑的饮泣。

我不敢回头。

# 第八辑

# 吴王与魔术师

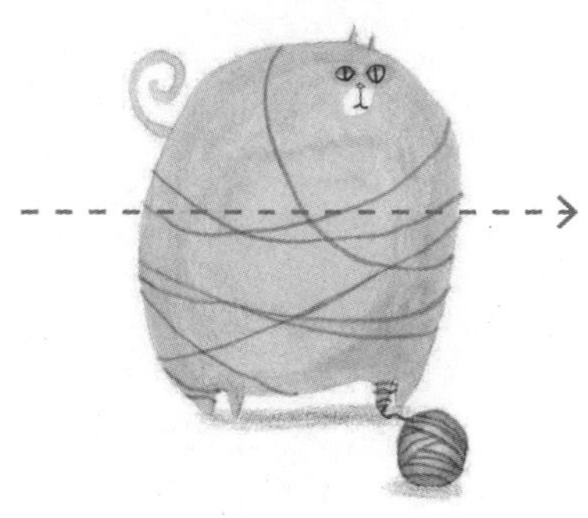

# 胡车儿

邓洪卫

胡车儿是张绣府中的死士。此人力能扛鼎，豪饮不醉。

曾经和张绣在府中饮酒。饮酒数升，张绣大醉而卧，而胡车儿谈笑风生，仍然大吃大喝。喝得多了，就起尿。车儿撕了一只鸡腿，咬在嘴里，晃晃荡荡出来小解。正逢三个刺客潜入府中行刺张绣，被车儿发觉。车儿双掌齐出，“啪、啪”，击倒两个刺客。还有一个刺客见势不妙，转身就跑。车儿不急，将嘴里的鸡腿慢慢地嚼，连骨头一起嚼碎了，咽下。这才握住地上一个刺客的脚跟，提起，奔出，对着远处的脚步声一甩手。这家伙，“嗖”，呼啸而出，“砰”，一声钝响。车儿转身回屋，继续饮酒，若无其事。

天明，张绣睡醒，出来看到门外横陈一具尸体，不由大惊失色。车儿说，没啥，门外还有两个呢。张绣命军兵去看，回来说没有。车儿说，再往前找。往前找了 300 米远，果然找到了。两个家伙头对头，皆脑袋迸裂。胡车儿这才讲明昨夜之事，张绣双手拇指竖起，称赞道，真乃勇士也！

曹操进军宛城。张绣在贾诩的建议下开城投降，并将曹操接进帅府畅饮。席间，张绣见曹操身后站立一人，身高过丈，赤发虬髯，威风凛然，就问，请问丞相，身后站立者莫非是典韦将军？曹操说，正是。张绣起身，满了一杯酒，来到典韦跟前，说，张绣久慕将军威名，今日得见，三生有幸，请将军接受张绣敬酒。典韦按剑而立，不发一言。张绣又说了一遍敬酒辞。典韦仍不答。张绣很尴尬，一时不知是进是退。

一旁恼了胡车儿，拔剑而起。典韦也不示弱，冲到当中。二人当场争斗起来。从屋中斗到院中，从院中杀到街上，将在场众人惊得目瞪口呆。好半天，曹操才醒悟过来，出来大声喝住典韦，那边张绣也喝住胡车儿。二人将剑还入鞘内，回到屋中，继续饮酒，如无事人一般。

曹操问，张将军，此人是谁呀？张绣说，我的好兄弟，胡车儿。

噢。曹操点头。难得张绣帐下还有这等英雄，能与典韦一争上下。可惜了，可惜了啊。

回到驿馆，曹操对典韦说，胡车儿当世英雄，我很爱惜他呀，如果他能与你一左一右，护佑老夫，该有多好哇。典韦点头，胡车儿确实是个英雄。曹操叹息不已。

第二天晚上，张绣又请曹操饮酒，只让胡车儿陪侍。曹操也只带了典韦赴宴。曹操和张绣坐在上席畅谈。典韦和胡车儿在下首畅饮，酒一碗一碗地喝，感情越喝越厚，大有相见恨晚之势。

曹操对张绣说，既然二人如此脾味相投，不如让他们结为异姓兄弟吧。张绣点头。

典韦遂与胡车儿来到院中，焚香对天而拜：不求同年同月同日生，但求同年同月同日死。

拜毕，回屋中继续畅饮。

曹操在城里待得寂寞，受不了诱惑，将一个女人带到城外营中耍玩。如果是一般的女子也就罢了，可这个女人是张绣的婶娘邹氏。张绣因此谋反，就在当夜动手，可是畏惧典韦的勇猛。张绣就对胡车儿说，今天晚上，你约典韦饮酒，一定要将他灌醉。

胡车儿来到典韦大营。典韦说他要时刻保护丞相，不能离开军营，更不能进城。

胡车儿就带了酒菜来到典韦营中。典韦不敢做主，来报告丞相。曹操很高兴，说，明天我就要离开这里，回许都了。你要设法留住胡车儿，最好把他灌醉，绑架他一起回许都。典韦领令而出。曹操自在营中与邹氏饮酒作乐。

典韦与胡车儿摆下酒场，开怀畅饮起来。两人各怀心腹事，尽在酒碗中。你来我往，两个从未喝醉过的人，都醉了。各枕着自己的膀子，睡去。

隐隐约约，典韦听到外面传来奇怪的声响。他睁开眼睛，挣扎着站起，走出帐外。外面的混战已经开始了。有一个士兵跑过来，叫，将军，张绣反了，快去保护丞相。典韦赶紧向丞相的大帐跑去。可是，他的腿很软，全无以往的气力。

这时，张绣带着人马冲杀过来。典韦这才想起，双戟还在自己的营帐中。他想回去拿，但来不及了。他顺手操起一把战刀，连砍敌将数十人。刀太轻了，不称手。典韦扔掉刀，一手操起一名士兵，抡向敌阵，砸死了许多敌兵。可是他因为喝多了酒，手脚已经不听使唤，身上多处重伤。最终支持不住，轰然倒地。

张绣的人马在短暂的停顿——畏惧而不敢上前——之后，踏着典韦的尸身，冲进了曹操的大营。此时，曹操已经在众将的保护下，骑上“绝影”宝马，跑了。

张绣率军好一阵追杀，直将曹操追杀到水河边。

张绣领着军队得胜回城，这时他看见胡车儿抱着典韦，迎面而来。

张绣的军队默默地闪出一条路来。胡车儿慢慢走过，在水河边停住了脚步。

胡车儿用自己的双手刨了一个坑，将典韦放在里边。然后大吼一声，挥拳猛击自己的额头。

张绣下马，趺伏在坑边。三军皆默然跪伏于地。

此时，晨曦初露，河面上烟雾浓厚而低沉。

数年后，张绣又投降了曹操。

曹操问，你手下的那员勇将胡车儿呢？我想带他回许都。

张绣把曹操带到水河边，那里有一座墓。上书：烈士典韦胡车儿之墓。

我已失去猛将典韦，为何又失去胡车儿？曹操潸然泪下。

# 张 松

邓洪卫

刘备取了荆州，又想得西川。

仿佛有了心灵感应。这时，西川有一个人在想，西川这么好的地方没有明主来守，如果让刘备来做西川之主多好啊。此人叫张松，是西川刘璋帐下的一个别驾。张松愿把西川拱手献与刘备。他决定亲自到荆州一趟。

张松来荆州之前，与他的哥哥、广汉太守张肃发生了争执。张肃说，弟弟此去是想把西川献给刘备吗？张松说，正是。张肃说，古人云，烈女不嫁二夫，忠臣不事二主。我们哥俩在贫困之时投奔刘璋，蒙刘璋不弃，收留下来。他对我们恩重如山，现在你却拿他的土地去献给徒有虚名的刘备，这难道不是卖主求荣吗？

张松说，不然。良禽择木而栖，良臣择主而事。刘璋虽为西川之主，可他禀性懦弱，缺乏主见。此等人想守住疆土亦不可能，更遑论开拓疆土、建功立业。我们与其坐而等待别人来选择自己，不如主动去选择明主。我纵观天下，只有刘备值得信赖。如果他能入主西川，是西川百姓之福啊。

张肃说，可你为什么不把西川献给曹公，偏偏要献给刘备呢？

张松说，当今天下，同时拥有聪明诚实的人，才能称为明主。曹操聪明而不诚实，过于暴戾，非明主也。刘璋虽诚实而不聪明，必将受制于人，亦非明主。唯刘备聪明而诚实，仁义布于四海。龙岂池中物，乘雷欲上天。刘备他日必能荡平宇内，成就霸王之业。

张肃说，南海有一条鱼，它不满足于在海里自由自在地生活，却希望能到岸上去接受阳光的沐浴，以为那才是最理想的境界。有一天，它被冲到沙滩上想再回到海里，已经晚了，最终被阳光烤死。你在西川刘璋手下干得很好，现在却要引刘备入川，这跟离开大海到岸上晒太阳的鱼有什么两样呢？

张松说，我听说，北方有一种鸟，成天卧在窝里，饿了，就张开嘴，妄想天上有小虫子能无意中掉到它嘴里；冷了，也不想出来加固它的窝巢。最终不是饿死，就是冻死。这难道不是很可悲吗？我还听说，北海有一种鸟，其名为鹏，它展开双翅，如天边的云朵，拍打双翅能像旋风一样飞到九万里的高空，没有人知道它的志向有多远。你说它们谁的生命更有价值呢？

张肃说，伯夷叔齐乃古之圣贤，二人情深意笃，宁饿死在首阳山也不愿分离。如今，你要助刘备取西川，我要助刘璋守西川，如水火不能相容。弟弟应该想一想伯夷叔齐呀。

张松说，伯夷叔齐为兄弟之情而废国家大事，不足取也。我意已决，兄长就不要再说了。

张松离开西川，到荆州见刘备，将《西川地形图》拱手献上。刘备在张松帮助下，很快进入西川。经过一番苦战，进逼成都。可这时候，张松却被刘璋抓了起来。告密的人正是张肃。

之前，张肃来见张松，说，兄弟，你怎么能真的这么做呢？我们可是受刘璋恩德啊！

张松笑了，说，等刘皇叔一到成都，我里应外合，大事就矣。我们可以施展才华，不负平生所愿。

张肃出了张松的府第，来到一个酒馆喝酒。酒一杯一杯下肚，菜却一筷没动。他很矛盾，想起许多往事。这兄弟俩感情可非同一般。父母早逝，他们寄居在叔父那里。叔父对他们兄弟还行，可婶子对他们却很嫌弃。见到他们吃一点喝一点，就来气，经常瞪着眼，给脸色看。没办法，他带着张松出来谋生，幸亏遇到好心人相助，供他们读书。张肃和张松都很聪明，特别是张松，记忆力特好，过目成诵。后来，兄弟二人带着理想和才学去投奔刘璋，路遇大雨，被困深山。张肃把最厚重的衣服披在弟弟身上，把仅存的干粮给弟弟吃。自己穿着单衣，忍饥受冻。好不容易见到刘璋。刘璋对他们不错，给他们封官。本来日子过得好好的，可是弟弟偏要把西川献给大耳贼刘备。这是恩将仇报啊。他张肃也有志向，也知道刘璋性格懦弱，非守业之主。可是，谁献了西川，我们哥俩也不能献啊！

不知喝了多少杯。最后，张肃起身，出了店门。打马扬鞭，来见刘璋。

张肃拿出一封书信。原来，他早已偷偷地取得一封张松与刘备的通信。刘璋冲天大怒，传令将张松满门抄斩。可怜张松，还在睡梦中，就被抓了起来。他仰天长叹：未能见刘皇叔入主成都，我死不瞑目！

不久，刘备果然进入成都。举城庆贺，文武皆有封赏。有人对刘备说，功劳最大的张松却没能得到您的封赏啊。刘备想，是啊，张松哪儿去了？怎么没来见我呢？这人说，张松已经被他的哥哥出卖，被刘璋处死了。哥哥怎么能出卖弟弟呢？刘备命人找来张肃。

刘备说，你为了你的荣华富贵，害死了你弟弟全家，未免太无情无义了。张肃面无惧色，说，我与张松乃兄弟之义，为私；我与刘璋乃君臣之义，为公。我岂能以私废公。

刘备说，算了算了，以前的事就不谈啦。你愿意跟我共创大业吗？张肃说，现在我只求速死，并恳请明公将我与张松合葬一处，以此来补偿曾被我舍弃的兄弟之义。刘备说，你太认真了，跟谁干不是干呢？活着比什么都好啊。张肃摇摇头，抢前一步，触柱而亡。刘备叹了口气。左右无不落泪。

刘备将他们兄弟合葬一穴，称“兄弟冢”。

刘备很感动，但他很快把这事忘记了。因为他很忙，西川的一大摊子事需要他去收拾。

更何况，这些死去的人，对他已没有太大的意义。

# 邹　氏

邓洪卫

邹氏是大家闺秀，不仅美貌如花，且精通音律。可谓才貌双绝。那日，她的家里闯进一群乱兵，为首的是张济——董卓帐下四虎之一。紧随其后的，是张济的侄儿张绣。

邹氏正在弹琴，太投入了，以至于张济等人闯进来，她还浑然不觉。张济示意军兵止步，待一曲终了，张济才假模假样地咳嗽一声。邹氏回头，还未来得及回过神来，已经被张济轻轻抱起，缓步出门。

事后，张济也觉得奇怪，这女子在他的怀里，像一只猫，很温顺，一点声响都没有。是不是吓坏了呢？张济低头，自己差点吓出声来：女子正睁大眼睛，盯着他看呢。看着叔父抱着美女下了楼，张绣吩咐士兵，你们，将琴带走。小心，别磕着碰着。有一点差错，砍掉你们的脑袋。

将邹氏抱下楼的张济，并没有想到纳为己有。他先想起他的侄儿张绣来：我兄长临终前将此子托付于我，如今已长大成人，尚未婚配。不如将此女许配予他，也算了却一桩心愿。

到了楼下，张济变了主意：绣儿还年轻，机会多着呢。不如将她送给董公吧。董公肯定会满意的。张济甚至看到了董公对他挑大拇指，称赞道，事办得不错，重赏。

邹氏仿佛看穿了他的心思，在他的怀中动了动，说，我美吗？张济说，美。邹氏说，你不喜欢我吗？张济说，喜欢。邹氏说，那又何必将我送予他人呢？

我没说把你送给别人啊！

可你刚才心里确实是这么想的。

我已经收回自己的想法了，好吗？

邹氏不言。

就这样吧。董公身边美女如云，听说最近又黏上一个貂蝉，每天上朝都是很浓的黑眼圈。夜生活过度，累呀。为了领导的身体着想，我也该吃点苦，收了这女子。再说，我征战半生，也该有个女子相伴了。

正好一个术士迎面走来。他看到张济怀里的邹氏，停住脚步。他对张济身后的张绣说，将军，刚才那女子有败家之相，不可不防呀。

张绣拱手，多谢先生提醒。

张绣趋步上前，对张济说，叔叔，刚才那位先生说她有败家之相，不可不防呀。

张济一愣，旋即笑了。他轻轻地说了一句“腐儒之见”，便抱着邹氏，上马而去。当天晚上，张济不顾张绣的再三劝阻，和邹氏成了亲。

就在张济带回邹氏的一个月后，朝中出了大事。王允巧使连环计，吕布倒戈刺了董卓。张济等四名董卓旧部上书请求朝廷赦免，朝廷拒绝了他们。朝廷说，助董卓作恶的是你们四人，别人皆可赦免，唯你们四人不可。

张济等人别无退路，只好接着造反。不久，张济在攻打穰城的战斗中中箭身亡。史书记载：张济自关中引兵入荆州界，攻穰城，为流矢所中死。

张绣接任了张济的职务，率军占据了宛城。张绣将他的婶娘邹氏安排在一处大院内，并把她的琴送过来。邹氏每天抚琴度日。

那年春天，曹操率兵攻打宛城。张绣听从贾诩的劝告，投降了曹操。曹操进城，被安排在驿馆里。这驿馆就在邹氏住处的隔壁。

当天夜里，曹操在张绣的府上大醉而归。恍惚中，有琴声萦绕耳际。

连续三天，皆是如此。

于是，这天夜里，听到琴声的曹操从床上披衣而起，叫来他的侄儿曹安民，说出了一句著名的话：此城中有妓女否？

曹安民说，我们驿馆旁边就有一个美女，但不是妓女，而是张济的遗孀、张绣的婶婶。

莫非就是这操琴之人？

正是。

立即与我取来。还有她的琴。

很快，邹氏被领来了。曹操看着邹氏，又说出一句著名的话：我为夫人故，特纳张绣之降，不然灭族矣。

这是三国年代最虚伪的一句人情话。这话，也只有曹操说得出口。

邹氏说，多谢丞相。

别客气，今晚就别走了。过几天，跟我一起回许都，过好日子吧。

当天夜里，邹氏就留宿驿馆。

三日后，曹操又将邹氏带到城外的军营中。他令大将典韦在外营驻守，自己与邹氏在内营享乐。

张绣知道了，对谋士贾诩说，果然如我们当初设想的那样，现在可以动手了吧。遂在贾诩的策划下，攻进了曹操的大营。

那时，曹操正沉湎于邹氏的美妙琴声中。帐外的一切异常，他丝毫不觉。幸亏曹安民牵过一匹马来，说，张绣反了，已攻到营外。曹操大惊，推开邹氏，翻身上马，飞驰而去。

这一仗，曹操虽然侥幸逃脱，但损失惨重，儿子曹昂、侄儿曹安民，还有大将典韦都死于乱军之中。

张绣得胜回城。有凄怆的乐曲之声从烟雾缭绕的战场上传来，忽高忽低，如梦如幻。他看到他的婶娘邹氏正在遍野的尸首中寂寞地演奏。

张绣沉默良久，在马上悄然取下弓来，一箭射去，琴声戛然而止。

张绣收弓，恨恨地说，这女人害了多少男人啊！

将军错了，是男人害了她。贾诩说，兀自在心里轻轻地叹了一口气。

# 杨修之死

岱 原

杨修说，我没有想到，这个时候还有人来看我，我杨修没有看错人，我杨修从来不会看错人。

这个时候的杨修已经不像杨修，顶戴被摘，官服被除，一头长发泼面而下，几乎看不见脸。他成了囚徒，一个即将被处决的犯人。

笨四叹了口气，他在杨修面前坐下，他带来了一坛酒，这坛酒他从来没有打开过，这坛酒他准备了很多年。

他在等一个机会，现在机会来了。在开这坛酒之前，他想说一些事情。和一个聪明人说这些事情会不会很残忍？他没有去想。他要说，是因为他想说。

他开始了他的讲述，像是在跟杨修说话，又像是自言自语——

一开始，你的侍卫只有笨一、笨二、笨三，没有笨四。我来投军，就是冲着笨四这个名号来的。做你的侍卫都会失去自己的名字，成为笨蛋一号、二号、三号、四号。我不想当一个笨蛋，但我需要接近你的机会。好在成为你的侍卫并不难，因为没有人愿意被别人称为笨蛋，即使是一个真正的笨蛋也不愿意。

当然，成为笨四也没那么容易，你让我们背诗文，考察我们对句读的认识。所幸我读过书，对一些不算深奥的知识还有所了解。这在大字不识的士兵当中显得格外突出。这样，我就成功地当上了笨四。称呼一个有文化的人为笨蛋，对你来说很有成就感吧？

笨四的讲述进入状态之后，他忽略了夜晚袭来的露水，忽略了军营旗帜被风扯出的猎猎碎响，忽略了杨修睁大的眼睛里无法掩饰的狐疑。营帐外松明子的光摇摇晃晃，时间变得恍惚，一切都像昨天。

成为侍卫笨四之后，我才发现，主簿杨修不缺护卫，你缺的是一个侍从，说白了就是专职用人。抄写文件，传达指令，烧水煮饭打洗脚水，等等，一应生活琐事哪一样少得了我。

你还是个挑剔的人，字写歪了一点，一个耳光就过来了，洗脚水太热，一脚就踹了过来。有一次，我递砚台时打了个喷嚏，你就扣了我五钱的俸银。你说，你一个月才几两银子？你还说，对下属要求严格是一种职责。对，你说的就是职责。

笨四笑了，接着说，知道吗？我并不在意这些，我甚至很高兴，你的苛刻让笨一笨二笨三远离了你，只剩下我一个人还愿意面对你这副趾高气扬的面孔。我很开心，它让我有更多的机会接触到你，我一直在等一个机会。

然后就是鸡肋的口令了。昨天，因为鸡肋的口令，你让我们提前收拾行李，这个决定让我意外，很多风声是我故意透露的，我故意让夏侯将军和曹丞相知道我们在提前收拾行李。我故意告诉夏侯将军，你已经通过鸡肋的口令预言了战局的失败。别的不敢确定，但这一点我有把握，在丞相未发号令之前，你所做的一切都是动摇军心。我不清楚这么做的具体后果。能把你送上刑场，倒是个意外的惊喜。

我是细作，是某某某的眼线？不不不，你一向都那么自以为是。当然，我也不可能为了上次的五钱俸银，就送掉你的脑袋，我还没有那么残忍。

在说具体原因之前，我不知道你还记不记得一个人，你应该早忘了吧，这个人很多年前就死了。他是邺城守卫，一个门吏。这个门吏的父母死于战乱。他有一个弟弟，兄弟俩一直相依为命。他当门吏很多年，用微薄的薪俸供弟弟读书。直到有一天，他被陈王曹植杀了。

那一天，他奉丞相的指令阻止陈王出城，然后就被陈王杀了，那是很果断的一剑，从颈脖处斜劈下来，直至五脏六腑。在杀死门吏之前，陈王从来没有杀过人，但是，那一剑，他劈得非常果断。

你不用脸色发白，我也是打听了很久，才知道那一剑的幕后主使，这个主使叫杨修，主簿杨修——对，就是你。我兄长供我读书，原本想给我谋个好差事。他没有想过我会当侍卫，成为笨四也不是我的人生目标。

但我最终还是成了笨四，不成为笨四，我还能成为谁呢？笨四叹了口气，他打开那坛酒，自己仰头喝了一口，然后把整坛酒悉数倒在杨修面前的泥地上。这坛酒他准备了很多年，他一直等待的机会，就是这一刻的祭奠。

故事到这里就结束了。历史没有记录小人物笨四这天离去时决绝的背影，没有记录杨修在行刑前用手指几乎抠掉了捆绑自己的木桩上的树皮，也没有记录那天夜晚满天的星斗。

历史总是忽略这些，然后给我们一串冰冷的数字。

建安二十四年，杨修被杀，时年 44 岁。

# 忠孝孔融

岱 原

我想写一写孔融。这个怪趣的家伙曾经活得非常得意。孔融说他是孔子的后代，是二十世孙。我怀疑这是一个谎言，但没人能证伪。孔丘姓孔，孔融也姓孔，同姓的条件让孔融的攀亲有天然优势，而且孔融还能拿得出族谱，但族谱可以伪造，佐证力度不大。说孔融是孔子的后代，跟说刘备是刘邦的后代一样，都是基于单方的表述，可信度不高。好在这类攀亲行为对旁人没有伤害，大家也就无所谓了。所以孔融说自己是孔子后代，那就当他是孔子后代吧。孔子后代可是名门之后，这样，孔融在公开场合就变得很有面子。

当圣人的后代要有学问，这点孔融做得很成功。孔融活了五十六岁，这五十六年的时间里他大部分时间都在谈书论道。他说自己读了很多书，因为肚子里的学问太多，不兜售出来就会难过，所以孔融在一些大型聚会场合，都喜欢高谈阔论。他谈孝悌，谈忠君。虽然观点不新鲜而且掉书袋，但也没人敢反驳他。因为在孔融生活的年代，这些都是正能量。正能量是个好东西，它在任何时间段都能让拥有者站在舆论制高点，可以目空一切睥睨众生。没人敢反对正能量，反对正能量就是负能量，在当时宣扬负能量随时都会掉脑袋，不划算。

凭借一肚子正能量，孔融开始当官，先是北军中候，然后是虎贲中郎将，最后官拜北海相。这些都属于国家高级干部。它也是孔融长期进行名誉经营收获的成果。孔融到北海任职就是当地方长官，是老大。三国时期当地方上的老大权力不受制约。孔融在北海就玩得很嗨皮（英文 happy 谐音，意为开心）。

孔融是个花天酒地的人，热衷于搞文人派对，一餐饭要喝很多的酒，要花掉数不清的银子。孔融自己不觉得这有什么不妥，他一天到晚抱着《汉律》和《孝经》，逢着聚会就在这两本书里拿出一段搞命题作文，让别人和自己谈论忠孝。一个人守着忠孝还能治理不好地方？这当然不可能。孔融很自信。

当地方上无法支撑起孔融庞大的财政开支时，孔融就征重税。税种很随意，看孔融的心情。比如睡觉要交睡觉税，吃饭要交吃饭税。行人路过他的馆驿，听到他谈论忠孝要交妙音税。征税的督邮被繁多的税种搞得头昏脑涨，即便他们把这些乱七八糟的收税理由纹在肚皮上，也架不住一不小心就遗漏了一两个。遗漏税种可是天大的过错，孔融无法容忍，这种过错意味着督邮的不尽心。不尽心就是对主子不忠，不忠怎么办，那当然要砍头。孔融一不高兴就砍两个督邮的头，砍头地点选在菜市场，砍给别的督邮看，也砍给老百姓看。目的明显，你们必须交税，你们必须忠于自己的主人。

与忠对应的是孝，怎么才叫孝，孔融在北海郡也专门拟定出标准。他把北海郡那些有子嗣的父母一律登记在册，细致地记录下他们的体重。哪户死了老人，孔融隔段时间就上门去给那些遗孤们称体重。比如父母死了三天，子嗣必须瘦一斤，死了半月，必须瘦五斤。这些都是硬性指标，超过这个指标就发奖状，没超过就砍头。砍头理由就是不孝，父母去世，子女不瘦五斤，简直就是禽兽，天理不容，怎么还有面目活在人世？孔融说，我父亲死后我瘦了十斤，我只让你们瘦五斤已是天大的恩惠，这么低的指标都完不成，干脆死了算了。当然这也是孔融自己的说法，当时孔融是否真的瘦过十斤也没人能证明，但孔融砍人却砍得真诚。

按孔融的想法，以此极致的忠孝方式治理百姓，北海郡应该固若金汤。然而，当袁谭率军前来进犯时，北海却一触即溃，军士先跑，老百姓后跑，他们跑的时候，孔融还在馆驿喝酒，还在和一帮高人宣讲忠孝妙音。若不是几个酒肉朋友架着，并且在孔融脸上抹上锅底灰，孔融当晚就被乱军给砍了。逃出北海郡时，孔融身后一片火海，妻子儿女尽落敌人之手。

没人责怪孔融，正能量的光环让孔融的北海失守很容易找到脱罪的理由，比如城墙不够厚，护城河不够宽，守城的卫兵不够壮，武器弓弩不够先进，等等。反正，作为最高领导，孔融是没有责任的。借助北海大规模的忠孝宣讲。孔融逃到许都后名声不减反而更盛，所以他的待遇没降，回去就当上了太中大夫。在新的府邸，孔融喝酒更猛，宣讲忠孝节义更卖力。唯一遗憾的是在许都为官，杀人就没以前那么方便随意了。一大堆名人雅士聚会，酒喝了，牛吹了，热血沸腾的气氛起来了，却不能杀个把不忠不孝的人助兴，就好比一首长曲刚进入副歌部分就滑向尾声，简直令人发指。

孔融的心态开始失衡，他逮着机会就朝曹操开炮。因为在当时的许都，曹操是唯一一个有能力想杀谁就杀谁的巨头。孔融对曹操所能享受的这项福利待遇妒忌得要死，当然他也不好明面上翻脸，只能找机会阴阳怪气地嘲讽曹操。曹操儿子曹丕纳袁谭的老婆甄氏为妾，孔融就辱没曹操，说你这样做和武王伐纣将那个祸国殃民的妲己赏给自己儿子差不多。曹操要攻打刘备，孔融在朝堂上跳得比谁都高，孔融说，刘备是个老好人，你打老好人干什么？你打他就是道德败坏。曹操禁酒，孔融更加暴跳如雷。孔融说从古至今，哪个圣人不喝酒？禁酒是什么意思？否定圣人？你怎么不把婚姻给禁了？女色更误国。孔融当然还说了其他更多的话。他的目的很明确，他想在名声上碾压曹操，搞臭这个特权人物，他想让自己成为这个国家的道德标兵。他觉得或许某天自己也就有了和曹操同样的杀人特权。遗憾的是，他忽略了一个致命的问题，曹操也可以像他当年在北海对待督邮一样对待自己。

公元 208 年，曹操找个机会把孔融给办了，理由是孔融这家伙不忠不孝。将一个以忠孝名义起家的国家重臣安个不忠不孝的罪名，难度看似极大，操作起来却易如反掌。

曹操对孔融说，你在某年说过“天下不必是姓刘的”，对不对？孔融很奇怪，说，我没说过，我什么时候说过这话？曹操就说，你说你没说过不要紧，你怎么证明你没说过？孔融说，我只能证明自己说过什么，我没办法证明我没有说过什么。曹操说，你既然不能证明自己没有说过，那就说明你肯定说过。

曹操又说，你有没有说过“孩子是父亲情欲的产物，是母亲身上随便拿下的物件，父子之间不必有恩”？孔融大吃一惊，说，我肯定没有说过，我要说过我就是小狗。曹操说，你说你没有说过不要紧，你必须要证明。孔融说，我没法证明。曹操说，那就好，你不能证明就说明你说过，你这个不忠不孝的家伙，你可以去死啦！

很难说孔融是被气死还是被杀死的，反正最终孔融就这么稀里糊涂丢了性命。孔融死后，曹操把孔融的子女也一并杀了。那一年，孔融五十六岁。曹操觉得，孔融这家伙，真的是活得太久了。

# 吴王与魔术师

岱　原

于吉到江东之后，在建业城的大街上找了一个最繁华的路口。他戴上一顶有棱角和宽沿的帽子，穿上一件生牛皮做的大衣，大衣上粘满了各种颜色的羽毛。这让他看起来像一只从天而降的大鸟。他怪异的造型吸引了很多围观的人。他举起一根千年柏树枝做成的木剑，摇摆着指向天空。他说我将在半个时辰后被雷电击中，然后我就飞升。再后来，天空响起一串炸雷，一道火光在于吉的木剑上闪耀。诡异的气氛让大家吓得四下逃窜，等到围观者回过神来，于吉已经在人们的视野里消失了。

于吉第二次出现在建业街头时，整个建业城都已经沸腾了。大家奔走相告，说建业城出现了神仙。于吉在脸上抹满胭脂，在下巴贴一圈雪白的胡须，白发红颜的外形和大家对神仙的期盼很合拍。于吉高举着双手，安抚住沸腾的气氛，然后开始自己的表演。他把布帛塞进袖口，一晃动就从里面摸出好几只鸽子。他还把一把锋利的宝剑从嘴里慢慢插进去，然后拔出来，人却完好无损。他还从一堵墙的这边走过去，然后从另一边走出来。而那堵墙确凿无疑就是一堵墙，连门都没有。

在一千八百多年前，于吉造成的轰动没有文字可以形容，人们走上大街，在于吉的四周围了几百道圈子。很多人跪在地上索要于吉的签名。一些男孩子模仿于吉的造型戴上宽边帽。他们学习于吉走路和双手指天，他们幻想也有一道闪电能够击中自己。那些未出嫁的少女则想方设法堵住于吉经过的路口，她们大声齐叫：于吉于吉，我要嫁给你，我要给你生猴子（孩子）。她们发出各种各样的尖叫和哭喊，有的人甚至晕倒在地。

关于一个城市瘫痪的场面，我们也不必描述过多，事实上这些情景都是在吴王孙策养伤期间发生的，当时孙策因为杀了大臣许贡，然后被许贡的家奴设计报复，脸上被射了一箭，前胸后背被砍了十几刀，所以只能躲在后宫养伤。因为养伤，孙策没有成为于吉在建业爆红的第一见证人。等到他真正见到于吉的时候。整个建业城的情况已经发展到完全无法收拾的地步。

当时，袁绍想联合孙策对付曹操，就派大臣陈震去见孙策。如果是一般的使臣接见，孙策在官邸就解决了，但陈震的到来属于两个大户联合搞阴谋，孙策不想让陈震小瞧江东，就故意在城楼上设宴。一座城市的城楼属于制高点，可以俯瞰街道和众人。孙策的意图很明显，他想让陈震见识见识建业城铺满大理石的街道，样式统一的楼房，还有各种长势良好的绿化树。孙策想通过城市的外观向陈震展示江东的软实力。孙策的这个做法说明我们这种向外人展示实力的传统有着千年的传承，它也是华夏文明中很美好的一部分。

刚开始气氛很好，大家喝喝酒吹吹牛，陈震也趁机很得体地恭维孙策，说了很多话，无非是你孙策英明果敢气质非凡治理国家一流之类的。不过酒喝得正酣的时候，城楼下面忽然热闹起来。于吉在这个城市里的表演刚好来到了城楼下面，成千上万人簇拥造成的声势让孙策和陈震的对话根本无法进行。

即使在今天，于吉在当时的表演都足以让人叹为观止。比方说，他能把手中一根棍子舞着舞着就变成一把剑。他能把一个空口袋在空中捞几下就能从里面摸出好几斤鸡蛋。不过他最厉害的还是表演穿墙术。他在一堵又一堵墙之间穿来穿去，让人眼花缭乱。当然，如果他只是做这些倒也没什么，表演进行到最后，他从口袋里摸出一些事先准备好的纸符，当着大家的面烧成了灰，然后他捧着这些灰告诉大家，说这些灰能强身健体包治百病，大家欲购从速，数量有限云云。这个时候的于吉在大家心中已经是事实上的神仙了，一个神仙推销纸灰，其效果可想而知。

那么多的人，就那么一点灰，大家都想得到它，当时的抢购气氛热烈得快要爆炸。孙策宴请陈震，文武大臣都来得整齐。结果城楼下于吉一推销纸灰，这些大臣就一窝蜂地往楼下跑，他们从口袋里摸出银锭子，大呼小叫，生怕错过机会。而那些宴席上端盘子的侍女和旁边伺候用膳的老妈子也不甘示弱，她们一个个都把手里的活计丢下跟了过去。

孙策很是尴尬，关键时候陈震在旁边又补了一刀，陈震说你们东吴的人都是这个样子吗，被一个江湖术士骗得团团转。难道没见过世面，个个都是乡巴佬？像于吉这样的货色，在我们冀州一抓就是一大把。其实陈震也是第一次见到于吉这种稀奇的表演，但外交官毕竟有外交官的修养，他们赞美人的时候什么美好的词都敢用，当他们想损一个人的时候，多么恶毒的话都能说出口。

孙策气坏了，他大叫一声，说把于吉给我押上来，我要把他砍了。孙策这个时候虽然是吴王，但年龄不大，只有二十六岁，二十六的人肝火旺，做事冲动。他们一旦决定做什么事情就五头牛都拉不回来。如果孙策是个五十六岁的中年人，或许他会先把事情理理清楚，搞清楚于吉表演的原理，然后再做个裁决。但孙策只有二十六岁，所以他做决定既突然也果决，他否定了朝中大臣和自己母亲的求情，一心一意要把于吉砍死。

孙策确实把于吉砍了，这一点整个建业城的人都可以做证，孙策自己也可以做证。因为太生气，孙策自己做的监斩官，他亲眼看到刽子手一刀下去于吉的脑袋就被砍掉了，而且于吉的脑袋掉在地上还咕噜噜滚了好几圈。但是到了第二天，孙策来到大街上，居然发现于吉这个家伙没有死，而且完好无损地在表演穿墙术。于吉见到孙策还很友好地打了个招呼，他朝孙策挥挥手，说，嗨，你好。

二十六岁的孙策琢磨不透到底是怎么回事，但越琢磨不透他就越拼命地用脑袋去想，想到后来就把身体想垮了。因为之前伤病还没有痊愈，这种过度的用脑直接就把孙策摧毁了。没过多久，孙策就很不甘心地死掉了。

# 嵇康与驴

苏　平

阳光从枣树梢上滑下来，到了离地一人高的时候，钟会派人给嵇康送来一头驴。那时候嵇康正在打铁，身子在明明灭灭的炉火前时而直腰时而弯腰。来人也不多说话，把驴拴在门前那棵枣树下，道一声“驴，司隶校尉钟大人送的”，便走了。

早年，钟会默默无名，写了些诗想交给嵇康看看。可是嵇康的名气太大，钟会有点儿战战兢兢，他来到嵇康家门口，来来回回地走了几圈，不敢敲门。这时，嵇康听到门外好像有脚步声，问了句：“谁啊？”钟会一听嵇康问话，吓得胆散了一半，将手中的诗稿嗖地从半开半闭的门中扔了进去，然后撒腿就跑。

过了几天，掌权的大将军司马昭来看嵇康。这个时候，司马昭还是希望拉拢一下人心的，想笼络嵇康这样的精神领袖。要篡夺天下，还是得营造一个好的氛围。司马昭说：“叔夜兄，别来无恙？”嵇康当然还在打铁，头也不抬，手里挥着大铁锤把司马昭的问话打得七零八落。司马昭也不恼，继续问：“嵇兄，最近可有趣闻？”嵇康听他这么一问，好像突然想起了什么，说了一句：“最近啊，有人偷偷摸摸往我家扔了包驴屎，臭不可闻，此人居心叵测啊。”司马昭本来是想打听打听文人圈的动静的，没想到嵇康来了这么没头没脑的一句，也不知道是骂谁，觉得是自讨没趣，便悻悻地走了。

司马昭回到宫中越想越觉得不是滋味，就找钟会来问嵇康这话什么意思。钟会一听，吓得脸都白了，想：“嵇康啊嵇康，你这是要我的命啊！”从此，钟会就恨上嵇康了，并且恨到了骨子里头。

现在钟会已经是司隶校尉，是司马昭的眼中红人了，他有能力了，想出出这口恶气，因此就给嵇康送去一头驴，至于送驴干吗，自己去想，你嵇康不是才满天下吗？嘿嘿。

嵇康打一阵铁，出来休息的时候，见门前枣树下拴了头驴，四个蹄子站在阳光里，不时地踢踏一下，就问："怎么回事？"家人告诉他，这是司隶校尉钟会让人送来的。嵇康一听，笑了。家人就说："中散大人，你还笑，这不明摆着骂你是头驴吗？"嵇康说："驴就驴呗，给我把它养好了。"

司马昭之前已经请过嵇康好几回了，条件嘛，要官给官，要钱给钱，只要肯出山就行，可是嵇康全拒绝了。嵇康的好朋友山涛，推荐他去接替自己的尚书吏部郎一职，结果嵇康给山涛写了一封信，叫《与山巨源绝交书》。你说，这嵇康又倔又呆，不是驴是什么？

嵇康的生活是很有规律的，早上起来抚琴，弹的自然是《长清》《短清》《长侧》《短侧》和《广陵散》，前面四首是他自己创作的，合起来叫"四弄"，与蔡邕的"蔡氏五弄"合称"九弄"。这"九弄"是天下一绝，后来，隋炀帝曾将弹奏"九弄"作为取士的条件，它的影响力可想而知。但更绝的是《广陵散》，这是一首千古名曲，天下只有嵇康一个人会弹。弹过琴，吃过早饭，嵇康看一会儿书，到了中午，吃过饭，午休一小时，然后开始打铁。暮色四合时，开始吃晚饭，饭后服五石散，然后制药。现在他又多了一样活儿，那就是和驴对话。

驴的到来，对嵇康的生活影响是巨大的。他弹琴的时候，驴会和上一两声；他打铁的时候，驴也会和上一两声；他睡觉的时候，驴还会和上一两声。大家听了这吭吭的驴叫，都摇头，杀杀不得，养养不得，这可如何是好。嵇康倒不恼，午休后，一起床，就搬个小凳子，坐在驴前和驴说话，口口声声唤它驴兄，说的什么大家不知道，反正嵇康说得很认真。那驴呢，只管摇头。有时，嵇康说一句，它就摇一次头；有时，说了两三句，它才摇头；有时，它也吭吭叫几声，不知是肯定还是否定，是激动还是抗议。多数时候，驴很矜持，半天也不发表意见，一点儿态度都没有。

这天，钟会派来的人到了，来人见嵇康在和驴说话，仿佛津津有味，就好奇地问："中散大人，你和驴在说什么啊？"嵇康回答说："什么都说。"来人嘿嘿地笑着说："中散大人，你对驴这么真诚，难得，难得。"来人不怀好意地恭维过嵇康后，又问："那么，驴对你说了什么呢？"嵇康站起身来，对着来人慢慢地说："您还希望驴能听懂什么？"

来人回去，把嵇康的话说给钟会听，钟会的脸就黑了。钟会又把来人的话，说给司马昭听，司马昭的脸也黑了。当然，钟会没说，驴是他送的。

公元263年，大将军司马昭找个理由，把嵇康杀了。行刑前，嵇康看了下日影，知道还来得及弹一曲，他让人把他平时爱用的琴拿来，撩了下长衫，弹起了《广陵散》。曲毕，监斩官低头问了句什么，嵇康回答说："这首曲子，从此只有马户兄会了。"监斩官听完喊一声：斩！

当监斩官把嵇康的话告诉钟会的时候，钟会大喜，立即派人去找马户，可哪有马户，只有那头驴在嵇康门前的枣树下拴着。公元264年，钟会死了，死时四十岁，和嵇康一样。钟会是因为造反被杀的，这个时候司马昭想起嵇康的话，有些后悔了。不过，也就后悔了一会儿。他的羊车来了。然后是晋武帝司马炎的。

# 江　东

虞欣颖

阿香第一次见到伯言的时候，十五六岁，韶华年纪。

彼时，她是东吴郡主，集万千宠爱于一身。而他是世家公子，孙权帐下的年轻小将。

她在花丛中刚扎好的秋千架上，柔和轻俏的鹅黄色裙摆软软地敷在纤长的小腿上，初春刚到，风吹裙动，覆盖着的肌肤泛起一层薄薄的战栗。

而他，就这样穿花度柳，赫然出现在她的眼前：墨黑的长发齐整地拢在碧玺发冠里，蟹壳青的外袍，略微松弛的领口隐隐可以看见月白色内里。五官清秀，眉眼细长，因向着光晕的缘故，双眼微微眯起，仿佛眉梢眼角皆是一片笑意。剑眉星目的英气模样，但嘴角却不声不响漾起浅浅的梨涡，平白地多添了几分少年稚气。他整个人映着春日湛蓝如洗的天际，身侧是翩然绽放的樱花，云蒸霞蔚，绚烂生花。

那个时候，阿香想，这个世上应该不会有比伯言更好看的男子了。

伯言看见秋千上的年轻郡主，俊俏的脸庞染上了落樱的颜色，马上正色道：“微臣参见郡主，不知郡主在此，望郡主恕罪。”

阿香听进去了每一个字，清清楚楚，却不知道他在说些什么，只是静静地看着他，周遭安静得只有花瓣坠落在泥土中的声音。她听见自己的声音，从遥远的地方传来：“你叫什么？”

“微臣，陆议。”

陆议，陆议，陆伯言。

其他人都称他为陆议，赫赫有名的小将。唯她，一迭声地唤他“伯言”，她的伯言。

那段时间，一贯不爱习文的她天天往兄长的书房跑，只为在转角回廊处假装遇到他，抬起头轻轻撩动拂在面上的发丝，娇俏地一笑：“伯言。”

阿香以为，终有一天，待自己长大，待伯言功成名就，他会备好十里红妆，用大红花轿来迎娶她。她等到了十里红妆，大红花轿，吹吹打打，但是那高头大马上的人，却不是伯言。

吴蜀盟约，而她，江东郡主，孙尚香，是那个漂亮的落笔。因着江东百姓，因着东吴安危，因着兄长母亲，她只得这样做。

出嫁的前一天晚上，阿香找到伯言。他依旧笑着，伸出手碰了碰她倾泻而下的长发，说：“郡主明天便要远嫁，今日要早些歇息。”

“伯言想我去蜀国吗？”没有用“嫁”这个字，没有说嫁给谁，她的如意郎君只有他一人。

伯言没有马上回答，抿着薄薄的唇，许久才缓缓开口：“刘皇叔是个好人。郡主该早些休息。”那是离开东吴前，他对她说的最后一句话。

第二日，她一身红装，上轿登船。在满目刺眼的红色中，阿香忍不住掀起帘幕，竭力向后望去，乌泱泱的人群中，她没有看见他。

茫茫蜀国，一去十年。阿香与那个所谓的丈夫也会举案齐眉，只是她不爱他，他亦是，这只是一场很简单的政治联姻，谁都清楚。这十年里，伯言在吴国的消息断断续续传到她的耳中，听说他封侯拜相，官居高位；听说他娶了她长兄的女儿，洞房花烛，琴瑟相和。

阿香怎么也想不到，她还有再见到伯言的一天。

吴蜀盟约破裂，国太心疼女儿，孙权心疼幼妹，费尽心力接了回来。家宴上，阿香看见了许久未见的伯言，稍见成熟的相貌，下颌有着微微的品青色，那双澄澈的眸子也因为纵身沙场而多了一丝纷繁。他向她行礼：“郡主安好。”

“伯言。”他身侧的女子轻声唤他，笑起来恍若屋外灿烂的春花。阿香听着那个熟悉的称谓，微微地朝他欠身：“陆将军安好。”

那天晚上，月亮圆得异常。阿香倚着栏杆，有一搭没一搭地与婢女闲聊。

“陆议将军与小郡主可好？”终究没忍住问出了口。

婢女不明所以，只当是阿香关心侄女，回道：“甚好。听闻将军在家中遍植樱花，最喜小郡主着鹅黄衫于花中嬉戏……还有，将军为小郡主扎了一架秋千……”

一瞬间，阿香似有些恍惚。方才席间，与小郡主闲话家常，却明明听得她说，她最喜青碧，尤爱芍药……她从小畏高，身子孱弱，不喜玩闹……

“郡主不知，陆议将军早已改名。”婢女说。

“改为何字？”她抬起眼，不知为何，眼前一片朦胧。

“单名一个逊字。”

陆议，陆伯言，陆逊。逊字，意为追孙。

“伯言，我告诉你，我最喜欢樱花了，来日，你为我种一院樱花可好？”

“伯言，你觉得我这一袭鹅黄可是好看？”

“伯言，你会一直在我身后吗？”

“伯言……”

仿佛是那一日，她亭亭玉立于樱花树下，伯言躬身：“微臣陆议，字伯言。”

如此，便是一生一世了。

# 衢州三怪之白露杀

阿　剑

张握仲从戎衢州，言："衢州夜静时，人莫敢独行。钟楼上有鬼，头上一角，相貌狞恶，闻人行声即下。人骇而奔，鬼亦遂去。然见之辄病，且多死者。又城中一塘，夜出白布一匹，如匹练横地。过者拾之，即卷入水。又有鸭鬼，夜既静，塘边并寂无一物，若闻鸭声，人即病。"

——《聊斋志异》

## 1. 水亭门

"前面就是水亭门了。"船家老宋道。

秋属金，宜刑杀。白露夜，水上俱浓雾，是杀人的好天气。这是师父常说的话。

师父说："比起锦衣卫缇骑，你更像一个杀手。"又说："比起杀手，你更像诗人。"

师父说："总有一天，我会把绣春刀传给你。"

其实，我只想做自己。

码头上有人，远远地招呼："可是阿先生？"

是个青年捕快，提灯在丈外，白面无须，笑容可掬。忽然纵身过来，掌风凌厉。我侧身让过。他奔出几米才硬生生地停住。

“久闻阿先生素来一招破敌，谢某唐突了。”

我微微一笑。

## 2. 钟楼底

衢州府是南渡圣学之地，前些日子，邸报传闻城内三处闹妖，故邀我锦衣卫查案。

先前豫、陕、鲁等地，乡人所谓妖怪，只是妖人作祟。

师父却说，妖即是魔，魔即是人。

想想也是。

此刻万籁俱寂。钟楼位于北门街南端，高约七丈，黑沉沉的，雾中像一块蛮石。

忽闻一股疾风。一黑影从钟楼扑将下来，咯咯笑着，一只判官笔斜刺过来。

我调息吐纳，单掌朝那黑影击去。听到咚的一声，那影怪叫，从空中坠落。

小谢已飞快冲去，刀光闪亮。提起就灯看，额上突突的一块肉团，像一只角，此人正是我追查许久的东海一枭。

## 3. 蛟池塘

城南。屋舍稀少，巷道简陋。

“嘘——”小谢以手示意。我们伏低草间，闻有类似鸭叫怪声。我纵身往前掠去，只见城墙底下，一人孤自站着，双手朝天，口有嘎嘎声，显然在练一种古怪的招数。

“乔老大！”我气沉丹田，断声大喝。

“金刚狮吼！”那黑影一惊，就往城墙上纵，迟疑间却身形下挫，双腿就势跪下来，“阿先生，饶命！”

乔老大是钱塘江上的水盗，每次练功，都需发声相助，所以一听便是他了。

他先前并无劣迹。

“你这功，越练越伤五脏，我便教你个法子，当能除你旧伤。”

他大喜，再度拜倒，正要起身，我叫道：“不好！”只听风中一丝疾劲，乔老大嘎嘎叫了两声，立即倒地，额上赫然一柄银针，已深入颅骨。

小谢赶到，问：“阿先生，可曾伤到你？”

“你衢州府捕快，为何会这门暗器？”

“谢某自有师承，不便多说，还请阿先生原谅。”

我哼了一声。

## 4. 县学塘

月淡风清，远远见一个更夫，正嘻嘻笑着，去捡地上一匹白练。却见白练腾空而起，更夫已被卷入塘中。

我和小谢一左一右，纵向前去，只见水花分处袭来。我全力击去，如中败革。落地之后，却是那更夫，已然死去。

亭子前面，一白衣女子悄然背身而立，幽幽叹息。

“你——”

“许久不见，”女子转过身来，黑发微颤，脸如雨后栀子，“可惜阿郎是路人。”

“也可惜，你已非当年的你。”

我嗖的一声，拔出剑来。

“想不到还能再见你这太阿剑。”女子轻叹道，一条白练如毒龙突袭，已然卷住小谢的脖子。

“破！”我一剑过去，白练顿时断裂；余势未了，剑尖已插入那女子胸口。

她看着我：“好俊的剑。”

那也是当年初见时，她说的话。

## 5. 水亭门

“大悲掌力破钟楼怪，金刚狮吼破鸭怪，不净太阿剑破白布怪，恭喜阿先生！”

小谢说着，双手一掬，劲风袭来。

我哼一声，借势卸劲，闪过刀锋；一个翻身，避开暗中闪闪发光的银针。

“你还有什么招数！”

忽然一股暗劲无声无息，我胸口像遭了重锤，哇的一口鲜血喷出。

“你不是衢州府的捕快！你是谁？”

“我姓谢，本名三郎。”

我当即明白了。谢三郎本是东厂的浙西掌刑千户。

“东海一枭、乔老大、滴水观音，三怪齐聚衢州府，却是为了你这第四怪！阿先生，千岁要灭锦衣卫，唯放心不下你师徒二人。你师父早已身中蛊毒，命不久矣。今夜各地，你同门俱废，除你后，世上再无锦衣卫。”

“是我太低估你了。”我冷汗涔涔，“只可惜——”

他站在丈外，手一扬，嗖嗖两声，两枚银针把我右手钉死，便笑嘻嘻地过来。“阿先生可有什么遗言？”

“只可惜……”我说，左袖一扬，只见一道黑光穿透小谢身体，落在丈外，“可惜你只知我有太阿剑，不知我还有鱼肠剑！”

## 6. 信安湖

浓雾未散。我一步步踱至岸边。老宋还在。

“回杭州府吧。”我说。

老宋慢慢摘下斗笠，手中赫然一张人皮面具。

“师父，是您！”

“衢州三怪，其实是五怪啊！鬼嗔、鸭痴、布贪、三郎疑、阿剑慢。你明白吗？”

“我明白了。”

“我叫你除此五怪，只因五毒就在你心。我今日便已死了，锦衣卫也已灭了。你和绣春刀却能活下去。”

他微笑地看着我，突然脸色变得通红，随即转青。

“不要啊师父！”

只听他怒喝一声，身体轰然爆裂，瞬间在浓雾中化为齑粉，再也寻觅不得。

此时水面暴涨，城墙摇曳，整个衢州府在黑暗中动荡起来，渐渐混沌，如入天地间张开了血盆大口。

我端坐船头。

水上浓雾紧锁，世界仿佛消失。哧溜一声，太阿剑和鱼肠剑像两尾白蛇与青蛇，滑入水中去了。

# 那年降落在地球

陈小庆

当飞行器降落在一片黄土高原时，我就知道，我走错路了——这是一个陌生、新奇、不同凡响的星球。一些我不认识的植物在黄土里生长。我对女助手说，飞行器坏了，我们是不是要一直待在这儿了？

她哭着说，忘了带画笔，这么美的异域风光，不画下来，回去怎么向人炫耀。

我看了看东边，那里有一颗彗星，是我们来的地方。

我故作轻松地说，回不去了，我们就在此地生儿育女吧。

女助手听后又开始哭哭啼啼起来，也不知道她是哭回不去了，还是哭要和我生儿育女。

走了好几天，前面有一座宫殿，我们高兴地跑过去。这时，我看到一个少年，他为何与我长得一模一样？他也看到了我，我们彼此望了一会儿。他和随从走在青青的田野边，看得出他出身不凡。有人说，世上的人，都有一颗天上的星和他对应。也许这就是命中注定。

这天夜里，我混入他的宫殿，将他掠走，关在郊外那个无人能至的山洞里。

然后我就冒充他。我成了嬴政，少年秦王。

蝗虫漫天，我有些后悔，女助手——此时的女官天天说，饿死了不少人（我们会说一百多个星球的语言）。

我问众位大臣，有什么办法？

众大臣说，只有兴兵征伐，抢粮食吃。

原来他们有这一套办法，我闻所未闻，点头同意。粮食果然多了。

由于气候反常，天下大疫，空气污染严重，病死了不少人。

我问众位大臣，有什么办法？

众大臣说，只有兴兵征伐，开疆拓土。

我点头同意，占了不少城池之后，空气果然清新多了。

冬雷阵阵如战鼓，让人心慌，总觉得有什么不妥。

果然，多国部队打过来了，兵临城下，我问众位大臣，怎么办？

众大臣反问，大王怎么一直问怎么办？过去你可是最有主意的啊！

夭夭斥责众臣，什么叫成熟？成熟就是明明自己有了主意，还要问问大家。

众大臣齐贺：大王成熟了！

我得意了好久，直到那个荆轲出现，才吓我一跳。

那一年夏天特别寒冷，秦地竟有人冻死。燕国使者荆轲来降，当我打开那幅图时，我看到在落款处有一把匕首，顿时吓得差点儿说出我的星辰母语。

好在荆轲只是花拳绣腿，不是我的对手。我其实不想让他死，听说他是一个有趣之人。有趣之人万里挑一，很是难得。可惜群臣手快刀快，拦都拦不住。

我一边看着天下成为我的掌中之物，一边加紧和夭夭研究怎么才能回到故土。

在这里不是也挺好？她一改刚来时的哭哭啼啼。

我说你看，这里的人天天打仗杀人，不讲一点儿道德，我怕有一天会替那个蠢家伙死了，岂不是很冤？

彗星又出现了，可是我的飞行器总是启动不了，仪表显示由于误入红尘，发动机失灵。原来在这尘世间什么都会坏掉。我好想我的星辰，那里没有争战，没有污染，每个人都很健康，也很快乐。

那个真的嬴政不知怎么样了，按照自然规律，他大概早已化作尘土。

我困在人间，可是我依然不具备尘世的情感，后宫佳丽三千，我一直不去见她们。所以有人说：有不得见者三十年。我发了疯似的寻找回去的办法，于是车同轨，书同文，统一度量衡，然后让鲁班的徒孙修理飞行器。我希望天下都学会我的星辰母语，可是，我竟连一本书也没带来。我和夭夭大眼瞪小眼。

有一天，我发现鲁班的徒孙和飞行器都不翼而飞，那颗彗星也从天空消失了。我绝望，并开始变老，阿房宫的植物一天天多起来，我开始发慌，怕它们将我埋没。

一天，夭夭忽然对我说，皇上难道忘了，在我们星辰上，遇到困难时，都会摆“之”字形求救，我想这样可以让星辰上的人们看到我们。

于是全民修长城，反正仗打完了，闲着也是闲着。可是长城修了一万里，也没有人来接我，彗星也没再出现。

寻不到回家的办法，我只好退而寻找长生的仙丹。

这天，夭夭说有个叫徐福的人可以替我寻仙，我唤他进来。

虽然过去了三十年，我还是一眼认出了他——嬴政。他居然逃过一劫，我想他一定有办法长生或重生，便派他去寻仙。临出发前，我忽然改变了主意，我将皇冠戴在他头上，把江山还给他。就这样，他什么也没干，就成了伟大的始皇帝。我拉着夭夭告辞，我们上了船，一直向东，一去不回……

# 第九辑

## 有一天发生的事

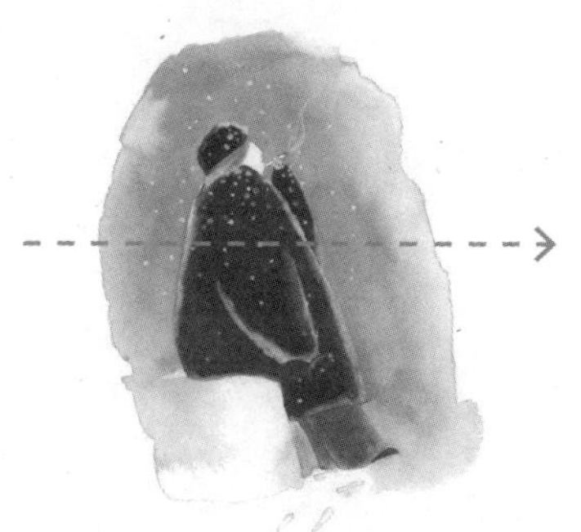

# 庖丁略传

赵志明

魏国有一个庖丁，杀牛是一绝，他那把宰牛刀用了十九年，还像是刚开锋一样。魏惠王听说了这个人，也很好奇，亲自组团观摩。庖丁果然出手不凡，举手投足之间，一头小牛已经委顿在地，牛头牛尾四蹄归在一处，牛内脏归在一处，牛肉归在一处。牛肉又按部位摆放整齐，分为烤涮炖焖。

魏惠王和众大臣被这一幕看得眼花缭乱，一边吃着鲜美的牛肉大餐，一边和庖丁闲聊起来。

魏惠王："你这手本事太漂亮啦，我想这是天生而来，上天赏你这碗饭吃的吧。"

庖丁："我能生而为人，而不是牛，这自然是蒙天恩赐。但我若这样笼统回答大王，实在是对大王的不敬。事实上，我能掌握解牛的技能，完全在于手熟。"

魏惠王："哦，那你杀了多少头牛了呢？"

庖丁："十九年来，我已经杀了三千八百六十三头牛。"

魏惠王："大家都说你那把刀用了十九年，之前换过刀吗？"

庖丁："我从第一次杀牛开始，用的就是这把刀，后来一直没换过。"

魏惠王："这我倒好奇了，难道你一开始杀牛，就这么熟练，知道从哪里白刀子进红刀子出了吗？都说牛骨头比猪骨头更硬，难道你一上手就能避免损伤刀口了吗？"

庖丁："当我决定做牛屠之后，三年之中我没有动刀，只是不停地看别人杀牛，研究肢解后的牛的各个部件。开始的时候，我眼中所见是全牛，慢慢地，我看到的就是牛的组装图，再后来，我看到的又是全牛了。不管牛是行是立是卧，牛的全身骨骼经脉都清晰可见，而我已经在幻想中肢解了它们上万遍。这样了然于胸之后，我才开始真正地杀牛。我走到牛的面前，牛就明白我要做什么，一点儿也不反抗地引颈就戮，因为它知道由我动手它就会少受好多痛苦。甚至我把牛肢解之后，它的眼睛还能看到自己的残躯，会流下眼泪以示留恋不舍；同时它的尾巴也会摆动，像对我的工作表示满意和感谢。”

魏惠王：“太好了。我身边正需要你这样的人才。我一定要重用你。”

这之后，庖丁受到了魏惠王格外的优待，出行有马车，住华美的屋子，顿顿大鱼大肉，美酒管够，享受用人的服侍，就连他的刀，也用丝囊盛放。每当重要的祭祀活动或者有外国使团来访的时候，庖丁都要给大家表演杀牛，赢得无数的鲜花和掌声。

庖丁成了明星，不仅在魏国家喻户晓，而且在其他国家名头也盖过了魏惠王。

“魏国有一个庖丁，手起刀落，咔嚓咔嚓，一头大牛就肢解了，老牛逼了。”

“跟庖丁同时代是多么幸运的事，可是却不能亲见他的表演又多么不幸。”

大臣们也纷纷向魏惠王进言，认为庖丁是魏国的国宝，一定要善待。齐国楚国的国君也都觊觎良久，谋划要给庖丁绿卡和国师待遇。

魏惠王觉得也对，只是杀牛，真是太委屈了庖丁这一身的本事，但是一时之间魏惠王也想不出怎么安置庖丁，才不至于让庖丁受到外来诱惑。

直到有一天，魏惠王突发奇想，他想让庖丁杀人。庖丁杀牛是圣手，他若是杀起人来，一定也非同凡响，像一部精密的了不起的机器。

魏惠王：“我很好奇，在你杀牛之前，杀过别的什么吗？”

庖丁：“杀过羊。”

魏惠王：“还有呢？”

庖丁：“还杀过鸡鸭鹅。”

魏惠王："还有呢？"

庖丁："还杀过青蛙狍子刺猬兔子。"

魏惠王："天上飞的鸟呢？"

庖丁："杀过。"

魏惠王："水里游的鱼呢？"

庖丁："杀过。"

魏惠王："那有什么是你不曾杀过的呢，在我们这个世界上？"

庖丁："人，只有人。"

魏惠王："如果有机会让你杀人，你会杀吗？"

庖丁："如果大王让我杀人，我就是那把刀。"

魏惠王："你有把握，杀人会像杀牛一样游刃有余吗？"

庖丁："绝对的。"

魏惠王："你在正式杀牛之前，花了三年时间看人杀牛。在杀人之前，你需要几年时间才能将人的构造了然于心？"

庖丁："天下实物，举一反三。只要一个月就够了。"

魏惠王："好。我给你三个月时间，你可以随意观摩医院和刑场，如果你觉得有需要的话，也可以随意处置那些死囚。"

自此之后，庖丁就四处走动，将人体构造熟记于心。一个月下来，人体的四肢百骸、五脏六腑就历历在目了。两个月下来，人的七情六欲喜怒哀愁就彰显了。庖丁的眼神也像秃鹫那样阴戾狠毒，让人无来由像堕入冰库。

于是大家都说："现在庖丁对我们，就像对那些牛一样了。"

可奇怪的是，大家虽然不寒而栗，却依然像迎接盛大的节日那样对庖丁首次的杀人表演充满期待。就连魏惠王，也忍不住想要以身试刀，让庖丁在大庭广众之下给肢解了。魏惠王好几次向庖丁打听人选，但是庖丁一直讳莫如深，后来魏惠王倒觉得不好意思了，觉得如果提前泄密，反倒是巨大的瑕疵。

举世瞩目的这一天终于到了，史上最伟大的肢解大师将要向世人展示他的绝妙刀法，然而这次被肢解的不是牛，不是猪，也不是羊，这次是人，一个大活人。谁会是这个幸运儿呢？

魏惠王和大臣们、大梁城的巨贾显贵们，还有少女和贵妇、老叟和童稚，全都盛装出席，一方面想要亲眼观看盛况，一方面也隐隐希望自己能够光荣献身。

庖丁出现了，他的眼光扫视周遭，顿时一片可怕而热烈的静默。庖丁捧着他那把用了十九年的毫无缺口的刀，那把刀用上好的丝绸一层层包裹着，即便如此，杀意也渗透出来，激起了漫长的噫声。

就在这噫声中，庖丁手起刀落，一瞬间就把自己给肢解了，皮肉搁在一处，筋骨剔于一旁，内脏笼络一堆。大家噫声还没停止，庖丁就变做了三堆，摆放整齐，天衣无缝。他的刀像是有了生命，完成这项伟大的表演之后，徐徐落地，发出“叮”的一声，而他的眼珠竟然还能滴溜乱转，好像要把全场惊讶到无以复加的表情牢牢记住，随之涌出两行泪水。

事后人们才意识到，庖丁那次竟然没有穿衣服，他就像一头被牺牲的牛那样走进了会场，裸身走进大家的视线之中。他去意已决死志已定。在这方面他显然是自私的，因为他让在场的人看到了绝唱，却转眼带走了杰作，徒留深深的遗憾。因为制造这个绝唱的人成了献祭品。庖丁之后，再无庖丁。

至于魏惠王事后长久的哀思懊悔：“为什么庖丁没有杀了我！”与其说他（执政者）有献祭的一时冲动，不如说他是为无法坐享正当的杀人的理由和乐趣而伤心。

# 华义美发厅

汉　家

在太原动物园搬迁前的旧址附近，我追看过一只逃出铁笼的老虎。老虎焦急地奔跑在新建北路，大量的车辆被迫停在原地，不敢鸣笛，怕惊扰了它。它的后面跟着一群武警战士，看得出他们很紧张，随时准备弄死这只老虎。老虎仍一路向南奔跑。南面是新建南路，新建南路一直往南能走到南美洲，就是这只老虎的家乡。

华义美发厅是太原目前仅存的一家老式美发厅，对它感兴趣的人，很容易就可以在五一路与南肖墙的西北角发现它。如今新潮的美发店林立，而这家老式美发厅却没有消失，每想到这一点，我就窃喜，是的，是窃喜，好像这是一种偷来的欢喜。每次路过它，我的内心总是感觉非常温暖，觉得这个地方毕竟没有变，它还在，似乎就表示着还有更多的时光遗迹存在。

小时候，我住在精营东二道街，理发总来这家美发厅。父亲领着我和弟弟，他先理，我和弟弟就等着，接着我理，然后弟弟理。理完后，我们可能会在隔壁的五一电影院看一部译制片，用父亲的话说，看电影一定要看战斗片——看一部《海狼》那样的片子。

老张的家住在南肖墙，离华义美发厅不远，挨着南肖墙饭店。我与老张的表弟小王是同学，关系很要好。其实，老张只比小王大三岁，但看起来大十几岁的样子。用老张的话说，他的童年一过去就是中年了，他是一个没有青春的人。我和小王对老张的称呼是一致的，都叫他老张。

那个时候，气枪还没有被禁止，老张有一杆气枪，是他的宝贝。

我和小张都喜欢玩气枪，向老张借来玩。老张也很大方，说拿去玩吧，但一定要注意安全。一般我们都会用气枪打麻雀，后来老张得知了，觉得挺残忍的，说别打小动物，它们可可怜怜的，你们要打小动物，我就不借给你们玩了。小王说，那我们打什么啊？老张从口袋里掏出一枚五分钱的硬币，说打这个，练枪法。我们就听老张的话，专心打硬币，越打枪法越准，枪法越准我们就在射击时站得离硬币越远。

一天晚上，小王告诉我一个秘密，说老张喜欢上了一个女人。我说，是吗，是谁啊？小王说是一个理发的，在华义美发厅上班。我说，长得好看吗？小王说当然好看了，刚来华义的。我说明天去瞅瞅。第二天，我去了华义美发厅，想当然地认为那里面长得最好看的女理发师，无疑就是老张喜欢的那一个。是啊，她长得的确很好看，眼睛一闪一闪的，小嘴翘翘的，连眉毛都像是在撒着娇。我对小王说，老张真有眼光，现在他们发展得怎么样了？小王说，没什么实质性的进展，无非是老张从一个月理一次发变成了一个星期理一次，而且照现在的劲头，有可能改成三天理一次。

我知道了，老张原来是在暗恋啊，这个胆小鬼。

老张在工厂上班，是一个普通的技术员。他上班时郁郁寡欢，总是耷拉着一张脸。同事们都说老张是一个老实人，我也这么看他。当老张冒充港商骗钱的事情传开后，几乎没一个人相信那是老张所为。接着，老张就失踪了，警察到处在找他，要捉拿他归案。

老张回到南肖墙的那天，是一个下着小雨的午后。他径直来到华义美发厅，可惜的是，那个女理发师正好调休，不在店里。老张坐在美发厅的长条椅上，闷闷地抽着烟。美发厅里的工作人员都认识他，但因为大家传言他是逃犯，就都没敢和他说话，只是看着他闷闷地抽烟。抽完了一支烟，他对着美发厅里的人们说，各位，麻烦你们告诉我爸妈一声，说我去自首了，我没脸见他们了。

老张去自首的时候，他的爸爸正在大观园澡堂里洗澡，他的妈妈则在菜市场里买一块瓷实的豆腐，而小王与我正在迎泽大街上胡乱追逐着，发泄着无用的荷尔蒙。我不明白老张为什么要行骗。探监时，我问他这个问题，老张笑了笑说，你为什么来看我啊？她为什么骗我啊？哪有那么多为什么啊！我似懂非懂地点了点头，这种似懂非懂一直持续了几十年，直到 2012 年——就在昨天，老张突然对我说，冰岛有一座叫卡特拉的火山，最有可能在今年喷发，那将是一个世纪以来最剧烈的火山喷发。

时光一晃而过，老张出狱后，以卖水果为生，后来成了家，又离了婚。他最近迷上了科普知识，笑着说他体内的火山终于被科普知识唤醒了。

今天早晨，老张杀死了张玉兰，凶器是一杆经过改造的气枪。

张玉兰年少时在华义美发厅实习过五个月，后来考上了大学，当了一所中学的语文老师，也有人说被杀的张玉兰根本不是在美发厅实习过的那个张玉兰，而是住在西海街一带的张玉兰，她曾是一个混迹街头的女流氓，现在开着一个小杂货铺讨生活。

无论张玉兰是那个曾经的美丽理发师还是另一个人们背地里向她吐口水的女流氓，随着老张的伏法，人们把这些事都渐渐地淡忘了。今年的卡特拉火山是否会喷发，目前还没法确证，但我可以肯定地说，老张只是老张，老张只是一个老张——同一个老张。当年我在新建北路望着老虎一路向南时，老张也站在看热闹的人群中。事后，他对我说，他发现这只老虎是一只公老虎，它向南跑着跑着，就向东拐了一个弯，跑进了华义美发厅。

武警们合力在美发厅里弄死了这只公老虎，所幸没有伤到人。华义美发厅里并没有母老虎，这只公老虎不知为什么要跑到这里来。那只母老虎还活在南美洲，正与另一只公老虎交配着。

太原新建北路上一路向南的这只公老虎与南美洲正在交配的那只公老虎是不是同一只公老虎呢？无论这两只老虎是不是同一只公老虎，随着太原的这只公老虎的伏法，南美洲的那只公老虎也就失去了对照的意义。

说到南美洲正在交配的母老虎，我只能说它正在交配着，它不像人类有那么多的想法——

它只是交配着，用尽了全力交配着。

# 土　著

汉　家

大元帅说，出版界的朋友们以为我会攻打一座孤岛，但我偏不那样，我要攻占的是太原。周围的将军们应和着，连连称是。大元帅继续说，太原易守难攻，它四面环山，山都是石头山，如一道铁打的屏障；它的城墙坚固，设有九九八十一个瞭望口，每一个瞭望口都由一个中年家庭妇女把守，她们皆身怀绝技，个个都能独当一面，这可是个大麻烦啊！大元帅摊开地图，指着太原以南说，我们必须寻找另一个突破口，喏，我找到了，在这里，唯一的突破口在这里——这个地方叫灶台坊，是城墙外的一个岔道，此地炊烟密布，容易让那些刁钻的中年妇女视线不清，非常适合我们派一支奇兵由此展开突袭。

作战计划的拟定，用了整整一个晚上。敲定后，大元帅与将军们都累了，就东倒西歪地睡在了地上。攻打太原在即，突击的敢死队已经组建完毕，该队伍由五十名忠义之士组成，他们在起义前，大都是些社会上的闲杂人等，以游手好闲为荣。

我正在厨房洗葱的时候，传令兵来了，让我立即到大元帅的帐房里，说有急事找我。我在去的路上想，找我干什么呢？我只是个火头兵，馒头确实蒸得不赖，可这也没什么用啊，难道看上我跑得快？这倒是我另一个特点，我挺能跑的，起义前曾是一名长跑运动员。见了大元帅，他深情庄重地对我说，汉家，我交给你一项机密任务，我要你明天晚上潜入灶台坊，找一个土著少女，告诉她赶快向西方逃跑。我说，大元帅，您为何派我去？大元帅说，因为你得过奥运会的长跑冠军啊，这个地球上没有人比你跑得更快了。我说，哦，那是以前的事了，长跑是我的爱好，可惜没什么实际用处……说到这里，我迟疑了片刻，又说，大元帅，我还想问您一个问题，可以吗？大元帅说可以。我说，为什么要通风报信给这个土著少女呢？大元帅说，哦，这个问题我必须保密，你的好奇心太强了，这可不是一个好兆头。我听了此言，就不敢再说话了。临走时，大元帅说，要是完不成这次任务，我就杀了你的家人。

大元帅给了我一张地图和这个少女住的地址，我毫不费力就找到了那个土著少女。她是一个美丽的女孩子，但并不柔弱，你能很容易地觉察出她内心的坚定。我对她说，是大元帅派我来的，然后详细告诉她向西方逃跑的最佳路线。她听后，无动于衷。我们各自沉默了一会儿，她突然站起来激动地说，我不逃，我要与人民站在一起！我说，这里都是汉人，你一个土著人，何必与汉人一同受死？她说，汉人对我有恩，我愿意与汉人同甘苦共患难，他们收留了我，教我汉语，养育了我，我不能弃他们而去，逃跑，我做不到！我说，如果你不逃跑，大元帅就会认为我没有完成任务，会杀了我在苏州的父母。她说这不怕，你把你父母家的住址给我，我会想尽办法保护他们的性命。无奈之下，我只有告诉她我家人的住址，然后忐忑不安地回到军营，谎称土著少女已经听从我的劝告，从太原逃跑了。还有两天，对太原的进攻就将正式开始，那五十名壮士正摩拳擦掌，等待命令的召唤——此时，一支侵略军突然对苏州发起了进攻，江南的这座历史名城即将沦陷。

苏州的激烈战况，通过一只受伤的信鸽，在第一时间传到了我们的营房。我们起义军的战士全部来自苏州，家乡的战火使每一个战士都感到了焦急和痛苦，此时军心涣散，没有人再想待在军中，更没人想在苏州已经遭遇战火的时候自己却在太原参与另一场战火——狂热而悲伤的喧闹过后，军中将士都作鸟兽散，无论将军还是士兵，都各自奔回苏州，探听家人的消息。因为我跑得快，最先回到了家乡，等待我的却是一片废墟。古城已毁，这支军队早已离开。我来到家中，惊喜地发现我的父母安然无恙，侵略者并未伤害他们，而邻居则尽数被杀。父母告诉我，侵略军攻占这里后，宣布唯我家不得侵入。我的内心明白，这应该是那个土著少女帮的忙。城内幸存的百姓们风传，侵略军攻打苏州，是为了抢一本书。巧的是，我们起义军攻打太原，也是为了抢一本书。我想这两本书是不是同一本书呢？据说，侵略军攻占苏州后，搜遍全城也未找到这本神奇的书，以至于侵略军的小元帅在悲愤交加之下，竟然自杀了——他是在一个书店仓库里自焚而死的，参军之前，他是一个畅销书作家。

大元帅因起义军的轰然解散，一时受不住打击，在长啸一声后，吐血身亡。我是一个小兵，觉得在乱世之中能保全家人，已是万幸，早不去想那本神奇的书与我有什么关系。我和家人北迁，途中遇到了一小支侵略军部队，带头的正是那个土著少女。我大为欢喜，说你还认得我吗？她说认得，我答应你的事已经办了，你的父母想必都安好吧。我说安好安好，这不现在都在我身边呢，真要谢谢你啊！她说不谢，没想到为了一本不存在的书，竟导致生灵涂炭，唉！我说，那到底是一本什么书？她说你应该去问大元帅，他曾是一个成功的书商。我说，他已经死了——被气死了。土著少女说，恶报啊，我原先是个作家，专注于用汉语写一些关于土著民俗的散文，他为我出版了第一本书，按道理我应该感激他，可是他却在一次酒宴后下迷魂药非礼了我，我恨他，恨这个混蛋！我耳朵里听着她说的话，心里却是一团糨糊。

经过半年多的逃难生活，我与父母终于找到了一处安居之所，新生活开始了。我常想，以前我跟着他们起义，只是为了凑热闹，靠着残存的青春期荷尔蒙，妄想着去战斗、夺城和血洗——哪怕我只是以蒸馒头的方式参与其中，而我对于起义的目的则是漠不关心的——无论是抢哪一本书都与我没有任何关系。几年后，当年起义军的一位将军接受了媒体的采访，说抢的那本书叫《土著少女》，作者不明。他还说，当年发生的企图攻克太原的军事行动和苏州的陷落都已经被此书提前书写了，这本书预知了未来所有的事件。简单地说，只是为了这本书的诞生或者说是为了这本书所预言的事件都能够准确实现，所以势不两立的大小元帅才会莫名其妙地合力使得太原险遭战火，而苏州则被攻克了全城。

这段历史的真伪随着时间的流逝，更加难以辨清。起义军与侵略军其实是一丘之貉，干的是同一件事，同样地不可歌也不可泣。我曾是长跑运动员，虽逃跑起来应该比谁都快，但我从此再没有逃跑过，而是用一生的时间来逃离这次战火的记忆。我见过土著少女两次，这两次实打实的经历却让我感到了难以形容的空虚，所以我闭口不谈此事，直到我咽下了最后一口气。

我死时，那个土著少女已是一个老妇，平时以养信鸽为乐。

没有人确切知道几十年前的太原和苏州到底分别发生了什么，只知道这两个城市的信鸽协会经常进行比赛和交流，后来就以信鸽协会的名义将这两个城市结为了友好城市。

# 尾　巴

汉　家

在一个阴天，我遇到了小明。

小明说，你好！我说，你好！开始，我不大看得上小明，也不懂得他——谁真正懂得一个长着两张嘴的人呢？小明有两张嘴，脸上有一张，后脑壳还有一张。这两张嘴与一张嘴的最重要差别在哪里呢？这么说吧，他可以这样：前面这张嘴说的是你好，同时后面这张嘴说的是滚蛋。我开始琢磨小明的这两张嘴，发现它们在任何时候都互相反对，形同水火。小明对于亲近的人，只用后脑壳的嘴说话。小明很是亲近我，从我们刚认识的时候开始，他就用后脑壳的嘴对我说话。我要与小明对话，得绕到他的身后，这就使我看不到小明的面部表情，只看到头发里面隐蔽的一张嘴在开合着，这颇有些无趣。如果我这时转移到小明的身前，就会看到他脸上的嘴紧闭着，可是从他的身后却传来了他的说话声，这让人颇有些惊悚。

这在后脑壳的嘴给我讲了一个故事。

故事里的小明爱过一个女孩，叫艳梅，家在曲沃县的一个山村里。艳梅很漂亮，却长着一条尾巴。这条尾巴的长度大概有十厘米，颜色粉红，无毛。在艳梅小的时候，它只有一点点大，就像一个软软的小肉瘤，当时父母虽然觉得奇异，但也没怎么在意，因为它实在太小了，仿佛并不存在一样。后来，当艳梅第一次来月经的时候，这个小肉瘤开始了生长，不到半年就长成了现在的模样。艳梅怕羞，不敢告诉父母，就一直隐瞒着。她中学毕业后，来到太原的一家酒店当服务员，渐渐了解到可以去医院动手术切除它，可是她考虑再三，还是没去做手术。艳梅已经习惯了自己屁股上长的这玩意儿，每晚她都要摸一摸它才能睡得着。她已离不开它了。

小明是艳梅的同事，在面案上做小工。两人一来二去，就看对眼了，搞起了对象。一天晚上，在艳梅租住的小屋里，小明第一次看到了艳梅的裸体，当然也看到了她的这条尾巴。小明刚看到时，心里着实害怕，但出于对艳梅的爱，就渐渐接受了它。此后，他在抚摩这条尾巴时，觉得手感越来越好，软软的、肉乎乎的，还会一动一动呢。小明看得出艳梅对尾巴非常依赖，就对她说，虽然一个人长尾巴是有些奇怪，可是我爱你，就不会觉得奇怪了，但你长尾巴的事情只能让我知道，绝对不能让其他人知道。他还笑着说，要是让我妈知道我的女朋友长着一条尾巴，她非晕倒不可。小明轻松地开着玩笑，艳梅却面无表情，用力抓住了小明的胳膊。后来，有一阵子艳梅失踪了，小明到处找她也没有找到。有一天，艳梅主动找到了小明，说她的尾巴已经切除了。她天真地刮着小明的鼻子说，这下好了吧？你妈不会晕倒了吧？两人谁都没想到的是，艳梅还是放不下这个心结，切除尾巴后，她的性格变得越来越暴躁，受不得一点儿委屈，少了尾巴就好像少了魂魄一般。事到如今，艳梅才明白尾巴的存在对自己有多么重要，没了那条尾巴，她的身体如同一个漏斗，似乎随时都在往下漏着什么——如果就这样漏下去，会把整个人都漏下去了。小明和她的关系也变得越来越紧张，两人经常大吵大闹，每到相互指责与谩骂的高潮，艳梅总是会说，我真傻啊，居然为了你这个混蛋切除了自己的尾巴！小明有一次忍不住说，那是你自愿切的，我可没逼你！此言一出，艳梅就决然与小明分手了。

离开艳梅后，小明的后脑壳长出了一张嘴。

这张新生的嘴与脸上的嘴各说各话、互相矛盾，在话语式的自我分裂中，小明被它们折磨得很是痛苦。

我听了小明的故事后，对他说，我是一个小说家，笔名叫张望，我为你写篇小说吧，把你和艳梅都写到小说里。我准备这样写，写你与艳梅相恋后，初次见她的尾巴就喜欢得很，你对她说你最爱她身体上的这条尾巴，你们快乐地生活在一起，每次做爱前只要一摸她的尾巴，你就会异常兴奋，这样写好吗？小明说，好啊，你写吧！

我开始了写作，大概半年后，写完了这篇小说。我拿着手稿让小明读，小明读后，感动得直掉眼泪。我自费出版了这篇名为《尾巴》的小说，分送给文友们。文友们读后，一致认为这篇小说很平庸，几乎写的全是男女主人公的幸福生活，篇幅冗长，没有任何情感上的冲突、变形和升华，除了对人类尾巴的猎奇，没有什么阅读亮点。我听了文友们的意见，感到极其失望。小明劝我别理他们，他说，这些人都长着铁石心肠，只想看到别人痛不欲生的惨状，只喜欢看倒霉蛋的故事。

——在遥远的一个南方城市里，有个叫刘生的小说家虚构了一篇小说，里面有三个人物。一个人叫小明，他长着两张嘴，这两张嘴各说各话，相互矛盾；另一个人叫艳梅，她长着一条尾巴，这是返祖的表现——艳梅的尾巴寄托着刘生对人类祖先的美好想象和由衷的敬意，也许还夹杂着他隐藏的一部分性意识；还有一个人叫张望，是个小说家，他将小明和艳梅的故事进行了篡改，写了一篇名为《尾巴》的小说，在艺术上毫无价值，却得到了小明的认可。人类喜欢自己欺骗自己，类似于一种生生不息的晕眩，这晕眩有很多种，欢喜与悲哀都有可能产生晕眩，而两张嘴和一条尾巴却必然会产生晕眩，晕眩制造了一种忽略，两位小说家都忽略了艳梅的现实生活——和小明分手后的她，痛定思痛后，又长出了一条新尾巴，这条尾巴是原来尾巴的两倍大，它柔软而光洁，漂亮极了。

王凯只有一张嘴，但他娶了艳梅。他们是通过相亲认识的，恋爱三个月后，王凯见到了艳梅的尾巴，可谓一见倾心，他太喜欢这条尾巴了，每次做爱前只要一摸它，就会异常兴奋，小两口的日子过得幸福极了——

让小说家见鬼去吧！

## 有一天发生的事

秦 俑

有一天，这一天到底是哪一天并不重要。我是谁也不重要。反正是有一天，临下班前，单位领导找我谈话。领导先是扯了些有的没的，最后才进入主题，单位最近要选派一名员工下去挂职。

我说，听说了。

你的优秀是大家公认的，派你下去，多让你锻炼一下也是应该的。但是（听到这个词后我心头一凉），你现在的岗位非常重要，无人可替，如果派你下去，整个单位的工作都会受到影响……

我说，我很珍惜这次的机会……

下班回家吧，要不，你再考虑考虑?

领导很客气地结束了这次谈话。但在我看来，这样的谈话，相当的粗鲁。这样的逻辑，相当的狗屁。在这样的单位里，类似狗屁的逻辑总是大行其道。

我觉得有些委屈。于是，我委屈地扫了一辆共享单车，委屈地往家的方向一路蹬下去。

仿佛这一天里注定要发生些什么。回家路上，我接了两通电话。

先打电话的是我女友的父亲。我与女友异地三四年，是时候结婚了。女友的父亲说，我不反对你们在一起，但有一条，你们要先结婚，只有结婚了她才能辞职，再去你那边工作，这样我和她妈才会放心。

老人家嘛，一心为女儿着想，要求不算过分。我连连答应，好好好，先结婚先结婚。

很快，我又接到我母亲的电话。母亲在电话里显得很是担忧。她说，别的事都好商量，这事没得商量。她要是不辞职，不和你在同一个城市，这婚还是不要结了。异地长久不了的，到时要孩子也是个问题。

母亲就是因为异地才和父亲离婚的，她对我的异地恋一直表示反对。她说的，也不是全无道理。而且，这个问题，就跟先有鸡还是先有蛋一样，是争不出结果的。我只好连连答应，好好好，先让她来这边再说结婚的事。

挂了电话，放下单车，我心里更堵了，一边是工作挂职的事，一边是调动结婚的事。脚里像灌了铅，不知不觉地，我走到了小区楼下。

我家住 26 楼。楼层是女朋友选的。她说，你越是恐高，就越要选高层，这样才能克服心理障碍。这话说得没毛病，一年多下来，我都敢上阳台了。

但是，我依然讨厌电梯。

电梯里总共四个人，三个男的，一个女的。

女的先在 2 楼下了。看看现在的女孩子，都懒成什么样了。

那两个男的，一个在 19 楼下，一个在 31 楼下。等到电梯里只剩一个人，我才惊觉，我好像忘了按 26 楼；又或者是，我按了键，却没有下电梯。

果然，工作和爱情会让一个男人变蠢。我的脑子里一片浆糊。

电梯开始下行，我按了 26 楼，可是（我早就说了，仿佛这一天里注定要发生些什么），电梯在 26 楼并没有停下，它继续下行，直接回了 1 楼。

没有人进电梯。我晃了晃一片糨糊的脑袋。理性告诉我，我按键的时候，电梯可能刚好下行到 26 楼，或者已经到了 25 楼，所以，它没有理由在 26 楼停下来。

我又按下 26 楼。这一次，我确认我按下了电梯键，而且，我按的就是 26 楼。

电梯还是没有停，它一路上行，马不停蹄跑到了最顶层的 32 楼。

我又试了几次，这电梯还真是邪门。它可以在 1 楼停，在 32 楼停，甚至在 5 楼 13 楼 24 楼也能停，就是不在 26 楼停。

一定是哪里出了问题。第一时间，我想到了给物业打电话。

手机里传出一个好听的女中音：对不起，您的电话已欠费停机。

我想给手机充值，打开 APP，才发现因为欠费停机，网络已不可使用。也就是说，我要想上网，必须先充值；而想要充值，又必须先上网。

操！我忍不住爆了一句粗口。

这个时候，电梯又回到 1 楼。有人上来，就有人下去。有多少人上来，就有多少人下去。这是电梯的能量守恒定律。

这电梯好像忘了有 26 楼这回事。又或者，我的存在是一个 bug（故障）？

我满头大汗，恐高症发作，眼前渐渐模糊。直到听见一个阿姨的声音，小伙子，你是要上几楼？

26 楼。我说，这电梯好像坏了，它停不到 26 楼。

你可以在 27 楼下，再走到 26 楼。阿姨友好地提醒我。

是啊，我怎么就没有想到呢？就这样，我从 27 楼下了电梯，步行到 26 楼。家门在望，我有些恍惚，不知道刚刚经历了什么。

电梯正在下行，我心里一咯噔，快速按住下行键。电梯竟然在 26 楼停了下来！

我上了电梯，下到 1 楼，又按了 26 楼。这一回，电梯好像恢复了记忆，它神奇地在 26 楼停了下来。

又上上下下了几回，确认电梯不再有问题，我才满意地回了家。连上家里的 Wi-Fi（无线网络），一分钟后，我给手机充了值。

母亲的电话急吼吼地打进来了。她先是埋怨了一通手机停机（完全不考虑我的手机就是她打爆的），然后问，怎么样，结婚的事你考虑好没？我也都是为了你好。

我说，是啊，都是为了我好……要不，咱先不结婚，晚几年再说……

电话那头沉默了好大一会儿。

再不结婚，我可真跟你急了。母亲粗声粗气地说，儿大不由娘，你自己的事情，你自己看着办吧。说罢就挂了电话。

爱情有了，工作的事，明天再说。现在急需解决的，是肚子问题。

想着那上上下下的电梯，我心里突然就轻松起来。

# 审 判

夏 阳

他是个小偷，但心地善良。当然，我们也可以这样理解，他心地善良，可惜是个小偷。虽然两者语气不一样，表达情感也有差异，但无论如何也改变不了他做小偷的事实。

是的，他就是个小偷。小偷与小偷之间不应该存在差别，偷了就是偷了，没偷就是没偷，头上三尺有神明。

不是这样吗？

那天一大早，他一上公交车就得手了，很顺利。车到了下一站，他匆匆下车，拐过两条街，猫腰进了一家公共厕所。没想到钱包里有一千多元现金，这真是意外啊。他心花怒放，暗喜又可以歇上两天了。然后，他查看了钱包里另外一些东西，有身份证、驾驶证，还有两张银行卡，这些对他来说没有什么用。但是，有一张准考证引起了他的兴趣。原来失主正准备参加一场非常重要的考试，时间是后天。

这个时候，他面临三种选择：

一是置之不理。除了钱，其他都可以丢进厕所门口的垃圾桶里。作为一个职业小偷，既然偷了，就不能有同情心。甚至为了免除后患，他还会将这些东西一股脑儿塞进马桶，一泡水让它们永远消失。这多好呀，举手之劳的事儿。但是，我们知道，他心地善良。心地善良的人肯定会想，这些东西对失主意味着什么。钱是身外之物，失去倒无所谓，证件、银行卡可以补办，时间早晚而已，只是这准考证一旦进了下水道，就意味着一个人的命运即将被改写。

当然，他还有另外一种选择，完璧归赵，当然是钱得留下。对，钱得留下，否则一大早白干了，他心想。至于如何还给对方，这对于他来说是小事一桩。按照身份证上面的地址，他可以快递给对方，或者亲自送过去，趁无人注意时扔在失主的楼梯口或者院子里。然而，这样做似乎也不保险，万一中间有什么差池，不就前功尽弃了吗？比如快递延误，比如失主没有捡到钱包。

其实，他还有一种选择，为了确保万无一失，他可以隐身在暗处，按照准考证上面提供的手机号码，用公用电话通知对方去某某地方取。

结果呢？结果他都没有选择，而是亲自登门拜访。当他胆大妄为地坐在人家客厅的沙发上，架着二郎腿谎称自己在路边偶然捡到这些东西，按照上面的地址前来贵府归还。遗憾的是，他很快就被人家戳穿了，他就是那个真正的小偷。于是，全家人把他制服在地，五花大绑扭送进了派出所。

法官审判他时，他深感冤枉。然而法律历来铁面无私，法官不会因为你上门归还了一部分失物而赦免你，顶多是酌情轻判而已。他对审判结果不服，到处请律师为他辩护，然而律师们纷纷退避三舍，表示无能为力。最后，他找到了上帝。上帝宽厚仁慈，无所不知，无所不能。上帝在办公室友善地接待了他。

他委屈地说，我虽然是小偷，但和别的小偷不一样，我偷东西只是为了填饱肚子，从没有发财的想法。

上帝说，你不贪得无厌，是为了保护自己。但是你忘了，一天偷一百次，和十年偷一百次，本质上有区别吗？伸手必被捉，迟早的事儿。

他说，你不知道，我知足常乐，每次适可而止，收获稍微丰厚一点，我会歇上好几天的。

上帝说，你休息，不是为了赎罪，不是为了忏悔，你从不进教堂，取而代之的是在大街上闲逛。说到底，你是贪恋正常人的自由生活，不用神经高度紧张，不用战战兢兢，而是可以站在阳光下，像正常人一样大模大样。

他说，可我还是觉得委屈，我因为心太善良而把自己搭进去了。

上帝说，你既然这样认为，那好，我帮你把整个事件复盘一下，看看到底是怎么回事。本来，你早上从不作案，但是头一个晚上你打麻将输得身无分文，连买早餐的钱都没有，只好改变自己的习惯，对吧？

他点点头。

上帝说，那天早上在公交车站，你开始锁定的目标是一个肥胖的中年妇女，当看到王美美出现后，你改变了主意。你明明知道那个中年妇女比王美美有钱，更容易得手，但你宁愿跟随王美美坐下一趟车。上车以后，如果不是你趁着拥挤猥琐地贴王美美太紧，让人家敢怒不敢言，估计她也不会记住你这张嘴脸。

他面红耳赤，无言以对。

上帝继续说，你下手时，完全可以用刀片划开她的小坤包，但是你没有，你觉得她的坤包和她的连衣裙很相配，你舍不得破坏。你后来收回了刀片，用手拉开她包的拉链，费劲地取出了里面的钱包。临下车时，你又帮人家把包的拉链拉回去了。你如此嚣张，是不是有点违背你的职业道德？

他张了张嘴，欲言又止，最终还是没有说话。

上帝笑了笑，说，我知道你想说什么。不就是王美美长得像你初中一个女同学吗？你曾经暗恋过人家，对吧？所以，你面对那么多选择不顾，特意冒险去王美美家里，不就是想博取她一分好感吗？其实你不知道，这年代准考证丢了，可以在网上重新打印，你的善举没有多大实际意义。

他红着脸，支支吾吾地说，可是……可是我发现自己喜欢上她了。

上帝愣了一下，呵呵地笑了起来。

# 一只想变人的猴子

邓建华

爸，我的手机！安在惊叫。

安爸在做饭，拿着菜刀跑了过来，他看见悟空一只手拿着安的手机，另一只手抓着苦楝树枝，荡来荡去。三年了，这样的事从来没有发生过，小猴子悟空一直都很听安的话，没有淘气过一回，要不然，安爸早就把它赶走了。

安爸问，安，你给悟空说什么了？

悟空是安给小猴子起的名字。悟空是个可怜的家伙，它和它的爸爸妈妈被一个耍猴的老头牵着走了大半个中国。它是从老头手里逃走的。安爸第一次在自己家的苦楝树上看见它，就对上一年级的安说，你这个小怪物，就像那猴！

爸，我……我就给它说了我要转学到城里去，安有点不安地说，我怕我突然离开，它会伤心的……

你啊你，安爸一拍自己的脑袋，大叹一声，说，要怎么说你呢，你这个花岗岩脑袋，还真不如那猴，你这……怎么能够给它说，这个小畜生精怪得很啊。

安爸说的没错，这猴不是一般的精怪。它能够让你一看见它的眼睛，就不忍心赶它。安喜欢它，总是把花生、糖果、瓜子等好吃的分给它，它就亲近上安了。安到哪，它跟到哪。安在上课，它就在教室后面的树上荡秋千。安在看书，它就趴在窗台上瞧着，目不转睛。安在玩手机，它就在他身后的椅子背上待着看，如痴如醉。乖乖的，从来不打搅安。安也放不下它，不允许任何人伤害它，所有自己的食物，都给它留一份。

有一次悟空看见安爸喝剩的茅台酒，那酒正宗，满屋子飘香啊。悟空围着桌子转，眼里流露出渴望的神情。

安问，想试一试？

悟空点了点头。

安就偷偷给它倒了一杯。

悟空第一次喝到这么好的白酒，特别兴奋，喝完还要，安不敢给了，上千元一瓶呢。

悟空就抢，抢过酒瓶，爬到柜子上喝，喝得痛痛快快。

安想叫又不敢叫，劝又劝不住，急得跺脚。

悟空把酒喝个底朝天，就叽叽哇哇地唱个不停，第一次双手吊在安的脖子上撒娇，怎么拉它也不肯下来。

安爸回家时，见识了这一幕。也就因为这一次，安爸看出点什么，心里有点发毛，就有了让安转学的念头。

安爸联系了在城市里工作的妹妹，妹妹就要了安的成绩单。没有多久就搞妥了。安爸小心翼翼给安说了，没想到安死活不同意。

小姑住大城市，他寒假暑假去住过的。大城市读书有什么好？巷子多，高楼多，车多，人多，又没有蝌蚪捉，没有泥鳅抓。

安爸知道，这个事不能太民主，就不容置疑地说，我只是通知你而已，别的我都可以让你，这个事，你没法选择，就这么定了！

安小声说，我要带……悟空去，否则我不去，打死我也不去。

安爸料定他会来这一招，就板起了脸，严肃地说，你多大了，都读三年级了，我想你应该明白些事理了，要不然这书白读了，我为什么要你转学，你难道不想想理由吗，还哪壶不开提哪壶！

安就偷偷哭了。

安哭完，就把悟空叫过来谈心。

他以为悟空会和他一样，万分不舍地流泪，默默作别。令他没有想到的是，悟空听懂他的话后，勃然大怒，先是对他龇牙咧嘴，看上去像要咬他的肉啃他的骨头，虽然最终没有咬他，却冷不防一把夺走他的手机，蹦上了苦楝树。

安爸忙对着树上的悟空赔笑脸。安爸甚至低声下气地说，悟空，我知道你是个乖孩子，你一直一直很听话的，你把手机还给我好吗？等会我给你炒花生好不好？

悟空停止了荡秋千。

它攀上树丫，一只手迅速摘了几个苦楝子，劈头盖脸砸了下来。

安爸的脑袋响起了砰砰声。

安爸气得不行，手里的菜刀狠狠舞动起来。

悟空一声吼，三五两下，在各种树枝上一路攀甩过去，很快就消失在丛林里。

安和安爸目瞪口呆。

他们还没有惊愕够，更加惊愕的事又来了。

安爸的手机信息铃声响起。

安爸一看，竟然是从安的手机发过来的。

安爸战战兢兢打开信息，见到一行字：你们为什么不管我为什么为什么？

安爸头上冒出冷汗，我的天啊，这猴……

安爸强迫自己镇静下来，回了一条信息：我们不是不管，而是没有办法再管。

信息来了：这么多年都习惯了，你让我怎么活啊你说你说你说？

安爸急了，回道：你本来就属于大自然，大自然是仁慈的，会给你活路。

信息来了：我读了安的课文，我知道你们人也是猴变的。

安爸做梦都没有想到这猴能够读懂课文，就怯生生写道：是的，我们的老祖宗辛勤劳动慢慢就变成了人。

信息来了：那我也可以变成人的，你为什么不帮助我变成人？我要和安一样，喝牛奶吃鸡蛋坐到教室读书穿漂亮衣服有漂亮的女同学。

安爸耐心开导它：所以你要回到大自然，你要劳动才有机会变人，野外有大量的野果可以养活你。

信息又来了：你不是说安像个猴吗？那安也是猴变的，你可以养他，那凭什么就不能够养我？

安爸忽然就明白了，这样的对话，不可能有想要的结果，对付这泼猴再也不能够放任，否则，还不准要闹出些什么事来。他以前所未有的速度，像开枪一样，愤怒地打出一行字：就凭刚刚这句话，你永远永远永远变不了人，你不知道人该做什么，你只能够是只泼猴！

好久没有信息进来。

过了老半天，猴还是回了信息：求你，你可以……让安还陪我玩几年吗？

不可以！他需要学习本领，要学会谋生，我不想他变成猴！安爸打完这句话，狠狠心关了手机。

安爸将自己的手机交给一脸蒙的安，要他过一会好好去看看。

安爸满院子找东西。

好不容易，他找出了一条原来拴狗的铁链子，然后，他打开家里的监控，等着那只叫悟空的，不想劳动，却想着如何变成人的猴子。

# 沉　船

陈　毓

刘一做梦也不承想，那艘他打小听说，缥缈如传说的沉船会被自己发现。

真是偶然。如果不是割碎礁的刀跌进石缝，如果刘一看不见刀子的去向方位，就不会试图去捡，就不会进入另一片海礁，也就不会有惊人发现。

面对新发现，刘一想到第一个能分享秘密的人是刘二。刘二水性好过刘一，和刘二做搭档，进入沉船，搜寻沉船中的物件，那是再好再合适不过的。

但是，这个念头刚诞生便即刻消亡。怎能和刘二分享？是的，刘二虽是最好的朋友，但几十年过去了，他总比刘二差那么一点儿。论相貌，两人不分伯仲；论家世，都是世代渔民；就连两人娶妻都是同一年，生儿子也是同一年。不是很相似吗？但刘一就是觉得刘二比自己多了些什么。多出的是什么呢？刘一在这一瞬间明白，刘二眼睛里的某种光，正是自己缺少的。是的，是刘二眼里的光把刘一比下去了。现在，发现沉船的不是他刘一吗？他刘一眼看就是一个需要藏着光亮的人了。

刘一第一次发现，自从知道海水下面、礁石之间横着一艘沉船，连这海岸上沉落的夕阳、夕阳照耀海水的辉煌都格外有了诗意，恍若人生第一次所见。

刘一决定避开一切人，连妻子儿子都不让知道。决心一个人保守秘密的刘一从沉船里取出物件就十分谨慎小心。接下来，他要找一个合适的理由去城里，那里有个占着三层楼的巨大古玩市场，他要把从沉船里取出的东西当成祖传宝贝出售掉。刘一从来不和同一个人做生意两次。守着秘密的刘一感到，一个人守着秘密是幸福的，也是辛苦的。

一夜，刘一看见沉船明晃晃摆在海滩上，被万人瞻仰，沉船里空无一物。刘一号叫着醒来，惊觉是梦。窗外月光皎白，刘一感到一阵虚脱，又一阵释然。刘一想，沉船就好比自家开了个店，流水一般的钱财，这不更好吗？家有万贯不如一个小店。刘一想着，心又宽了半里地，觉得窗外海水涨潮的声音是那么好听。

沉船刘一不能常去，就算想沉船里的东西想得发疯，也要提醒自己慎重、稳妥。没有十足保证，他不会下海，不会从沉船中带回东西，更不能带多的东西上岸，那是危险的。有关沉船的一切都是危险的，去古玩市场交易是危险的，交易过后的钱带回家也是危险的，不能正常出现在刘二以及邻居眼前是危险的。但是，千万危险，唯一小心。小心就是了。

就这样，十年过去了，刘一仍然守着他的秘密。儿子顺利考上大学，看来往后是不做渔民了。刘二的儿子也考上了大学，往后也用不着辛苦做渔民了。他们只需要在寒暑假，乐意了回来看看老父亲，看看海。

儿子在第一年暑假回来看上去就像是一个城里人的样子了。他带着个女孩子，女孩子虽不会游泳，却喜欢海，大呼小叫，在海滩上喊着跑来跑去，常常就跑到那片礁石跟前。刘一看着，若有所思。

刘二的儿子看上去也像个城里人了，也在某个暑假带回来一个姑娘。这个姑娘倒是会游泳，女孩儿在大海里游泳，有时候游出去很远，差不多就要接近沉船的位置了。刘一看着，心潮澎湃。

又五年过去了，刘一、刘二的儿子都毕业了，在城里工作了。这个暑假，刘一的儿子回到海边的老家，跟刘一说他决定在城里买房子，结婚，生子，再请父亲搬到城里同住。刘一若有所思。虽然钱上他是要帮儿子的，但是他决定不去城里住。他不能去嘛。

一天早上，刘二来找刘一喝酒，刘一和刘二多年不在一起喝酒了，更别说一大早上的。从前年轻的时候他们倒是在一起喝酒，都是出海归来，都是晚上，常常喝醉了，睡在一起。

刘一想到很多年没和刘二喝酒了，就说，刘二，咱哥儿俩很多年没在一起喝酒了。刘二说，可不，我这才一早找你喝酒哩。

他们喝着酒。刘一在盅子的接递间欲言又止，最后要说的换成了“喝酒”。刘二也在盅子的接递间欲言又止，最后也在某个关键处换成一句“喝酒”。喝着喝着，两个人就都不喝了。

刘二离开的时候对刘一说，他恐怕要搬到城里去住，跟儿子同住，儿子要在城里买房子、买大房子、够他住进去的。说完就走出了刘一的院子。望着刘二的身影，刘一若有所思。

刘一决定去一次沉船。这次他拿走的东西比往常任何一次都要多。他甚至想，这次之后，就不再去沉船了，索性搬去城里跟儿子住算了。

刘一下到沉船边上，像以往任何一次一样，悄无声息地进出，带走他想带走的东西。

就在即将离开之际，他发现一个黑影子向沉船方向游来，大吃一惊，赶忙躲开。黑影子几乎是擦着刘一过去的，隔着笨拙的潜水服，他看不清对方的面孔，只见对方十分熟练地进到沉船中，所幸是在和刘一每次进出的方向完全不同的另一边。黑影子是背跃式翻过船尾高高翘起的船帮，让刘一赞叹潜水者的身手了得，水性眼见是比自己高妙。

刘一像一条鲨鱼一样无声地离开了。刘一返回到海滩上，若有所思，那个刚才难以辨认的黑影子现在是那么清晰地映上他的心头，催他赶紧打起精神，匆匆离开海滩。

# 事情比我们想象的要糟糕

安　纲

## 雨燕，天使或者诗人

终于有一天，摆脱地球引力成了一件不难的事。

地球上烟雾弥漫，似乎总也见不到太阳。

现在好了，克服地心引力，然后飞起来，对每个人来说，只需要经过一般性训练就可以做得到。

看，我们已经成功逃离地球了。

飞船停泊在太阳与地球之间的腹地。在透明的飞船上，有高大的热带雨林和宽阔的绿叶。耀眼的白光从密集的叶片间飞溅下来。往飞船的下方看，如果天气好，你就能见到一脸茫然的地球。

不论在哪里，在我内心深处，地球都是一个不可替代的寄托着我全部生命的所在。

我清晰地记得，在我努力离开地球，快要抵达飞船的时候，不知道什么原因，我似乎又向着地球的方向失控坠落了，我甚至想到了死亡。

在飞行中总会有人坠亡，这不稀奇，人们完全克服了地球引力，也就完全克服了对死亡的所有恐惧。

你到底是雨燕，是天使，还是诗人？你有一对华丽的翅膀，美丽的人脸，修长的身体因为练习飞行而伤痕累累。

在异乡颠簸的飞船上，有七八个跟你一样的人在刻苦地练习飞行，你是雨燕，是天使，还是诗人，像在一个玻璃的健身房里。

## 人与苹果在哲学上的距离

人与苹果在哲学上的距离有时也会消失的。我们听说过有人变成了蝴蝶，有人变成了青蛙，但从不曾听说过有人会变成苹果。

热得白云都懒得动的果园闪着绿光。谁都不知道怎么回事，我就已经在水果篮子里了。我和一群红红绿绿的苹果待在了一起。我自己也变成了一只苹果。

我心里明亮得像一面镜子。

几个表面光鲜而暗里正悄悄腐烂的苹果，它们在我的面前完全没有秘密可言。另外几只躲在篮子底部的长得像苹果的梨子和桃，它们也无法逃脱我的眼睛。我相信它们也看到了我，就像我看见它们一样一览无余。

我能感受到篮子里的苹果、梨子和桃相处得十分融洽，大家都是一副自得其乐、若无其事的样子，并没有因为我这个异类的到来而发生任何改变。

虽然，我有时也会忘了我和苹果已是同类的事实。

## 事情比我们想象的要糟糕。

我们想，对这只蟑螂来说，它就要死到临头了。

自从在我取鞋的时候发现这只潜伏的蟑螂以后（虽然它在一眨眼的工夫像高台跳水运动员一样跃入鞋柜的黑暗深处了），我就确信它已经被我们锁定了。

我们把鞋柜抬出屋外的空地上，用准备好的“蟑螂灵”对着鞋柜喷了个够，并彻底清查每一只鞋子。在忙乎好一阵后，竟然连蟑螂影子也没看见。

毫无疑问，这只蟑螂已经成功逃脱我们对它的围猎。

事情比我们想象的要糟糕。

一周后，我们合力在卫生间成功捕杀了一只蟑螂。我们一致认为，这只倒霉的蟑螂就是一周前逃脱的那一只。

事实的真相如何，我们不愿多想。有一点可以肯定的是，打那以后，我们家里有两个月再没有发现蟑螂出没。

就在我们享受没有蟑螂的平静生活时，一天早晨，一只蟑螂再次出现在鞋柜里，不过，这次发现蟑螂的情形与上次略有不同。我们在追捕它的时候，它一溜烟钻进了我的书房。

这让我们陷入了更大的懊恼和隐约的不安中。

## 挑衅与喝彩

这个警察朝我看了一眼，眼里有一种挑衅的光。这种眼光，只有我才能够彻底体会。此刻，我的心结结实实地接收到了这个挑衅的信息。

他轻盈地一跳，准确地说，他不是跳而且以飞行的姿势，从剧院二楼的看台上，轻松地落在了灯光聚集的舞台上。

在此之前，我干过一件不光彩的事，被这个警察逮个正着。我的命运就这样被他控制住了。这让我活得非常压抑。有一次，我们单独在一起的时候，我再也无法控制自己濒临崩溃的情绪，我死死地盯着他说："你可以公开我的罪名，让所有人都知道我是一个道貌岸然的人，一个虚伪的人，老子天不怕，地不怕，大不了让我身败名裂，失去家庭和亲人，老子无所谓，没什么大不了的！"

奇怪的是，自那以后，我似乎忘掉了自己干过什么不光彩的事。

但在今天这个场合，我感觉有点儿奇怪，在这个警察的目光里，我不仅读到了挑衅的意味，而且更像是一种示威。紧接着，又有一个实习的年轻的警察也从剧院高高的看台跳进了下面的舞台上，虽然他的身体轻轻地晃了一下，但没有摔倒。

剧院二楼上都是我认识的人，我的领导、家人、同学，还有几个从遥远的地方专门赶过来的朋友。

我有些犹豫（这只是一闪念的工夫），对自己不再年轻的身体多少有些担心。我没有别的选择，众目睽睽之下，我必须放手一搏。

于是，我像高台跳水选手一样从二楼看台向下跳去，在我身体下坠的过程中，我能感觉到我的双手分开围拢过来的空气，忽然间——其实这个忽然间是没有意义的，根本不存在忽然间这个所谓的虚拟的时间的概念。总之，我飞了起来，像在空气中游泳一样，我故意不朝光线集聚的舞台中央飞。

真是幸运极了。我的飞行娴熟动作优雅。我绕着一个红砖垒起的圆柱形建筑物一圈一圈飞了起来。这让我感到前所未有的兴奋。

我对自己的表现都有些吃惊。看台上的那些人，还有舞台上那两个警察，我看见他们在灯光映照下欣喜的脸了。他们全都为我今天的表现鼓掌喝彩。

# 2019年选系列封面绘图画家介绍

**杨锋** 1960年出生于浙江嵊州。1984年毕业于西安美术学院版画系。中国美协版画艺术委员会委员，陕西美协版画艺术委员会主任。现任西安美术学院版画系主任、教授、博士研究生导师。

2000年，荣获授予20世纪80—90年代优秀版画家的“鲁迅版画奖”；在国内外多次举办个人画展；作品被中国美术馆、上海美术馆、江苏美术馆、大英图书馆等收藏。

出版有《综合材料版画技法》《杨锋作品集》等。

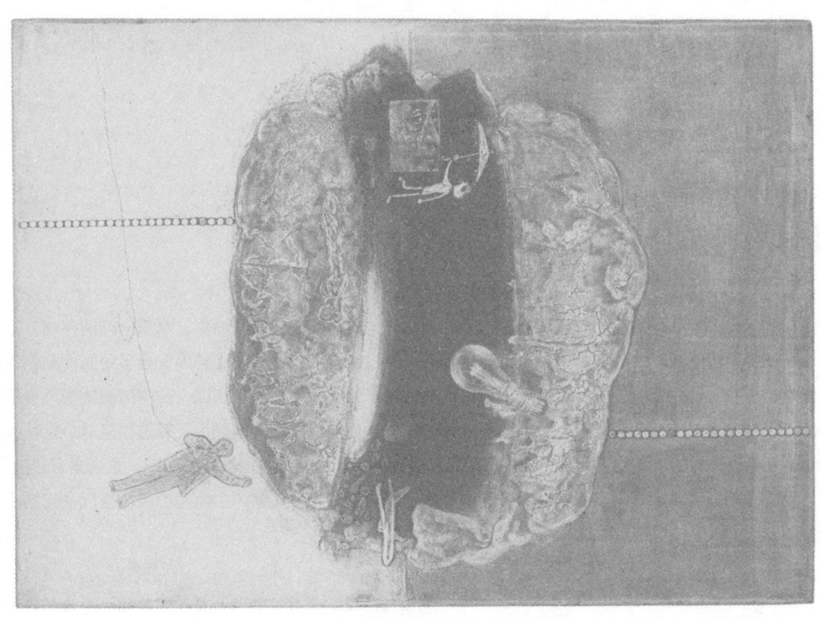

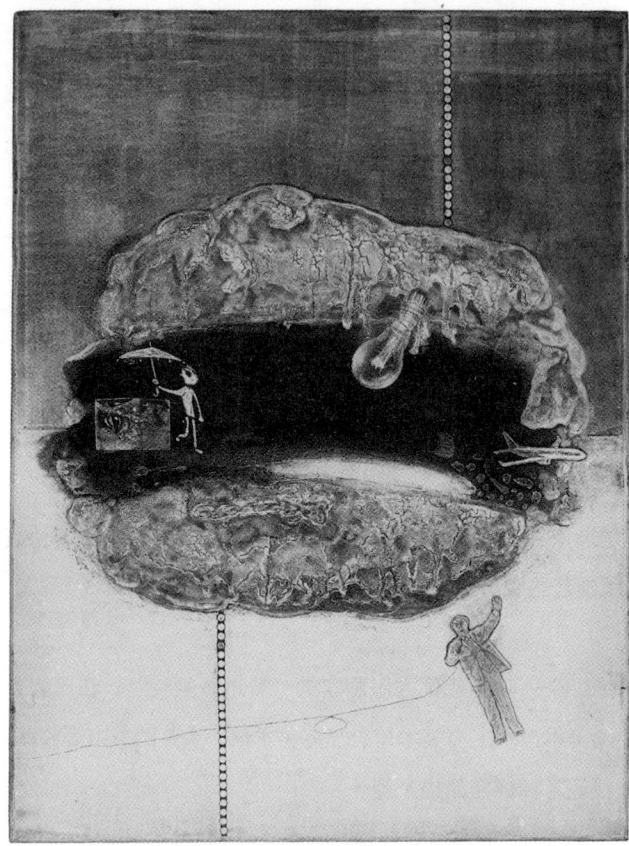

《照亮一片云》综合版　杨锋　73cm×53cm　2004年

## 杨锋版画短评

对于杨锋来说，胶砂、木板、实物印痕等物质材料，在他的作品中就像是油彩、水墨一样的存在，他不断驯服材料，不断探索版画表现的边界。那些工业化的物料，经过版画的印痕，便优雅地符合了绘画的规范秩序，体现出绘画性的存在。他的版画，非常恰切地使材料的特性发挥到了极致，其语言以一种中国画笔墨风格般的个性特质归属于杨锋，使他的追随者成为他个人版画成就的注脚。他的木刻版画同样也具有这种尽显个性特征的视觉风范，语言也具有浓烈的、从属于个人化的性格特质。杨锋的版画在复数性的版画特质下，总是具有“亲笔书写”的特质。他的版画以物质印痕的不确定性、绘画的思想性、语言的个性化使产生绘画的原境得以在作品中留存，为机械复制时代的版画拓展了新的边界。

——刘坚《原境、模仿、物性、符号、语词——论杨锋的版画》

**图书在版编目（CIP）数据**

2019我们都爱短故事 /“我们都爱短故事”编辑小组选编；秦俑主编 .-- 桂林：漓江出版社，2020.2

ISBN 978-7-5407-8841-4

Ⅰ. ① 2… Ⅱ. ①我… ②秦… Ⅲ. ①故事—作品集—中国—当代 Ⅳ. ① I247.81

中国版本图书馆CIP数据核字（2020）第000320号

2019 WOMEN DOU AI DUAN GUSHI

**2019我们都爱短故事**

“我们都爱短故事”编辑小组 选编

秦俑 主编

出版人：刘迪才

责任编辑：谢青芸

书籍设计：石绍康

责任监印：张璐

出版发行：漓江出版社有限公司

社址：广西桂林市南环路22号 邮编：541002

发行电话：010-85893190 0773-2583322

传真：010-85890870-814 0773-2582200

邮购热线：0773-2583322

电子信箱：ljcbs@163.com

微信公众号：lijiangpress

印制：三河市中晟雅豪印务有限公司

［河北省三河市洵阳镇错桥村 邮编：065299］

开本：690mm×1000mm 1/16

印张：21 字数：291千字

版次：2020年2月第1版

印次：2020年2月第1次印刷

书号：ISBN 978-7-5407-8841-4

定价：48.00元